İstediğiniz kişiye 8 dakikada nasıl EVET dedirtirsiniz?

ÇEVİRİ

Taner GEZER

YAKAMOZ YAYINCILIK
ISBN 9789758809563
BASKI NİSAN 2007

İstediğiniz kişiye
8 dakikada
nasıl
EVET
dedirtirsiniz?

ORİJİNAL ADI THE SCIENCE OF INFLUENCE
How to get anyone to say "Yes" in
8 minutes or less

ÇEVİRİ TANER GEZER
SANAT YÖNETMENİ FARUK DERİNCE
YAYIN YÖNETMENİ E. HALUK DERİNCE
EDİTÖR ALEV AKSAKAL
BASIN ve HALKLA İLİŞKİLER AKİF BAYRAK

yakamoz
yayınları

Gürsel Mah. Alaybey Sk. No: 10/2 Kağıthane/İst.
Tel: 0212 222 72 25 Faks: 0212 222 72 35
E-posta: info@yakamozyayinlari.com

İçindekiler

Yazar Hakkında

Kevin Hogan, aralarında dünyanın en çok satan kitaplar listesine giren "İkna Etmenin Psikolojisi: Diğerlerini Sizin Gibi Düşünmeye Nasıl İkna Edersiniz?" ve "Dayanılmaz Çekim: Kişisel Çekimin Sırları" adlı eserlerin de bulunduğu on bir kitap yazdı.

Cosmopolitan, Selling Power, Woman's World, First for Women, In Touch, Star, Mademoiselle, Playboy, Succsess!, New York Post ve Los Angeles Times gibi birçok yayında vücut dili uzmanı olarak görev aldı.

Gerçekten dinamik ve etkili konuşmacılara az rastlanır. Kevin bu anlamda müthiş bir enerjiye sahip. Dünyanın dört bir yanında yaptığı konuşmalarla dinleyicileri, asla sahip olamayacaklarını düşündükleri bilgilerle ve yeteneklerle donatıyor. Motivasyon ve ilham verici sözcükleri Kevin'ın karakterini anlatmak için ancak bir başlangıç olabilir. Bir anlaşma yapmaya karar veren şirketler, bunu kendi istedikleri süre içinde tamamlayabilmek için genellikle Kevin'ı çağırıyor. O, ahlak anlayışı, dürüstlüğü ve kalbiyle hem siz, hem de şirketiniz için dünyanın en etkileyici dimağlarından biri.

Kevin, üniversite eğitimini sözel iletişim üzerine aldıktan sonra psikoloji mastırı yaptı.

Çocukluğunun büyük bir kısmını fakirlik içinde geçiren Kevin, kısa zaman içinde para kazanmanın yollarını öğrendi. Babası evi terk ettikten sonra dört kardeşine bakmak için annesiyle birlikte çok çalıştı.

Kevin bugün bekar ve iki harika çocuğuyla gerçekten gurur duyan bir baba... Üstelik bunlardan biri ergenlik çağında... Etkileme ve ikna etme yöntemlerini en iyi tanıyan ve takip eden isimlerden biri olması şaşırtıcı olmamalı, öyle değil mi?

Giriş

"İkna Etmenin Psikolojisi: Diğerlerini Sizin Gibi Düşünmeye Nasıl İkna Edersiniz" kitabını bitirdikten sonraki heyecanımı asla unutamayacağım. İlk kopyasını, etkileme gurusu ve benim de üniversitede profesörüm olan Robert Cialdini'ye yollamıştım.

"İkna Etmenin Psikolojisi", insanları etkilemeyle ilgili düşüncelerini değiştirmişti. Bu, etkilemenin temellerinden yola çıkarak, uygulanmasına yönelik modeller oluşturan ilk kitap olmuştu. Bugün, yani on yıl sonra, John Wiley&Sons Yayınevi benden akademi, iş ve pazarlama dünyasındaki anlamlarıyla etkilemenin yeni kaynağı olacak bir kitap yazmamı istediler. Bu elbette zor bir işti. Başta "İkna Etmenin Psikolojisi" kitabını yenilemeyi düşündüm. Ama daha sonra geçen on yılda bu konuda yapılan araştırmalar aklıma geldi. İkna etme ve etkileme sanatının bundan on yıl önce, benim yalnızca hayalini kurabildiğim alanlarıyla ilgili birçok araştırma yapılmıştı. Bugün, 1995 yılında bilmediğimiz o kadar çok şey biliyoruz ki, bu en basit ifadeyle hayranlık uyandırıcı.

"Etkileme Sanatı" kitabının yeni milenyumda, etkilemeyle ilgili tamamen yeni bir metin olduğunu söyleyebilirim. Yaptığım şey, etkilemenin en önemli parçalarını toplayıp kolay anlaşılır ve rahat okunur bir kitapta toplamak oldu. Bu çok önemli!.. Çünkü bilimsel araştırmalar bir bilim adamı için çok heyecan verici, ancak bir okuyucu için uyku hapı niteliğinde olabilir. Benim işim tüm araştırmaları ele almak, gerçek hayatta uygulamak ve herkesin anlayabileceği -sonra da uygulayabileceği- bir şekilde anlatmak oldu.

Sanırım, eğer bir kuantum fizikçisi olsaydım, "Çocuklar İçin Kuantum Fiziği" diye bir kitap yazardım. İnsan davranışları alanında birçok uzmanın yapmadığı ve benim gündeme getirdiğim tek şey, zor meseleleri kolay anlaşılabilir hale getirmek. Şansıma kuantum fiziğinden anlamıyorum.

Bu kitaptaki bilgilerin bazıları -vücut diliyle ilgili heyecan verici çalışmalar ve kişisel alanın kullanımını inceleyen proksemik (yaklaşmak) gibi- tamamen tesadüf eseri öğrendiğim şeyler. Bazı bilgileri ise, dünyanın dört bir yanında profesörlerin yaptığı araştırmaları detaylı şekilde anlatan nadir tezleri inceleyerek elde ettim. Sonra da kimsenin adını bile duymadığı bu uzmanların teorilerini gerçek hayatta test ettim. (Kahneman ve Tversky, Gilovich, Dillard, O'Keefe, Gass... Bu isimlerden birini hiç duydunuz mu?.. Ben de öyle düşünmüştüm. Halbuki bu kişiler bu alandaki en önemli isimler!) Araştırmacıların ortaya koyduğu teorilerin gerçek hayatta işe yarayanları bu kitapta yazıyor. İşe yaramayanlarından ise bahsetmeyeceğim bile!

"Kevin, bu alanda yeni bir şeyler gerçekten var mı?" İnsanlar bunu bana sürekli soruyor. Oysa satış, pazarlama, sunum, hatta terapi alanlarında hemen uygulanabilecek o kadar fazla bilgi var ki... Bu kitapta, 1000 sayfalık bilgiyi eleyerek 200 sayfaya sığdırmak zorunda kaldım.

2001 yılında yeni bir "Etkileme Yasası" bulduğumda kendimden geçmiştim. Bununla ilgili bilgiler bu kitapta yer alıyor. Yeni etkileme yasası "evet" sözcüğüne daha önce hiç kullanmadığımız, yepyeni ufuklar açıyor. Ayrıca sunum sırasıyla ilgili; yani neyi, ne zaman ve neden söylemeniz gerektiğiyle ilgili de yeni bilgiler var. 2002 yılından önce yalnızca kestirebildiğimiz yanıtlara artık salt bir biçimde sahibiz. Bir ürün veya servisle ilgili birden fazla seçenekle nasıl başa çıkabileceğinizin yöntemleri de bu kitapta... Öğrendiklerinizin karşısında şaşkına döneceksiniz. Aileniz ve dostlarınızla dahi iletişim kurma yönteminiz değişecek.

Ayrıca başka kişilerin davranışlarında kalıcı değişim yapmanın giriş çıkışlarını, bunun neden zor olduğunu; ancak bunu nasıl başarabileceğinizi de anlatacağım. Bir müşteriyi ömür boyu bağlamak mı istiyorsunuz? Yöntemi burada, ilk kez ve gerçekten, şaka yapmıyorum.

Kitaba başladığınızda bir akademisyen gibi yazmadığımı göreceksiniz. Akademisyenler bu kitaba tepki gösterecektir. Bir satış elemanı gibi de yazmadığımı göreceksiniz. Satış elemanları da tepki gösterecektir. Ama kitaba başladığınızda kendim için değil, sizi gözeterek yazdığımı anlayacaksınız. Konuları anlaşılabilir ve açık seçik ortaya koyulabilecek şekilde yazıyorum. Bana tepki gösterenlerin ise gözlerini kitaptan ayıramayacaklarını iddia ederim.

Bu kitapta okuduklarınıza güvenebilirsiniz. Eğer bu kitabı satışta, pazarlamada, yönetimde, terapide veya istediğiniz herhangi bir alanda kullanabilirseniz, onun yetkinliğine inanacaksınız.

Son olarak kaynakçadan bahsetmek istiyorum. Kim neyi keşfetti? Hangi teoriyi kim ortaya koydu? Gerekli yerlerde araştırmacıların, satış elemanlarının, akademisyenlerin isimlerini not etmek için elimden geleni yaptım. Çünkü bence bu çok önemli! Müthiş bir fikir bulduğumda ben de adımın unutulmamasını isterim. Bu nedenle eğer düzeltilmesi gereken bir hata ya da herhangi bir eksiklik görürseniz, lütfen kitabın bir sonraki baskısında değiştirilmesi için haber verin. Bence bir kitapta kaynakça bulunmalı ve ben bunun için elimden geleni yapıyorum. Kitabın arkasındaki bibliyografya sizi bir yıl boyunca meşgul etmek için yeterli olacaktır.

Bu kitap düşünme biçiminizi, yani hayatınızı değiştirecek. Hazır olun. Heyecanlanın. Daha önce böyle bir şey okumadınız. Tadını çıkarın; eğlenceli olacak!

KEVIN HOGAN
Minneapolis, Minnesota, ABD

1 Diğerlerini Değişime İkna Etmek

Bu kitap insanların bir şeyi, herhangi bir şeyi -bir hareketi, bir tavrı, bir ürünü, bir hizmeti- değiştirmeleri için ikna etmek üzerine... Bir kişinin bir şeyi birkaç dakika öncesine göre farklı yapmasını istiyorsunuz. Karşınızdaki kişinin size "evet!" demesini ve bunu şimdi söylemesini istiyorsunuz. Bu etkileşimi sürekli yapabilmek için insanları neyin etkilediğini, tetiklediğini bilmek iyi bir fikir olabilir. Yalnızca insanların neden "evet!" dediğini bilmenizi değil, daima "evet!" demelerini neyin sağladığını bilmenizi istiyorum!

Hayatımın amacı insanları değiştirmek ve onların başkalarını değiştirmelerini sağlamak oldu. Bu heyecanlı, eğlenceli bir iş ve ben etkileme konusunda çalışan birçok meslektaşımın göz ardı ettiği anahtarları keşfedecek kadar şanslıydım. Değişmeye başlamak, insanları statükoyu sorgulamaya itmek ve bir başka kişinin beynindeki değişimi yönetmek çok heyecanlı bir süreç.

Kısa dönemli "evet" ya da "hayır" sonuçlarına ulaşmak, uzun dönemli değişimi sağlamaktan çok daha kolaydır. Kalıcı değişim zordur. Her hafta aynı marketten alışveriş ediyorsunuz, aynı benzinciden benzin alıyor, aynı camide ibadet ediyor, günlük yürüyüşünüzü hep aynı yolda yapıyor, hep aynı spor merkezine gidiyorsunuz... Mesajı aldınız: Her gün aynı şeyleri yapıyorsunuz ve bunda ters olan bir şey yok. Aksine, bu hareketlerin tutarlılığı çok da olumlu olabilir. Bu kitapta insanların size "evet" demesini sağlamayı öğreneceksiniz... Hem kısa, hem de uzun vadede!

Ne yazık ki, insanların yaptığı bazı şeyler, bizim onların yapmasını istediğimiz şeylerle tamamen zıt oluyor. İşte etkileme ve ikna etme sanatı burada devreye giriyor. Bazı insanlar sigara içiyor, uyuşturucu kullanıyor, fazla alkol tüketiyor, çocuklarını dövüyor, tecavüz ediyor, hırsızlık yapıyor, çok fazla yiyor, kendilerine zarar veriyor ve bu sırada hayal ettikleri yaşamdan uzaklaşıyorlar. Kişinin bu tür şeyleri kendinde ya da başkalarında değiştirmesi gerektiği konusunda tüm dünya hemfikir. Tabii ki gerçekte, hemfikir olmak ve harekete geçmek birbirleriyle çoğu zaman aynı anlama gelmiyor.

İnsanlar kendilerini değiştirmek istediklerinde bile, bu genellikle başaramadıkları bir şey oluyor. Eğer gerçekten değişmek istiyorlarsa, bunu başarabilirler diye düşünüyorsunuz, öyle değil mi? Hiç de öyle değil. Peki neden?

Birinci neden oldukça basit: Beyinde milyonlarca hücreyi birbirine bağlayan milyonlarca "otoyol" bulunuyor. Bu otoyollar, siz her gün farklı aktivitelerin içindeyken işlemeye başlıyor. "Yürümeyi" düşündüğünüzde her zamanki yürüyüşünüze çıkıyorsunuz. "İçki" diye düşündüğünüzde her zamanki alkollü içecekleri içiyorsunuz. Beyniniz daima, tam da her zaman olduğu gibi hareket etmeniz için bir kablo ağıyla örülmüş. Bu ağ, otoyol sisteminin kullanılmaması durumu dışında, çok nadir değişiyor. Yeni kablo ağı (yeni otoyollar!) ancak yeni hareketlerin veya düşüncelerin tekrarlanması sonucu oluşabilir. Elbette alışık olmadığınız bir düşünceyi tekrarlamanın sonuçları, birkaç hafta boyunca bilinçli olarak değişik bir yoldan yürümekten ya da bilinçli olarak değişik bir yemek yemekten çok daha karanlık olacaktır.

Yeni bir alışkanlık edinmenin 21 gün sürdüğü söylenirdi. Günümüzde, her gün tekrarlanan yeni bir alışkanlık geliştirmek için beş günün yettiği görülüyor. Ne yazık ki, yeni bir alışkanlık yaratmak çok nadiren eski bir alışkanlığı ortadan kaldırıyor, o da tam olarak kaldırabilirse. Yani seçim yapmak, beyinde yeni otoyollar oluşmuş olsa bile, her günkü karar alışlarımızda etkili oluyor. Bir kişinin bir gün boyunca fast-food yememesini sağlamak ayrı, bunu ömür boyu yapmamasını sağlamak ise apayrı bir şey. Hayalini kurduğunuz kişiyle akşam yemeğine çıkmak düşündüğünüz kadar zor olmayabilir, ama bu kişinin uzun süreli bir ilişkiye "evet" demesini sağlamak tamamen başka bir durumdur.

Tanıdığımız insanların yeni bir hareketi yapmaları, duruma düşünmeden uyum sağlamaları için hiçbir neden yok. Çünkü insan beyni alışık olduğu yollar üzerinden çalışma eğilimindedir. Yani sigarayı bırakmak, daha iyi beslenmek ya da herhangi bir davranışı değiştirmek isteyen kişi, bunun için gerekçeleri ne kadar iyi olursa olsun her gün, haftalarca ve aylar boyunca yeni hareketi tekrarlayıp eski yollarla mücadele etmek zorundadır. Bu durumda bile olmayabilir.

Statüko, işte tam da bu nedenle statükodur. Tanıdık olan yol en az direnen yoldur. Bu aynı zamanda beynin tanıdık istek ve davranışlar dışındaki her şeye çok kuvvetli şekilde "hayır" demesini de açıklar. Kişi bir şeyi değiştirmek için, özellikle başlangıçta çok büyük çaba harcamak zorundadır. Çünkü bu sırada beyinde gerçek anlamda yeni otoyollar inşa etmesi gerekir. Bu yollar daha sonra düzenli olarak kullanılarak güçlendirilmeli ve daha da kullanılarak muhafaza edilmelidir.

Ne İstediklerini Biliyorlar mı ki?

Şimdi bunu dinleyin (değişimin kolay olmamasının ikinci nedeni): İnsanlar ne istediklerini, bunu elde edince nasıl hissedeceklerini bilmiyorlar, aslında kendilerini pek tanımıyorlar. Peki bu ne anlama geliyor?

Hepimizin bir bilinç ve bilinçdışı psikolojisi var. Hipnoz yöntemiyle bile bilinçdışını kullanan etkili ve güvenilir bir karşılıklı iletişim kuramazsınız Ama bilinç yoluyla iletişim *kurabilirsiniz*. Daha da ilginci bilinç ve bilinçdışının birbirinden farklı karakterleri, tutumları ve dürtüleri vardır. Spekülasyonların aksine bilinçdışı altı yaşında bir çocuk değil. Aksine bilinçdışı bazen bilinçten çok daha faydalı olabiliyor; ama her zaman değil.

Bilinç; hesap yapmak, karşılaştırma yapmak, değerlendirme yapmak gibi birçok *etkileyici idrakla* bağlantılı fonksiyonu yerine getirebiliyor. Bilinçdışı ise stres altında hızlı karar verir. Eğer bu konuda geçmiş bir deneyiminiz varsa karar da genelde yanlış değil, doğru olur (yangını söndürmek gibi). Bilinçdışı ayrıca tanıştığınız kişileri gruplandırma eğilimindendir. Karşınızdakini geçmişte tanıdığınız birine benzetip, eski tanıdığınız kişinin tüm özelliklerini ona atfetmenize bile neden olabilir. *Bilinçdışı "düşünmez" yalnızca "yapar."* Bir olayı deneyimler ve buna bağlı bazı davranış biçimleri üretir. Satış durumlarında itirazların hemen hemen hepsi beynin bu bölümünden gelir.

Bu davranışı yenmek, müşterinizin bilinçli bir çaba sarf etmesini gerektirir. Bu genelde gerçekleşmez. Böylece kişi hiç düşünmeden yemek yiyecek, yatağa girecek, otomobile binecek ya da dışarı çıkacaktır.

Bilinçdışı en basit anlamıyla vücudu hareket etmeye yönlendirir. Genellikle güçlüdür ve kısa dönemde değişmesi zordur. Çünkü kural olarak bilinçdışı, beynin derinliklerindedir ve kişinin eski hareketlerinde gizlidir; fikirlerini *rasyonel bir şekilde* dile getirmez. Yalnızca tepki gösterir. Genellikle bilinçdışı, geçmiş benzer durumlardaki eylemleriyle uyumlu bir şekilde hareket eder, yani hayatınızı kurtarabilir ya da önemli bir bilgiyi gözden kaçırabilir ve sizi yanlışlıkla felaketinize sürükleyebilir. Bu bizim evrimsel tarihimizden kalan bir belge gibi... Bilinçdışı neredeyse tüm hayvansal davranışları yürütüyor, bilincin hareketleri ise sınırlı gözüküyor.

Bilinçdışı ayrıca tanıştığınız kişileri gruplandırma eğilimindendir. Karşınızdakini geçmişte tanıdığınız birine benzetip, eski tanıdığınız kişinin tüm özelliklerini ona atfetmenize bile neden olabilir.

Bilinçdışı şimdiyle ilgilenir. Bilinç ise geleceği düşünür. Bilinçdışı *serttir.* Bilinç ise *esnektir*. Bilinçdışı negatif bilgiye karşı hassastır. Bilinç? Pozitif. Bilinçdışı kalıpları, modelleri fark eder. Bilinç ise verileri kontrol etme mekanizmasıdır. Bilinçdışı çok sistemlidir. Bilinç ise tek bir sistemdir.

Bilinç	*Bilinçdışı*
Gelecek	Şimdi
Esneklik	Sert
Pozitif bilgiye karşı hassas	Negatif bilgiye karşı hassas
Verileri kontrol eder	Kalıpları fark eder
Tek sistem	Çok sistemlidir

Beynin bu iki farklı bölümünün kendilerine has özellikleri olduğunu ve bunların genellikle birbirine zıt olduğunu bilmek önemli. Bilinç dikkatli olmak isterken bilinçdışı iyi hissetmek, rahat olmak ister.

Birçok kişinin içsel anlaşmazlıklar yaşaması çok gerçek ve normaldir.

Tipik olarak bilinç yoluyla belirlediğimiz bir hedefimiz olur. (Kilo vermek, yeni bir işe girmek, kendi işimizi kurmak ya da davranışlarımızda değişiklik yapmak gibi.) Ancak bilinçdışı bilinmeyenden korkar. Daha önce yürüdüğümüz bir yere yürümek genelde güvenlidir. Sınırlarımızı esnetmek bilinçdışına riskli gözükür, dolayısıyla bu değişimin fikri bile kendinizi kötü hissetmenize neden olur. Bu his büyük ihtimalle yanlıştır, ama beyindeki hayatta kalma mekanizması vücuda bu sinyalleri yollar: Korku, heyecan, hatta belki panik.

İşinden nefret eden, gelişimini yetersiz bulan, vücudundaki yağlardan şikayet eden bilinçli, rasyonel "ben" değişim yaşanması gerektiğini biliyor, ama statükoyu yenmek için korku dolu, yıldırıcı ve içgüdülere aykırı bir maceraya kendini atıyor.

Tamamen yabancı kişiler hareketlerimizi tahmin etmekte en az bizim kadar başarılıdır.

Dolayısıyla *o dakikanın ya da günün duygularını* değerlendirip, beyninizin size *geçerli ve mantıklı sinyaller* yollayıp yollamadığını keşfetmelisiniz. Yoksa beyin size yalnızca korktuğunu mu söylüyor? Burada korku, gerçek gözüken yanlış argümanlar olarak tanımlanabilir. Eğer bilinçli olarak aklın ve vücudun geçerli bir durum olmadığı halde mevcut durumdan korktuğunu fark ederseniz, bunun üstesinden gelmenin vakit alacağını bilmelisiniz. Bu korku bir dakikada, bir saat ya da bir günde gitmeyecek. Hareketlerinizi değiştirdiğinizde, rahatlık hissine ulaşana dek bu hareketleri her gün tekrarlamanız gerekiyor.

Kendinizi tanımaya çalışmanın en zor yanı, kendinizi asla tamamen tanıyamayacak olmanız.

Birçok araştırma, bize tamamen yabancı kişilerin hareketlerimizi tahmin etmekte en az bizim kadar başarılı olduğunu gösteriyor. Kendimizi tanıdığımızı zannediyoruz, ama gerçekten kendimizi dilediğimiz kadar iyi tanıyamıyoruz ve beynin çalışma sistemi, yapmaktan ya da düşünmekten hoşlanmadığımız şeyleri değiştirmemize müsaade ediyor. Bu genellikle yavaş ve zor bir süreç oluyor, ama değişim devamlı hale geldiğinde katılaşıyor ve sağlamlaşıyor. Dolayısıyla iyi seçim yapmalısınız.

İki Farklı Kişilik mi?

Aslında bir kişinin içinde örülmüş iki farklı kişilik miyiz?

Bunun komik olduğunu itiraf ediyorum: Hem bilinçdışı, hem de bilinç hareketlerle karşılıklı ilişki içindedir, ama bilinç ve bilinçdışı birbiriyle ilişkide değildir. İnsanlar bu yüzden "Bilmiyorum" ya da "Düşünmem lazım" ya da "Ne yapmam gerektiğinden emin değilim" gibi cümleler kurar.

İnsanlar genellikle kendilerini ve onları çevreleyen dünyayı anlamlandırmaya çalışıyor. Zaman zaman hepimiz bizi müthiş şaşırtan şeyler söylediğimiz için, içgüdülerimizle çelişen bu sözleri anlamlı kılmak adına hikayeler yaratmak (uydurmak) zorunda kalıyoruz. Bu hikayeler, uyuşmazlığı arkada bırakıp ilerlememizi sağlıyor.

Kendimizi ve diğerlerini anlamamızı daha da zorlaştıran şey 1.5 kiloluk beynimizde taşıdığımız acı dolu, deforme olmuş hatıralar. Beyin her olayı kasede alan bir video değil. Beyin müthiş geniş bir depolama ağı içinde olayları, düşünceleri ve hatıraları yorumlayan ve yeniden depolayan, yeniden yorumlayan ve tekrar depolayan bir mekanizma. Yanlış hatıralara o kadar çok rastlanıyor ki, herhangi uzunlukta bir sohbetin içinde en az bir kez hiç yaşanmamış bir hatıradan bahsediliyor.

Bu iki kusurlu unsuru anlamak (şüphesiz hafızamız ve karakterimizin ikili yapısı), aynı olayı yaşadıkları halde bunu farklı hatırlayan ya da yorumlayan insanların kavgalarını ve tartışmalarını anlamayı çok kolaylaştırır.

Son araştırmalar, başkalarına nasıl tepki göstereceğimizin tahmin edilebileceğiyle ilgili bazı ipuçları veriyor. Mesela kardeşini seven bir kişi, kardeşi gibi davrananları de sevme eğilimi gösteriyor.

Peki kendinizi tam olarak nasıl tanımlıyorsunuz? Herhangi bir durumdaki davranışlarınıza dikkat edin, bu kendinizi tanımanızı sağlayacaktır. Elbette bu bile şüpheli bir durum, çünkü insan kendini, başkalarını değerlendirebildiği ölçüde net değerlendiremez. Daha önce de belirttiğimiz gibi, araştırmalar, başkalarının gelecekteki hareketlerini tahmin etmenin, kendimizinkini tahmin etmekten kolay olduğunu gösteriyor. Kendimizi diğerlerine göre çok daha pozitif bir bakışla değerlendiriyoruz ve bu hatalı bir değerlendirmeye neden oluyor. Başkalarını genellikle çok daha doğru değerlendiriyoruz.

Beyin, dev bir biriktirme ve yorumlama deposudur.

Bunu en iyi emlakçılar gözlemliyor. Her gün müşteriler nasıl bir ev istediklerini anlatıyor. Ama emlakçılar bu özellikleri taşıyan evler gösterdiğinde beğenmiyorlar ve genelde müşterilerin aldıkları evler anlattıklarından çok farklı oluyor. Emlakçılar işin sırrını çok uzun zaman önce çözdü: Müşterilerin ne istedikleri konusunda en ufak bir fikirleri yok.

Ne yazık ki, bir şeyi neden yaptığımızı genelde çözemiyoruz. Bunların kökenine inemiyoruz ve gözlemler ancak bir noktaya kadar yardımcı olabiliyor. Davranış üzerine açıklama bulma ihtiyacımızı gideren sonuç ise yanlış bile olsa dünyamızı anlamlandırıyor ve bizi mutlu ediyor.

Ya hayatta zor tercihler yapmak zorunda olanlar? Bir ilişkiyi başlatmak ya da bitirmek zorunda olanlar? Bir iş yeri açmaya karar verme aşamasında olanlar? Sizin ürününüzü satın almaya karar verecek olan insanlar?

Araştırmalar bu konuda yeterli değil. Sorunu bir kez inceledikten sonra karar veren bir kişinin doğru kararı alma olasılığının; günler, hatta aylarca inceleyenlerinkinden daha fazla olduğu görülüyor.

Kararlarımızı nasıl aldığımızla ilgili durum oldukça karanlık... Öyleyse cevap nedir? İnsanları size, şimdi ve gelecekte "evet" demeye nasıl ikna edebilirsiniz? Öyle gözüküyor ki, anlaşmazlık durumlarında en iyisi geleceğe kısa bir yolculuk yapıp, neler yaşanabileceğini tahmin etmeye çalışmak. Elbette gelecekte nasıl hissedeceğimizi tahmin edemeyiz. Bu, sayfalarca araştırmayla destekleniyor. Ancak kendimizi olası durumların içinde hayal ederek, hangi yolu tercih etmememiz gerekeceğine karar verebiliriz.

Yıllar boyunca, günlük tutmanın kendimizi tanımak için çok iyi bir yöntem olduğu düşünüldü. Bu, yalnızca günlük durumlarla ilgili yazıp daha sonra okuduğumuzda hayatımızı olduğundan farklı gösterecek olumsuz bir hikaye yaratmadığımız müddetçe doğru sayılabilir. Ama negatif duyguların herkesin hayatında olduğunun, üzerine gidilip çözüldüğü müddetçe sorun teşkil etmediğinin fark edilmesi gerekir. Araştırmalarda, negatif duygulara yoğunlaşan kişilerin bunları tekrar gözden geçirdiklerinde, bunları incelemeyen kişilere göre daha mutsuz oldukları görüldü. İşte, tarihi yaşanan günün deneyimlerinden yola çıkarak değerlendirmenin zararı bu... Bu önemli noktayı gündeme getiriyorum, çünkü birçoğumuzun işi bu tip şeylere bağlı. Bir otomobil güvenilir veya güvenilmez gözükebilir. Ama eğer o gün otomobiliniz bozulduysa, kesinlikle size güvenilmez gözükecektir.

Sorunu bir kez inceledikten sonra karar veren bir kişinin doğru kararı alma olasılığının; günler, hatta aylarca inceleyenlerinkinden daha fazla olduğu görülüyor.

Son tahlilde, kendini veya bir başkasını değiştirmenin yolu, önce davranışları değiştirmekten geçiyor, ki bu neredeyse her zaman genel bir değişimin yolunu açıyor. Basitçe söylemek gerekirse, insanların bir şeye "evet" demesini istiyorsanız, önce onların bir şeyler yapmasını sağlamanız gerekiyor.

Değişimin Üç Yolu

Sizinle değişimin, kimsenin bilmenizi istemediği, üç yolunu paylaşacağım.

Birçok büyük şirket, din başkanı ve tüm askeri liderler; çoğu insanın bilemediği neyi biliyor?

Dünyanın tüm yönetimlerinde askeri liderler bunu çağlar öncesinde keşfetti. Tüm başarılı dini ve ruhani topluluklar bin yıldır bu yöntemi kullanıyor. Yakın zamanda bazı büyük şirketler bile insanları değiştirmeyi, davranışlarını etkilemeyi başardı. Peki bunun ilk sırrı nedir?

Askeriyeyi düşünün.

Kışlaya varır varmaz saçlarınızı kesiyorlar. Herkesinkiyle aynı kesim ve renkte belli standartlarda giysiler veriyorlar. Yeni bir yerde yemek yemeye başlıyorsunuz, yatıp kalkacağınız saatler başkaları tarafından belirleniyor ve muhtemelen değişiyor. Aktiviteleriniz günün başından sonuna kadar size dikte ediliyor. Daha önce hiç görmediğiniz yüzlerce kişiyle bir arada yaşamaya başlıyorsunuz. *Bulunduğunuz ortam tamamen değişiyor.*

Eve haftada bir telefon ediyorsunuz, bunun dışında telefon ya da internet kullanamıyorsunuz. Dış dünyayla iletişiminiz yok denecek kadar az.

Bunların hepsi bağlılıklarınızı, davranışlarınızı ve tavırlarınızı değiştirmek için mecburi. Çünkü askeri yönetimler savaş gibi stresli anlarda hayatta kalmanızı, dolayısıyla davranışlarınızın tahmin edilebilir ve kontrol altına alınabilir olmasını istiyor. Birlikteki herkese göz kulak olmanız isteniyor ve onlar da size destek oluyor. Karşılıklı bir ilişki doğuyor. Bağımsız ilişkilere ve düşüncelere yer verilmiyor.

Askeriyenin tüm ihtiyaçları, davranışların bir an önce modifiye edilmesini ve inançların yeniden yapılandırılmasını öngörüyor. Aynı değişiklikler bazı büyük şirketler, büyük cemaatler, okullar ve toplum içindeki bazı diğer topluluklar tarafından da bekleniyor. Bu yöntem, güçlü ve en inatçı düzen düşmanları dışında herkeste işe yarıyor.

Değişim için anahtar niteliği taşıyan üç prensibin birincisi: Çevreyi değiştirmek. Biz bilinçli bir haldeyken pek anlayamıyoruz ama insanlar da hayvanlar gibi çevreleriyle ciddi bir etkileşim içindedir.

- Kilisede, ofiste davrandığımızdan çok daha farklı hareket ediyoruz.
- Ofiste ise maçtakinden daha farklı hareket ediyoruz.
- Maçta, evde yemek masasında otururkenki halimize göre oldukça farklı bir kişiyiz.
- Yemek masasında da bir otel odasında tek başımıza olduğumuz zamanlara göre daha farklıyız.

Neden?

Kilisede ve ofisteki hareketlerimizi kültürel kurallar belirliyor. Bu yerlerde ve maçlarda topluluk psikolojisi de devreye giriyor. Masaya oturduğumuzda ilişki dinamikleri etkili oluyor. Bu yerlerdeki hallerimiz arasında en ilginç olanı otel odasındaki... Çünkü otel odasındayken çevreye yabancı oluyorsunuz, ayak uyduracağınız bir grup lideri olmuyor. Tek başınıza olduğunuz ve çevreye nasıl ayak uyduracağınızı bilmediğiniz için, davranışlarınızı önceden tahmin etmek zorlaşıyor. Ancak bu yalnızca sizin için böyle, genellikle otel zincirleri ne yapacağınızı harfi harfine biliyor.

Topluluk içindeki hareketlerimizi kültürel kurallar belirler.

Siz nasıl davranacağınızı bilmiyorsunuz ama otel zincirleri biliyor ve bundan epey de para kazanıyorlar. Mesela otel müdürü aşağıdaki üç şeyi yapacağınızdan neredeyse emin:

1. Telefonu kullanacaksınız (bu nedenle şehir içi aramalar bile normalin 3-4 katı pahalı).
2. Mini bardan bir şeyler atıştıracaksınız (içindeki ürünlerin fiyatı markettekilere göre sekiz kat daha yüksektir).
3. Film izleyeceksiniz (oteller film izlemenin bedelini, DVD kiralama bedelinin üç katına denk getiriyor).

Siz bunları yapacağınızı bilmiyor olabilirsiniz. Hatta kendi cep telefonunuzu, abur cuburunuzu, bilgisayarınızla birlikte DVD'nizi getirebilirsiniz. Ama yine de otelin servislerinden yararlanacaksınız ve otel yönetimi bunu biliyor. *Sizi sizden iyi tanıyorlar, çünkü davranışları çevre koşullarının tetiklediğinin farkındalar.*

Anahtar: Kendinizin ya da bir başkasının davranışlarını değiştirmek istiyorsanız, yapabileceğiniz *ilk şey çevre koşullarını değiştirmek.* Eğer çevre koşullarını kontrol edebilirseniz, belli davranışları öngörebilir veya şekillendirebilirsiniz.

İnsanların kilisede, masa başında, ofiste ya da otelde nasıl davranacağı biliniyor. İstisnalar elbette olabilir, ama bu yerlerdeki davranışlar büyük ölçüde önceden tahmin edilebiliyor.

Çünkü insanlar tüm bu ortamlarda nasıl hareket edeceklerini daha küçükken öğreniyorlar ve ona göre hareket ediyorlar. Dışa dönük kişiler kütüphaneye girdiklerinde herkes kadar sessiz olacaktır. İçe dönükler ise kilisede ya da futbol maçında herkesle birlikte ayağa kalkıp şarkı söyleyecek ya da bağıracaktır. Bu davranışlar öğrenilmiş ve dayatılmış davranışlardır.

Çevreyi değiştirmek, davranışları değiştirmek için benzersiz derecede güçlü bir araçtır. Hatta bundan daha büyük bir etken bulunmuyor. Ne genler, ne topluluk baskısı, ne de aile eğitimi bunu sağlayabiliyor. Davranışı çevre koşulları biçimlendirir ve onlar en rahat yabancı ortamlarda değiştirilebilir.

Dahası da var.

Çevre koşulları farklı davranışlar yaratmak için değiştirilebilir.

Sandalyelerin, mobilyaların duruşu ya da yeri değiştirilebilir, dekor yenilenebilir, böylece insanların birbirini daha fazla sevmeleri sağlanabilir. Bu değişiklikler ayrıca insanların birbirleriyle ne kadar ve nasıl etkileştiklerini, ne kadar heyecanlandıklarını, ne kadar rahat olduklarını da belirler.

Mobilyaların, tahtaların, duvarların rengi insanların algılarını etkiler ve gerçek anlamda davranışlarını değiştirir.

Çevreyi değiştirmenin en ilginç etkilerinden biri, önce davranışları, sonra kişinin eğilimlerini değiştirmesidir. Bu, özellikle birçok dini kurumda, askeriyede, büyük şirketlerde ve bazı okullarda da kullanılır.

Kişi bir ortamdan diğerine geçtiğinde, hele de yeni ortama alışık değilse, beyninin de değişime uğraması gerekir. Çünkü beyin içindeki düşünceler akışkan bir hale geçer ve *daha sorgulanabilir bir hale gelir.*

Kendi duruş açınızdan değerlendirildiğinde, eski ortamınızda kalmak mı, yoksa onu değiştirmek mi istediğinizi bilinçli olarak seçebilirsiniz. Başkalarının davranışlarını değiştirmeyi amaçladığınızda ise, bunu, karşınızdaki kişiyi öğlen yemeğine, akşam yemeğine, bir geziye ya da yurtdışına götürerek yapabilirsiniz. İnsanlar normlarından ne kadar uzaklaşırlarsa, yeni duruma ayak uydurmaları o kadar kolaylaşır.

Çevrenin, bir kişinin size "evet" mi, yoksa "hayır" mı diyeceği konusunda da çok büyük etkisi vardır. Hatta "evet ya da "hayır" yanıtlarından birinin gelmesinin ilk belirleyicisinin çevre olduğunu söylemek yanlış olmaz. İkinci belirleyici de aynı derecede kontrol edilebilir bir unsurdur: Görüntünüz.

2

İlk Dört Saniye

Bu bölümde ne anlatılıyor?

Vücut diliniz ve fiziksel görüntünüz ne kadar beğenildiğinizin, ne kadar ikna edici olduğunuzun ve tanıştığınız kişiler tarafından nasıl görüldüğünüzün anahtarıdır. Tanıştığınız kişiler üzerinde iyi bir ilk izlenim bırakmak için on saniyeniz, daha da gerçekçi olmak gerekirse dört saniyeniz var. Yapılan yüzlerce araştırmanın sonuçları gösteriyor ki, biriyle tanıştığınız ilk birkaç saniyede hem kişisel olarak, hem de profesyonel olarak karşı tarafta izlenimler bırakırsınız. Hatta bu ilk izlenimler adeta kaydedilir ve ilişkinizin geleceğinde belirleyici rol oynarlar.
Bu ilk izlenimlerin sizin belirleyeceğiniz biçimde oluşmasını hedeflemelisiniz.

İlk İzlenim

İnsanın bir başkasıyla karşılaştığı anda bilinçdışında birçok cereyan olur. Bilinçli düşünceler ise genellikle çok kısa sürelidir. Aşağıdaki cümlelerden herhangi biri size tanıdık geliyor mu?

"İçimde onunla ilgili kötü bir his var.
Onu beğenmedim. Ama nedenini tam bulamıyorum."
"Ondaki bir şeyler beni rahatsız ediyor,
ama ne olduğundan emin değilim."

İnsanlar, yeni tanıştıkları kişiden karışık sinyaller aldıklarında, bu ve benzeri biçimlerde düşünür. Kişiden alınan sözsüz (yani vücut diliyle ilgili) sinyaller ile sözlü sinyaller bir çatışma halindedir. Acıklı olan tarafsa, insanlar gerçekten kuvvetli altıncı hisseleri olduğunu düşünüyor ve bunlara güvenmeleri gerektiğine inanarak hareket ediyorlar. Neden acıklı? Çünkü insanlar karışık sinyaller aldıklarında *olumlu hissetmedikleri* için doğrudan *hayır* deme eğiliminde oluyorlar.

Yeni birini görüyorsunuz ve karşılaşmanın ilk dört saniyesinde beynin bilinçdışı seviyesinde birçok hareket meydana geliyor. Ama siz burada neler olduğunu asla bilmiyorsunuz.

Gözlerinizin arkasındaki 1.5 kiloluk makinede neler olup bittiğini bilmek istemez misiniz?

Biriyle ilk tanıştığınızda, beyinde milyonlarca nöron aktif hale gelir. Beyin anında uyanır. Önce karşıdaki insanı kategorize etmeye çalışır. Kime benziyor? Bu iyi bir şey mi? Çekici mi? Özelliği nedir? Alışık olduğum yanları neler? Tüm bunlar düşünce yoluyla yapılır. Bu, beynin çalışma prensibidir. Eğer bunların tamamını bilinç seviyesinde düşünmemiz gerekseydi, bir kişinin nasıl gözüktüğünden başka hiçbir şey düşünmemize vakit kalmazdı. Bunun yerine bilinçdışı harekete geçiyor, tüm bu sorulara yanıt veriyor, gerekli değerlendirmeleri yaptıktan sonra yaklaşık dört saniye içinde karşıdaki kişiyle ilgili ilk fikrini belirliyor. En azından oluşan şeyin pozitif mi, negatif mi olduğuna karar veriyor.

Bazen tüm bunlar dört saniyeden kısa bir sürede tamamlanıyor, bazen de daha uzun sürüyor. Ancak bir kişiyle tanıştığınız ilk dakikalarda sizde genellikle güçlü bir "evet" ya da "hayır" duygusu hakim oluyor. Bu yanıt karşınızdaki kişiyle ilgili... Bu duygunun onların dini, destekledikleri politik parti, ürünleri ya da hizmetleriyle hiçbir ilişkisi olmuyor. Bu yalnızca bir "evet" ya da "hayır" hissi oluyor.

Bir kişiyi ilk kez gördüğünüzde, onu derhal birçok kategoriden birine sokmaya çalışırsınız. Beynin karar vermesini sağlayan öğelerden biri de, kişinin grupta yüksek statüde mi, yoksa düşük statüde mi olduğudur. Bu önemlidir, çünkü insanlar ve hayvanlar grupta daha yüksek statüde olanlara bağlanmak ister. İkinci bir filtre ise, karşı karşıya olduğunuz kişinin çekici mi, itici mi yoksa arada bir yerde mi bulunduğudur.

Zihin, karşıdaki kişinin dış görüntüsüne özen gösterip göstermediğini not eder.

Bu ilk dört saniyede beyinde, bilgi işlemekten biraz daha fazlası meydana gelir. Kişinin kullanmayı tercih ettiği amblemleri ve sembolleri de (broş, yüzük, küpe, saat, makyaj, dövme, piercing, gözlüğün modeli gibi) dikkate alır. Bunların tamamı beynin farklı bölümleri tarafından neredeyse anında incelenir, filtreden geçirilir ve sınıflandırılır. Sonuç olarak meydana çıkan şey; gördüklerinizi kabul edip etmediğiniz, hatta belki beğendiğiniz, ama büyük ihtimalle ilgi duymadığınız ve sevmediğinizi belirten bir yanıt ya da tepki almaktır.

Bu sürecin adil olmakla ya da politik bir doğrulukla ilgisi yok. Bu anında gerçekleşen ve neredeyse daima kalıcı olan bir değerlendirmedir. İkinci bir şans çok az tanınır. İstisnası da çok nadirdir. Bazı insanları gördüğünüzde ilk izleniminiz "evet" olur. Çekici, zevkli, sağlıklı gözükürler. Bazıları ise doğrudan "hayır" sınıfına girer. Soracakları bir sorunun cevabı da kibarca "hayır" olacaktır. Onlara göstereceğiniz saygının miktarı da "hayır"la orantılı olur. Ama bir grup insana baktığınızda yanıtınız "belki" olacaktır. Bunlar doğrudan "evet" ya da "hayır" yanıtı almayan tek gruptur. "Hayır" grubuna girenler gibi bir "acaba" hissi uyandırırlar. Öte yandan "evet" grubuna girenler gibi de ilginizi çekerler. Ancak onlar hakkında bir kuşku uyanır. Bir şeyler ters gözükür. Nedir bu?

Bir kişiyi ilk kez gördüğünüzde, onu derhal birçok kategoriden birine sokmaya çalışırsınız.

Ters olan şey, hemen "evet" ya da "hayır" grubuna soktuğunuz çoğunluğun aksine bu kişilerde bazı uyuşmazlıklar olmasıdır. Belki çekici değiller, ama zevkliler ve bir stilleri var; diğer filtreleri de başarıyla geçiyorlar. Ya da çekiciler, ama vücutlarındaki dövme ya da piercing gibi aksesuarlar emin olmanızı engelliyor. Bu insanlar "belki evet" kategorisine giriyor.

Bir şey daha var... Daha hiçbir soru sorulmadı. Kimse kimseye "merhaba" demedi. Belki bu kişi henüz yüzünüze bile bakmadı. Ama siz o kişiyle ilgili henüz nasıl biri olduğunu, hatta tanışıp tanışmayacağınızı bile bilmeden "evet" "hayır" ya da "belki" yanıtını yapıştırdınız bile.

Belki havalimanında ya da ofiste birbirinizin yanından geçtiniz. Bu kişiyi tanımıyorsunuz. Sizinle çarpışabilirler, randevuları olabilir ya da ömür boyu "merhaba" bile demek zorunda kalmayabilirsiniz. Ama siz daha "merhaba" demeden "evet" ya da "hayır" yanıtına karar verdiniz, bu nedenle sizi tanıyacaklarını bilmeden bile "evet" dedirtmek için ellerinden geleni yapmalılar. *Ve siz de "evet" yanıtını arıyorsanız, aynısını yapmalısınız.*

Erkekler genellikle önce bir kadının vücut tipine dikkat eder. Daha sonra yüzüne bakarlar. Birçok kadın ise önce erkeğin yüzüne bakar, daha sonra vücudunu inceler. (Bu kitapta okuduklarınız, kadınların erkeklerden çok farklı iletişim kurduğunu gösterecek. Erkeklerin ve kadınların genelini anlamak, onlardan "evet" yanıtını almanızı kolaylaştıracak.)

Bir kişiyi gördüğünüz anda ve onunla tanışacağınızı bilmeden çok önce onunla ilgili görüşlerinizi oluşturuyorsunuz.

Bu ilk izlenimlerin etkisini yenmek büyük bir çaba gerektiriyor.

Bu ilk izlenimlerin etkisini yenmek büyük bir çaba gerektiriyor. Yine de bunları yenmek mümkündür. Bu çok sık olmaz, ancak olabilir. Her zaman güçlü ve pozitif izlenim yayarsanız, bunu yapmak zorunda olmakla ilgili asla endişelenmezsiniz.

Daha sonraki üç saniyede -insanlar daha "merhaba" demeden önce- birçok karar çok daha az değişken hale gelir. Yani "belki hayır"dan "belki evet"e geçmek için çok az vaktiniz var.

Bu aşamada bir otomobili satmanız, emlakçı olmanız, çocuğunuzun öğretmeniyle buluşmanız, bir eş aramanız veya kilise rahibini izliyor olmanız pek bir şey değiştirmez. "Belki evet", "belki hayır" tepkileri anlık meydana gelir. Biraz önce anlattığımız istisnai durumlar dışında genelde, bir karar verdiğinizin bile bilincinde olmuyorsunuz. Sadece karar verdiniz; aslında hayır, karar veren bilinçdışınızdı, sizin bu karardan haberiniz bile olmadı.

Bir kişinin size iş verip vermemesi, sizinle anlaşması ya da ilişkiye başlamasının anahtarının bu ilk izlenimler olduğunu düşünmek size saçma gelebilir. Ama unutmayın, tüm insanlar bu bilinçdışı değerlendirmeleri yapar.

Görüntü Harekete Geçiyor

2002 yılında yetişkinlere ders veren bir kursun yöneticisinden orada "speed dating (hızlı tanışma)" gecesi düzenlemek istediğimizi söyledim. (Böyle gecelerde eşit sayıda erkek ve kadın bir araya geliyor, herkesin birbiriyle tanışmak için belli bir süresi oluyor ve herkes birbiriyle tanıştıktan sonra isteyenler tekrar buluşuyor.) Amacım, "Hayır, bu kişiyle asla buluşmak istemiyorum" veya "Evet, bu kişiyle bir kez daha buluşmak istiyorum" yanıtını gerçekten altı dakikada verip veremediklerini incelemekti.

Gecenin ilanı yalnızca, "49 dolara iki saat boyunca 10 değişik kişiyle 10 buluşma" yapılabileceği şeklinde çıktı. Beklediğim gibi katılım çok büyük oldu.

Her buluşma altı dakika sürdü. Her buluşmanın sonunda iki taraf da küçük bir karta karşılarındaki kişinin numarasının yanına "E" ya da "H" yazdı. Birbirlerine "E" yazan çiftlerin kartları gecenin sonunda bu kişilerin zarflarına kondu.

O geceki bütün çiftleri ve buluşmalarını teker teker izledim. Daha sonra birbirlerine "evet" deyip demeyeceklerini tahmin etmeye çalıştım. (Tahmin ettiğim gibi büyük bölümü birbirine uymadı.) Bu deneyden öğrendiklerimi daha sonra anlatacağım. Ama asıl enteresan olanı, gecenin sonunda herkesle bireysel olarak bir araya geldiğimde, karar vermek için altı dakikaya bile ihtiyaç duymadıklarını söylemeleriydi. Birkaç saniye içinde bu kişiyle tekrar görüşmek isteyip istemediklerini belirlediklerini söylediler. Yalnızca iki kişi daha fazla vakte ihtiyaç duymuştu. Bunun dışında herkes, tam da tahmin ettiğimiz gibi anında karar vermişti.

İnsanlar tarafından ne kadar çekici gözüktüğünüz kariyerinizde, ilişkilerinizde ve hayatınızın tamamında "evet" ya da "hayır" yanıtları almanızı etkileyecektir. Bu adil değil, ama doğru. Özellikle çekici olmayan kişiler, pek de mükemmel olmayan fiziksel özelliklerini kabulleniyor ve ellerindeki malzemeyi kullanmayı öğreniyorlar. Daha çekici hale gelmenin sırlarını öğrenmeden önce, gelin fiziksel görüntüyle ilgili bazı araştırmaların sonuçlarını inceleyelim.

İnsanlar tarafından ne kadar çekici gözüktüğünüz kariyerinizde, ilişkilerinizde ve hayatınızın tamamında "evet" ya da "hayır" yanıtları almanızı etkileyecektir.

Fiziksel Görüntünün Gücü

Üniversite öğrencilerinin, çekici hocaları çekici olmayanlara göre daha başarılı gördüklerini biliyor muydunuz? Sorun yaşayan öğrencilerin, çekici hocalardan yardım isteme olasılığı da daha yüksek oluyor. En ilginci, bu hocalardan zayıf not alan öğrenciler nadiren hocanın suçlu olduğunu düşünüyorlar! (Romano ve Bordieri 1989)

Birçok araştırma, erkeklerin partner ya da eş seçerken fiziksel görüntüye büyük önem verdiğini gösteriyor. Genellikle kendi görünüşlerine göre fiziksel özellikleri eksik olan kadınları geri çeviriyorlar. Ancak R. E. Baber'ın araştırmalarına göre, kadınlar erkekleri seçerken fiziksel özelliklerine çok daha az önem veriyor. Peki J. E. Singer'ın araştırmalarına göre, üniversite hocalarının çekici bayan öğrencilerine, erkek ya da daha az çekici bayan öğrencilerine göre daha yüksek not verdiğini biliyor muydunuz?

Sahip olduğunuz vücudu en iyi şekilde kullanmanız gerektiğini anlatan daha birçok araştırma var.

D. Byrne, O. London ve K. Reeves'in yaptığı araştırmalar, insanların fiziksel görünüş bakımından itici buldukları kişilerle herhangi bir ilişkiye girmekte isteksiz olduklarını ortaya koydu.

Brislin ve Lewis'in 58 kadın ve erkeğin üzerinde yaptığı bir araştırmada, ilk randevudan sonra ikinci randevuya karar verenlerin % 89'unun, bunu karşıdaki kişiyi çekici buldukları için istediği görüldü.

Mills ve Aronson ise, çekici kadınların diğer hemcinslerine göre çok daha ikna edici olduğu görüşündeler.

İki Büyük Soru

Tüm bunlar nereden çıktı?

Birçok kişiye göre çekici sayılmıyorsam da ikna edici olabilir miyim?

İkinci sorunun yanıtı "evet".

Birinci sorununki ise daha uzun bir hikaye, siz daha bebekken başlıyor... Bebek, doğduktan sonra üç gün içinde gülmek, dil çıkarmak gibi basit hareketleri taklit etmeye başlar. Birkaç gün sonra ise çevresini daha iyi anlamaya başlar ve artık annesini diğer kişilerden ve şeylerden ayırt edebilir hale gelir. Yapılan bir deneyde, anne bebeğin odasından çıktığında ve bebeğe teker teker yabancı kişilerin fotoğrafları gösterildiğinde, bebeğin çekici insanların fotoğraflarına çok daha uzun süre baktığı görüldü. Güzel insanlara (bu arada simetrik şekillere de) bakmak bebeğin beyninde programlanmış oluyor.

Bebeğin başka inceleme kriterleri de bulunur. Mesela gülümseyen kişilerin fotoğraflarına ya da suratlarına, asık suratlı kişilerin fotoğraflarına ya da suratlarına baktıklarından çok daha fazla bakıyorlar.

Annelerin bebekleriyle ilişkisi ise daha ilginç. Bebeği çekici sayılan annelerin onlara bakma süresi uzuyor ve bu sırada dış dünyadan çok daha zor etkileniyorlar. Diğer yandan başkaları tarafından daha az çekici bulunan bebeklere, altlarının değiştirilmesi ya da emzirilmeleri gibi konularda bakılıyor ve yüzlerine ikinci derecede önem veriliyor. Yani anne sırf yüzüne bakmak için saatlerce bebeğin başında oturmayabiliyor.

Elbette anne kendi bebeğinin diğer bebeklerden değişik olduğunun farkında olmuyor. Ama onun beyni de daha doğarken güzele bakmak için programlandı. Güzellikten hoşlanmak bebeklik yaşlarında başlıyor ve çocukluk boyunca artarak devam ediyor.

Doğayı incelediğinizde güzel ve renkli hayvanların hem çiftleşme, hem de hayatta kalma şanslarının arttığını, üstelik kaynaklardan da daha fazla ve rahat yararlanmaya uygun ortam yarattıklarını görürsünüz. Bir araştırmaya göre, dünyadaki en zengin kadınların çoğu çekici kadınlar... Bu zengin kadınların bir kısmı servetlerini miras, bir kısmı evlilik, bir kısmı da kendi çalışması yoluyla elde ediyor. Ama üç durumda da fiziksel görüntü etkili oluyor.

Hayatta kalma içgüdüsü kadınlarda çok kuvvetlidir. Kadının güzelliğini ve güzelliğe tepki vermesini belirleyen genler, görüntüsünü düzeltmeye özen göstermesini sağlar. Bu milyonlarca yıldır böyledir... Bu yüzdendir ki, bugün bile dünyanın en büyük sektörleri kozmetik ve güzellik ürünü sektörleridir. Kozmetik şirketlerinin dünyadaki birçok şirketten daha fazla çalışanı var. Brezilya'daki Avon temsilcilerinin sayısı, askeriye mensuplarının sayısını geçiyor. Güzel gözükme endüstrisinin tarih sahnesine çıkışından iki milyon yıl sonra dahi, sektör gelişmeye olanca gücüyle devam ediyor.

Ancak güzellik kavramını bu kozmetik şirketleri yaratmadı ve standartlarını da onlar belirlemedi. Dünyada birçok millet, güzelliğe ABD'den daha fazla önem veriyor. Çünkü bu ülkelerde güzellik, sağlığın bir simgesi olarak görülüyor. Özellikle hastalıkların çok sık görüldüğü ülkelerde insanlar evlenmek için güzel birini arıyor.

Onlarca araştırma, çekici bulunan kızların ve kadınların testlerden daha iyi not aldığını, işlerinde daha fazla para kazandıklarını, daha "nitelikli" erkeklerle evlendiklerini (daha zengin, daha iyi eğitimli…) gösteriyor. Tüm bunlar kulağa yanlış ve adaletsiz geliyor, ama hepsi doğru. Fiziksel çekicilik ilişkilerde, kültürel gelişimde; tüm cinslerin ve tüm insanların hayatta kalmasında büyük önem taşıyor.

Erkeklerde de durum çok farklı değil. Askeri akademilerde fiziksel olarak çekici olan erkeklerin, ortalama çekiciliği olan kişilere göre daha yüksek rütbelere yükseldiği görülüyor. Ayrıca kadınların ilk tanışmada fiziksel olarak çekici erkekleri tercih ettiğini gösteren araştırmalar da var, ama bu, kadınların dikkat ettiği diğer özellikler kadar önemli değil.

Çekici insanların sosyal ortamlarda diğerlerine göre çok daha rahat olmaları da dikkat çekicidir. Bunun nedeni büyük ihtimalle ortamdaki diğer kişilerin onlara yüklediği pozitif anlamdan kaynaklanıyor. Eğer insanlar çekici kişiye sürekli aynı pozitiflikle, gülümseyen bir yüzle yaklaşıyorlarsa, o insanın da çevresine aynı biçimde tepki göstermesi ve daha rahat olması çok doğaldır. Yani çekici kişiler neredeyse kendi kendilerini peygamber ilan ediyorlar ve bundan haberleri bile olmuyor.

Çoktan seçmeli sınavlar, çekici kızların diğer hemcinslerine göre daha iyi puan alamadıklarını gösteriyor. Yalnızca, kişiye özel notlama söz konusu olduğunda daha yüksek puan alıyorlar.

Fiziksel görüntüyle yönetilen bu dünyada er ya da geç bazı sorunlar çıkıyor. Mesela bir şirketi yöneten çekici bir kadının, bir başka çekici kadının yönettiği herhangi bir şirketten hoşlanmadığı görülüyor. Bu durum hayatta kalma içgüdüsüyle açıklanıyor. Kimse kaynaklarını paylaşmak istemez. Bir başka çekici kadından uzak durmak, potansiyel bir erkek için daha az rekabete girileceği anlamına gelir. Hepimiz içinde bulunduğumuz ortamı kontrol etmek isteriz, ancak kadın ve erkeklerin bunu yaparken amaçları ve yöntemleri çok farklıdır. Çekicilik hem kadınlar, hem de erkekler için önemlidir. Ama dünyada, İsveç ve Polonya dışındaki tüm ülkelerde, çekicilik erkekler için daha büyük bir önem teşkil ediyor. (İsveç ve Polonya'da kadınların çekicilik beklentileriyle erkeklerinki aynı seviyede gözüküyor.) Elbette erkeklerin çekiciliğe daha fazla önem vermesi hem sözlü, hem de sözsüz iletişimi etkiliyor.

Görüntünüzün ne kadar önemli olduğunu ve tüm ilişkilerinizi, isteklerinizi, tanıştığınız herkesin sizinle ilgili görüşlerini nasıl etkilediğini anladığınızda, gelecekteki tüm ilişkilerinizi ve iletişiminizi kontrol etme şansınız olduğunu görüyorsunuz.

Olabildiğince iyi gözükmeniz çok önemli.

Olabildiğince iyi gözükmeniz çok önemli. Bu makyaj yapmanız ya da yapmamanız anlamına gelebilir; ama büyük ihtimalle kilonuzu ideal seviyede tutmanız gerekiyor. Bedensel inceliğin, insanların birbirini değerlendirirken büyük önem taşıdığı biliniyor. Obezite, diyabetin ve kanser de dahil birçok hastalığın en önemli nedeni olarak gösteriliyor. Hepimizin beyni, hayatımızı bizi koruyabilecek sağlıklı insanlara teslim etmemiz için programlanır. Bu özellikle eş seçiminde çok önemli hale geliyor.

Peki tüm bunları, insanları razı etmek için nasıl kullanacağız?

İlk görüşte aşk lafını hiç duydunuz mu? Bu kitapta, müşterinizin, siz daha tek kelime söylemeden size ve ürününüze aşık olmasını sağlamayı öğreneceksiniz.

Kendini davranış uzmanı olarak tanıtan birçok kişi, Albert Mehrabian tarafından yapılan deha ürünü bir araştırmayı yanlış aktarmaktadır. Bu kişiler iletişimin % 93'ünün sözsüz olduğunu söyler. Oysa Mehrabian'ın sonucu kesinlikle bu değildir. Sözsüz iletişim ve fiziksel görüntü, iletişimin % 50-80'ini belirler. Aynı oranlar ikna etme çabası için de geçerlidir.

Ne giydiğiniz, makyajınız, mücevherleriniz, saatiniz, çoraplarınız, ayakkabılarınız, paltolarınız, gözlükleriniz ve görüntünüzü oluşturan diğer her şey bir başka işi veya ilişkiyi başlatabilir ya da yok edebilir. Üstelik tüm bunlar siz daha ağzınızı açmadan olur.

Al Gore Etkilemeyle İlgili Bir Ders Veriyor

Her dört yılda bir ABD'deki başkanlık seçimlerinde başkan adayları üç kez canlı yayında bir araya gelerek ülkeyi ilgilendiren konuları tartışırlar. Böylece Amerikalılar ülkelerinin karşı karşıya olduğu sorunları görme fırsatı bulurlar ve adayları yakından incelerler. Bu tartışma programlarını yıllardır izliyorum. 2001 yılındaki seçimlerde, İngiliz BBC televizyonu benden, demokratların başkan adayı Al Gore'un ve o zaman Teksas Valisi olan George W. Bush'un vücut dilini analiz etmemi istedi. Benden, önce adayların vücut dillerinin ne anlattığını söylememi istediler, üçüncü tartışmanın sonunda da seçimlerle ilgili bir tahmin yapmamı istediler.

Tartışmanın sözsüz kısmı, George W. Bush'un oldukça huzursuz olduğunu gösteriyordu. Tutuktu ve yanıtlarını verirken gardını düşürmüyordu. Al Gore ise fazlasıyla güvenli, hatta burnu havada bir izlenim bırakmıştı. Bu tartışma o kadar ağırdı ki, sonradan danışmanları Al Gore'a ikinci tartışmada tavırlarını biraz yumuşatması için ders verdiler. Ancak Gore ikinci tartışmayı kaybedince üçüncüye kolları sıvayıp geldi. Bu tartışma oldukça sert geçti. Hatta seviyesinin, belediye meclisindeki tartışmalar düzeyinde olduğunu söyleyebilirim.

Birinci tartışmanın başında Gore, Bush'a doğru yürüyerek şahsi alanına girdi. Bu Bush'un dikkatini tamamen dağıttı ve Gore avını yemeye hazırlanan bir aslan gibi gözüktü. Ancak bu hareketi, yalnızca Dünya Güreş Federasyonu'na değil, ABD'nin tamamına başkan olacak bir kişi için fazla saygısız, burnu havada ve agresif bulundu.

BBC'ye bu hareketin Gore'u zor durumda bırakacağını söyledim. Amerikalılar baş belalarını sevmez ve televizyon ekranında 10 saniye bile kalmayan bu olayın, kararsızların çoğunu Bush'un tarafına iteceğini tahmin ettim. Artık George W. Bush'un kazanacağından emindim, ama BBC'ye "George Bush kazanacak, ancak çok yakın bir seçim olacak" dedim. Bunun ne kadar peygamberimsi bir ifade olduğunu bilmiyordum.

Eğer ben Al Gore'un danışmanı olsaydım; onun George Bush'a, dostça olmadığı müddetçe, yaklaşmasına asla izin vermezdim. İnsanlar dostluğu sever ve kibar kişilerin yanında kendilerini rahat hissederler. Herkes kişisel alanlarına girildiğinde kendilerini, hele de bu kişi fiziksel olarak kendilerinden büyük ve güçlüyse, tehdit altında hissederler. Bu tartışmanın kasetini izlediğinizde Bush'un tehdit altında olduğunu hissediyorsunuz ve biz izleyiciler ona sempati duymaya başlıyoruz. Gore'un bu hareketi yaparkenki amacı belirsizdi ve bu bir anlık hata yüzünden binlerce oy kaybetti.

Buradaki ders nedir?

İster oturuyor, ister ayakta olun müşterinizin şahsi alanından uzakta durmalısınız. Şahsi alan genellikle, kişinin vücudunun çevresindeki 45 santimlik bölge olarak adlandırılır. Bu alana girmek, kendinizi riske atmaktan başka bir işe yaramaz. Bu, müşterinize bir sır veremeyeceğiniz ya da ona dokunamayacağınız anlamına gelmiyor. Ama eğer şahsi alanına giriyorsanız, bunu stratejik olarak ve hesaplayarak yapmalısınız. Bu alana girmenin büyük avantajları ve dezavantajları vardır; dolayısıyla müşterinizin şahsi alanına girerken çok dikkatli olun.

Diğer yandan, eğer müşterinizin rahat kişisel alanından çıkarsanız (bu 56 santimle 120 santim arasında değişir), bu kez de müşterinizin dikkatini kaybetme riskiniz doğar. İdeal olarak, yeni bir müşteriyle ilişki kurarken 60-120 santimlik bir alanda kalmalısınız. Bu uygun olandır ve genellikle sohbet 120 santimde başlar, gitgide yaklaşır.

Herkes kişisel alanlarına girildiğinde kendilerini, hele de bu kişi fiziksel olarak kendilerinden büyük ve güçlüyse, tehdit altında hissederler.

Elbette bu noktada, bir kişiden ne kadar uzakta ya da yakında oturduğunuzdan daha önemli şeyler de var. Otururken kapladığınız alanın da sonuç üzerinde büyük etkisi var. Diyelim ki bir dükkanda satış yapıyorsunuz. Bunun sizin mi, yoksa müşterinin mi dükkanı olduğu çok fark eder mi? Bir restoranda iş anlaşması yaptığınızı düşünün. Bu, bir gece kulübünde el sıkışmaktan farklı mıdır? Elbette!

Şimdi bir ofiste oturduğunuzu, müşterinin de sizin karşınızda olduğunu düşünün. Daha sonra müşterinin sizin yanınıza oturduğunu düşünün. Bir perakende satış mağazasında müşterinizle yan yana ayakta durduğunuzu düşünün. Tüm bunlar birbirinden nasıl farklı? Bu görüntülerin hepsi müşterilerinizde farklı izlenimler bırakır ve ikna etme olasılığınızı da etkiler.

Unutmayın: Herkes dört dörtlük gözükebilir ve istedikleri oranda güzel gözükmeyi başarabilirler. Fiziksel özellikler ve bunları nasıl kullandığınız önemlidir. Yüzünüzün ana çizgilerini değiştiremezsiniz, ama surat asmak yerine gülümseyerek yüzünüzün derinliğini artırabilirsiniz. Saniyeler, insanların sizi değerlendirme aşamasında büyük önem taşıyor. Tüm farkı, biriyle tanıştığınızdaki ilk birkaç saniye belirliyor. Unutmayın insanlar sizinle ilgili ilk yargılarını dört saniyede veriyor. Bu kitabın geri kalanı ise dört saniyeden sonra ne yapacağınızı ve insanların size "evet" demesini nasıl sağlayacağınızı anlatıyor.

Ömür Boyu Sürecek Muhteşem Bir İlk İzlenim Bırakmanın On Üç Sırrı

İster bir kişiyle ilk kez tanışıyor, ister daha önce tanıdığınız biriyle bir araya geliyor olun, ilk birkaç dakika sonuç için çok önemlidir, hatta sonucun ta kendisi olduğu bile söylenebilir. Harvard Üniversitesi'nde yapılan araştırmalara göre, bir karşılaşmanın ilk 30 saniyesi çok önemli. Buna katılıyorum, ama herhangi bir buluşmanın ilk dört saniyesinin en önemli bölüm olduğunda da diretiyorum.

Bunu aklınızda tutarak aşağıdaki tavsiyeleri uygularsanız, mesajınızı doğru iletme ve "evet" yanıtını alma olasılığınız artacaktır:

1. Müşterinizin nasıl giyineceğini düşünün ve ondan yaklaşık % 10 daha iyi giyinin. Fazla şık ya da fazla spor giyinmeyin. Bunların her ikisi de müşteri tarafından saygısızlık olarak algılanır.
2. İnsanlar en çok, karşılarındaki kişinin kendilerine benzediğini, benzer inançlara ve değer yargılarına sahip

olduğunu hissettiklerinde rahat olurlar. Müşterinizin değer sistemiyle ilgili tahminler yapın ve onunla konuşurken bu değerleri övmeseniz bile aklınızda bulundurun. Böylece daha iyi bir ilk izlenim bırakma şansını yakalamış olursunuz.

3. Müşterinizle buluştuğunuzda açılmamış bir kitap kadar saf ve temiz olmalısınız. Yani temiz kokmalısınız (bunun için kendinizi parfüm şişesine boğmanıza gerek yok), saçlarınız taranmış olmalı; üzgün olmamalısınız; iyi bir görüntüye sahip olmalısınız.
4. Konuştuğunuz kişinin sizinle iş yaparken en çok neye önem verdiğini öğrenin ve ürününüzün bunlarla ilişkisini kurmaya çalışın. "Benimle çalışırken en çok önemsediğiniz şey nedir?" sorusu size yol gösterecektir.
5. Müşterinize, iyi hizmet alıp almadığını hangi ölçütlerle de ğerlendirdiğini sorun. Eğer hızlı hizmetin önemli olduğunu söylerse, bu kez "Hızlı hizmetin ne olduğuna nasıl karar veriyorsunuz?" diye sorun.
6. Müşterinize, en iyi ve en hızlı hizmeti verirseniz, sizinle çalışıp çalışmayacağını sorun. Eğer olumsuz yanıt alırsanız, hizmette asıl değer verdiği şeyin ne olduğunu sorun.
7. Müşterinizin, ürününüze ne için *ihtiyaç* duyduğunu bildiğinize emin olun. İhtiyaçlar ve değerler genellikle birbirinden farklıdır ve önemli olan ürününüzün müşteri için ne yapabileceği değil, yeterliliği sağlamak için ne yapması *gerektiğini* bilmektir. "Ürünümüzün mutlaka yapması gereken bir şey seçecek olsaydınız, bu ne olurdu?" sorusu size yardımcı olabilir.
8. Müşterinizin konuşma hızını ve düzenini (genellikle birbiriyle benzerdir) iyi takip edin ve buna ayak uydurun. Eğer müşteriniz yavaş konuşan biriyse, bilgileri değerlendirmesine fırsat vermeyecek kadar hızlı konuşup dikkatini dağıtmayın. Eğer müşteri hızlı düşünen ve

konuşan biriyse, yavaş konuşarak onu sıkmaktan kaçının.

9. Eğer müşterinizle buluşmak için herhangi bir nedenden dolayı heyecanlıysanız, büyük ihtimalle müşteriniz de öyledir. Beynin iletme sisteminden faydalanın ve el sıkışırken, otururken, konuşurken müşteriyi sağınızda tutmaya çalışın. Bu, her ikinizin de sol beyninizi daha faal biçimde kullanmanıza, bu yolla rahatlamanıza ve daha analitik olmanıza yardımcı olacaktır.
10. İster kadın, ister erkek olun eğer bir kadınla buluşuyorsanız, göz seviyenizin onunkinin altında olmasına özen gösterin. Araştırmalar, tüm kadınların, göz seviyeleri etraftakilerden yukarıda olduğunda kendilerini daha rahat ve daha az tehdit altında hissettiklerini gösteriyor.
11. Müşterileriniz bir nedenden dolayı duygulanır ya da kızarsa, kendi tepkinizin onlarınkinden yüksek olmasına izin vermeyin. Tepkilerini paylaşın, ama ölçülü olun. "Belediye beş milyar vergi mi alıyor? Bu da nereden çıktı" gibi bir cümle kıvamındadır.
12. Müşterilerinizin iş terminolojisini bilin, en azından kulak aşinalığınızın olmasına özen gösterin. Araştırmalar, müşterileriyle aynı terimleri kullananların "içerden biri" izlenimi bıraktığını ve onlara "evet" denme olasılığının arttığını gösteriyor.
13. Müşterinize, onun ilgi alanlarına, girişimlerine ve işlerine samimi bir ilgiyle yaklaşın ve etkilendiğinizi belli edin. Çalıştığınız kişiyle aranızda öznel bir bağ yaratmak için, samimi ve şefkatli bir ilgi kadar etkileyici bir şey yoktur.

3

Etkilemede Delta Modeli

Gelelim o dört saniyeden sonra olanlara... Ne oluyor? Bugüne kadar okuduğum ikna etme, etkileme ve satışla ilgili kitapların hiçbiri, strateji ve teknikleri kullanılabilir şekilde düzenlemiyordu, en azından sunum yapma konusunda tavsiyeler vermiyordu.

Müşterilere, muhtemel alıcılara ya da satıcılara yaklaşırken, bilgiyi sunmak için kullanabileceğiniz yüzlerce yol var. Delta Modeli ise benim en favori 10 modelimden biri... Adına Delta dedim, çünkü bu sözcük "küçük ve adım adım" anlamına geliyor. Aslında "kurnaz" anlamına geldiği de söylenebilir. Satış sürecinde başkalarına sunumunuzu ve teklifinizi yaparken, ister karşılıklı öğlen yemeği yiyor olun, ister 1000 kişiye konuşma yapıyor olun belli başlı olaylar meydana gelir. Bunları çok iyi anlamanız ve kullanabiliyor olmanız gerekir. Bu model, etkili bir model ve bunu iş dünyasında kullanmanızı size tavsiye ediyorum. Kitabın bu bölümü, amacınız ne olursa olsun, doğru bir şekilde sunum yapabilmeniz için Delta Modeli'ni anlatıyor.

Her şey uyumlulukla, ahenkle başlar.

Uyumun Yedi Anahtarı

Uyum konusunda detaya inmeden önce, bunu sağlamanın ve korumanın püf noktalarını sizinle paylaşmak istiyorum. Bu bölümde okuyacağınız diğer her şey bu yedi maddeyle ilişkili olacak.

1. Karşınızdakini etkilemek için hızınıza dikkat edin, ayna tekniğini kullanarak müşteriyle eşzamanlı hale gelmeye çalışın.
2. Müşteriye gerçek ve samimi bir ilgi gösterin.
3. Müşteriyle uyum içinde olduğunuzu belli edin, hatta gerekirse bunu dile getirin.
4. Müşteriniz için en önemli şeyin ne olduğunu bulun (*değerleri* belirleyin).
5. Müşterinizin değer yargılarını belirleyebilmek için sorular sorun.
6. Müşterinizin *ihtiyaçlarını* belirleyebilmek için yine sorulardan yararlanın.
7. Müşterinizin ihtiyaçlarını belirleyen kuralları bulabilmek için sorular sorun.

Kalplerine Giden Yol: Uyum

Rahatlık. İnsanlar rahat olmak ister. Birçok kişi, en basit iletişimin dahi kurulmadığı şirket ortamlarında, hatta daha da kötüsü acımasız ve düşmanca insan ilişkilerinin sürdüğü şirketlerde çalışıyor. Onların bizim yanımızdayken rahat hissetmesini istiyoruz. Bu, zaman zaman insanların rahatlamasını sağlayacak hareketleri bilinçli olarak yapmamız anlamına geliyor. Uyum sağlamak, dışarıdan bakıldığında genellikle garip gözüken, ama karşımızdaki kişi tarafından duyarlı ve sıcak algılanan hareketler yapılmasını gerektirir.

İnsanlar rahat olmak ister.

Uyum, iki veya daha fazla kişi arasındaki birbirine bağlı olma hissidir.

Birçok kişi kendilerinden bahsetmeyi sever, ama bunu diledikleri kadar fazla yapma imkanı bulamazlar. Değerleri belirlemeye bağlı bu sistemin, bu kadar önemli ve etkili olmasının en can alıcı nedeni budur. İnsanlara değer yargılarıyla ilgili fikir sorduğunuzda, en çok önem verdikleri duygu ve düşünceleri sormuş olursunuz. Bu, insanları anlamak açısından çok önemli bir adımdır ve uyumu sağlamak adına çok önemli olabilir.

İyi ve duyarlı bir iletişimci olmanın yolu, uyum sağlamak ve bunu koruyabilmekten geçiyor. Uyum sağlamak konusundaki en iyi hikayelerden biri İncil'de yer alır. Havarilerden Paul, Yunanistan'a gider. O dönemde Atina kültürü büyük oranda putperesttir. Kent mitolojik tanrıların heykelleriyle doludur. Bir Yahudi olan Paul'e bu durum iğrenç gelir. Bunun üzerine bazı yerel filozoflar Paul'ü bir tartışmaya davet ederler. İşte bu tartışma sırasında Paul'ün uyum ve ahenk sağlama yeteneğini görürüz:

"Sevgili Atinalılar, her alanda çok dindar olduğunuzu görüyorum." (Bu, onların şüpheci düşünce yapısını anında kırar ve Paul'ün metaforik olarak devam etmesi için uygun bir zemin hazırlar.)

"Çünkü tapındığınız heykellerin arasında yürürken, üzerinde 'Bilinmeyen Tanrı'ya' yazan bir heykel gördüm. İşte ben size bu bilmediğiniz Tanrı'yı sunuyorum." (Paul'ün uyum oluşturma yeteneği tartışılmaz. Heykellerin birinden bahsederek; Atinalılara, onların tanımadığı yeni bir Tanrı sunmadığı, aslında kendi Tanrılarının birinden söz ettiği mesajını veriyor.)

"Tanrı, bu dünyadaki her şeyi kendi yarattığı için, insan eliyle inşa edilen tapınaklarda durmaz." (Dünyayı Tanrı yaptığına göre, insan elinden çıkma tapınaklara sığamayacak kadar büyük olduğunu anlatmaya çalışıyor.)

Paul daha sonra konuşmasında Tanrı'nın insanlara hayat, nefes ve yaşayacak bir yer verdiğini söylüyor. Tanrı'nın insanlara ait hiçbir şeye muhtaç olmadığını anlatıyor.

"Onun için yaşıyor ve hareket ediyoruz. Sizin bazı şairlerinizin

de söylediği gibi, biz onun çocuklarıyız."

"Tanrı'nın çocukları olduğumuza göre, doğanın kaynağında insan elinden çıkmış altın, gümüş, taş gibi maddelerin olduğunu düşünmemeliyiz."

Paul bir kez daha Atinalı otoritelerin sözlerinden faydalanıyor. Uyum yaratmak ayrı, bunu korumak ve mesajınızı iletmek için kullanmak ayrı bir şeydir.

"Tanrı şimdiye kadarki cahillikleri görmezden geliyor. Ama bundan sonrası için herkesi değerlendireceği, ölüleri yerinden kaldıracağı bir gün tayin etti."

İşte bu son cümleyle Paul, konuşmasının en heyecanlı bölümüne geliyor ve dinleyicilerin dikkatini muhafaza etmiş oluyor. Üstelik, Atinalı filozoflarla uyum içinde konuşmaya başlamış olması, başarılı bir konuşma yapmasını sağlıyor.

Ancak, elbette uyum yalnızca sözlü iletişimle ilgili değildir. Sözsüz davranışlarda da uyum büyük önem taşır.

Sözsüz Uyum Sağlama Yöntemleri

• ***Fiziksel görüntü.*** Bir kişinin giyimi ve dış görünümü, karşısındaki kişinin kendisini rahat veya garip hissetmesine neden olabilir. Nasıl giyindiğimiz, insanların bize ne kadar güveneceğini ve bizi ne kadar seveceğini belirler. Her durumun kendine özgü uygun bir giyinme tarzı vardır. İnsanlarla iletişim kurarken giysilere dikkat etmek fazla orijinal bir fikir gibi gelmeyebilir. Ama aslında öyledir. Karşınızdaki insanın rahat hissetmesi için belli bir şekilde giyiniyorsunuz. Giyinme konusunda kendi isteklerinizin ve inançlarınızın ötesinde hareket etmek zorunda bile kalabilirsiniz.

Nasıl giyindiğimiz, insanların bize ne kadar güveneceğini ve bizi ne kadar seveceğini belirler.

• ***Tonlama.*** Karşınızdaki kişiyle aynı ses tonunu ve hızını kullanmak, uyum sağlamak açısından çok önemlidir. Karşınızdaki kişiyi taklit etmeniz gerekmiyor. Konuşma hızınızı ve tonunuzu ona göre ayarlamanız yeterli.

• ***Duruş.*** Uyum sağlamanın en etkili yollarından biri, karşınızdaki kişiyle benzer şekilde oturmak ya da durmaktır. Bunu yaparken, iletişimde lider konumunda olup olmadığınızı da test edebilirsiniz. Bir süre bacak bacak üstüne atarak oturduktan sonra ayaklarınızı yere indirmeyi deneyin. Eğer karşınızdaki kişi de aynı şeyi yapıyorsa, bu sizin lider konumda olduğunuzu gösterir. Eğer durum buysa, karşı tarafın fikirlerinizi paylaşması ve ikna olması kolaylaşır.

• ***Soluk.*** Karşınızdaki kişinin nasıl ve nereden nefes alıp verdiğini izleyin. Karşınızdaki kişiyle aynı sıklıkta nefes alıp veriyorsanız, bu uyum sağladığınızı gösterir. Sevişirken çiftlerin aynı hızda ve aynı anda nefes alıp vermesi, bu uyumun en iyi örneği sayılır.

Tüm bunlar bize, iletişimin en önemli anahtarlarından birini gösteriyor: *İnsanlarla derin ve samimi bir ilişki kurabilmek için, onlara benzemelisiniz.*

Biriyle tam uyum içinde olduğunuz bir zamanı hatırlıyor musunuz? Bu, iki tarafın da neredeyse aynı şeyi düşündüğü bir zamandı. Yan yana mı oturuyordunuz? Oturma şekliniz birbirine benziyor muydu? Biriyle uyum içinde olduğunuz ikinci bir zamanı düşünün ve aşağıdaki sorulara yanıt vermeye çalışın.

Bu yoğun dakikalarda heyecanlı mıydınız, yoğun bir duygu hissediyor muydunuz?

Bir deftere vücudunuzla ilgili kötü ve güvensiz hissettiğiniz bir zamanı yazın.

Bir kişi ya da grupla kendinizi çok rahatsız hissettiğiniz bir zamanı yazın.

Kitabın bu bölümünde öğrendiğiniz şeylerden yola çıkarak, bu durumlarda nasıl daha rahat olabileceğinizi tahmin etmeye çalışın ve düşüncelerinizi yazın. Bunlar, uyum sağlama konusunda size yardımcı olacaktır.

21 Adımda Delta Planı

Artık etkilemede delta modelini inceleme zamanı. Modeli 21 parçaya böldük, böylece hangilerinde kuvvetli olduğunuzu, hangilerinde zayıf olduğunuzu daha rahat tartabilirsiniz.

1. Uyum Sağlamak ve Bunu Korumak

Uyum, bir başkasıyla senkronize olmak anlamına gelir. Genelde, insanların sevdikleri biriyle uyum halinde olma olasılıkları daha fazladır. Peki uyum içinde olup olmadığınızı nasıl bileceksiniz?

Karşınızdaki kişi size pozitif tepkiler mi veriyor?

Eğer cevabınız evetse, uyumu sağlamışsınız demektir.

Zig Ziglar'ın bir konferansta söyledikleri hâlâ aklımda: "Ne kadar umursadığınızı bilmedikleri müddetçe, ne kadar bildiğinizi umursamazlar." Dolayısıyla karşınızdaki kişiyle hem bir empati kurmanız, hem de ona karşı samimi bir merakınız olduğunu göstermeniz gerekiyor. İyi bir aktörseniz, uyum içindeymiş gibi gözükmeyi başarabilirsiniz. Ama eğer müşterinizi ya da beraber çalıştığınız kişileri umursamıyorsanız, bunun ne önemi var?

2. Uyum Sağlamak İçin İçerikten Yararlanmak

İnsanların ilgi alanlarını öğrenin ve eğer müşterinizinkini henüz bilmiyorsanız, öğrenmek için çaba sarf edin. İnsanlar, sevdikleri ve bildikleri şeyler hakkında konuşmaktan hoşlanırlar. Verdiğim seminerlerde uyum sağlamayla ilgili anlattığım hikayelerden en sevdiğim, "Balık Tutmayı Öğrenme" hikayesidir. Minnesota'da yaşamaları nedeniyle, dinleyicilerimin çoğu iyi balıkçılardan oluşuyor. Peki ben, balıkçılıkla ilgili en ufak bir bilgiye bile sahip olmadan onlarla nasıl ilişki kurabilirim? Ben bir beyzbol hayranı ve matematik dahisi olarak büyüdüm. Ayrıca Michigan Gölü'ne çok yakın oturmama rağmen balıkçılıktan asla hoşlanmadım.

İnsanlar, sevdikleri ve bildikleri şeyler hakkında konuşmaktan hoşlanırlar.

Bu kadar farklı zevk gruplarından gelen kişilerin asla uyum sağlayamayacağını; dinleyicilerimle yüzeysel samimiyetin dışında herhangi bir derinliğe ulaşamayacağımı düşünüyordum. Sonra bir gün, dinleyicilerimden balıkçılığa meraklı olanların, en sevdikleri balıkçılık hikayesini anlatmalarını istedim. Bir yandan da onlara -büyük ihtimalle çok aptalca buldukları- sorular sordum. Böylelikle birkaç sene içinde balıkçılıkla ilgili zengin bir bilgi dağarcığı oluşturdum. Artık size eyaletteki en iyi gölleri, balıkçılığın püf noktalarını ve birbirinden ilginç balıkçılık hikayeleri anlatabilirim. Diğer insanlar için önemli olan konulara samimi bir ilgi göstererek onlara uyum sağlayabilir, hatta onlarla uzun süreli arkadaşlıklar kurabilirsiniz. Müşterilerinin hobilerini, yaşam biçimlerini ve ilgi alanlarını öğrenip, bunları paylaşarak uyum oluşturma biçimine, "içerikten yararlanarak uyum oluşturmak" denir.

3. Uyum Sağlamak İçin Süreçten Yararlanmak

Elbette karşınızdakiyle uyum sağlamak için balıkçılık hikayelerinden fazlasına ihtiyacınız var. Bir kişi ya da grupla senkronize hale gelmek, onlara ve hayatlarına karşı samimi bir ilgi gösterdikten sonra da büyük emek istiyor. Birçok müşteri, ne kadar iyi olursa olsun bir yabancıyla aileleri, hayatları ya da hobileri hakkında konuşmak istemeyecektir. Konular müşteri için çok rahatsız ediciyken ortam nasıl yumuşatılır? Müşterilerinizin birçoğu çocukluklarından beri, yabancılarla konuşmamaları gerektiği konusunda uyarıldı. Birçoğuna özel konuları özel tutması, herkesle paylaşmaması öğretildi. Bu müşterilerin sizin yanınızda rahatlamalarını nasıl sağlarsınız?

4. Hız Ayarı

Ne yapacağınızdan emin olamadığınızda, biriyle uyum sağlamanın en iyi yolu hızınızı ayarlamaktan geçer. Bu ne demektir? Bu, müşterinize benzemeniz anlamına gelir. Çünkü o kendisi gibi olan insanları sever... Uyum sağlamak için müşterinizle "hız ayarı" yapmanızın bazı etkili yolları vardır.

5. Sesinizin Kullanımı

Müşterinizin sinirli olduğunu düşünün. Sunuma başlayacağınız anda, konuşmasından gergin olduğunu anlıyorsunuz. Birçok satış elemanı, espriler yaparak ya da neşeli davranarak onu bu ruh halinden çıkarmaya çalışır. Oysa daha önce de söylediğimiz gibi, emin olmadığınızda uygulanacak ilk kural, müşteriye ayak uydurmaktır. Eğer müşterinizin sesi gerginse sizinki de gergin olmalı. Ama nedeni bugün meydana gelen bir şey olmalı ve abartmamalısınız. Bu ses uyumu müşteriyle senkronize olmanızı kolaylaştıracaktır. Sonuç olarak müşterinizi kızgın ruh halinden çıkarabilirsiniz; eğer böyle olmasını isterseniz. (Zira birçok satış tekniğinde müşterinin kızgın olması tercih edilir.)

Ses tonunuzla uyum sağlamaktan başka işler de yapabilirsiniz. Herkes bir dakikada ortalama miktarda kelime söyleyebilir. Ama satış elemanları alışkanlık icabı daha hızlı konuşur. Çünkü hızlı olmaları ve bir an önce sadede gelmeleri gerekir. Ancak, eğer müşteriniz yavaş konuşan biriyse ve siz zaman sıkışıklığı nedeniyle hızlı konuşuyorsanız, satışı büyük ihtimalle kaçırırsınız. İnsanlar düşünme hızlarıyla konuşurlar. Örneğin, zihinsel resimler yoluyla düşünenler genelde çok hızlı konuşurlar. Ancak yavaş konuşanlar, bilgileri his ve duygu süzgeçlerinden geçirerek değerlendirir. Bu iki modelin arasında ise "radyo spikerleri" dediğimiz zengin, tok bir sesle ve orta hızda konuşan, sözcüklerle düşünen kişiler gelir.

İnsanlar düşünme hızlarıyla konuşurlar.

İdeal olan, müşterinizle aynı hızda ve ses tonunda konuşmanızdır.

6. Nefes Alıp Verişler Neden Aynı Olmalı?

Doğal olarak en zoru, müşterinizle nefes alış verişlerinizi aynı ritimde tutmaktır. Çünkü nefes alıp vermek, en bilinçsizce yapılan vücut fonksiyonlarından biridir ve bunu bir başkasınınkiyle aynı ritimde tutmak çok zor olabilir. Sevişen iki kişi genellikle aynı anda ve hızda solur. Yan yana oturup meditasyon yapan iki kişi de aynı anda soluk alıp verir. Müşterinizin nefes alıp verişini izleyip, o nefes aldığında siz de almaya çalışın. Nefesinizi bırakmak için de onu bekleyin. Biriyle konuşmuyorken uyum sağlamak için bundan daha iyi bir yöntem olamaz. Bunu bir arkadaşınız ya da tanımadığınız biri üzerinde de deneyebilirsiniz. Araştırmalar, aynı anda nefes alıp veren kişilerin birbirleriyle ilgili daha olumlu düşündüğünü gösteriyor.

7. Duruş

Birinin oturuşuna ve fizyolojisine ayak uydurmak, nefes alıp verişlerine ayak uydurmaktan daha kolaydır. Eğer müşteriniz koltuğuna yayılmış otururken, siz dik ve ciddi bir şekilde durursanız, istediğiniz uyumu sağlamakta zorluk çekebilirsiniz. Ancak fizyolojiyi fazla benzer hale getirmek de tehlikeli olabilir. Eğer müşteriniz her hareketinin taklit edildiğini hissederse rahatsız olmaya başlayacaktır. Dolayısıyla amaç, o kolunu her hareket ettirdiğinde sizin de kolunuzu hareket ettirmeniz değil; genel olarak oturuşunu ve tavrını ona yansıtmak olmalıdır. Şimdi anlatacağımız konular, müşteriyle aranızdaki ilişkide lider olmayı ve bu liderliği nasıl muhafaza edebileceğinizi açıklıyor.

8. Lider Olmak

Karşınızdaki kişiye, kurulacak ilişkiye ve dostluğa samimi bir ilgi göstermek satışın ilk aşamasıdır. Müşteriye ayak uydurabilmek ikinci adım olmalı. İlişkide lider konumuna geçmek ise üçüncü sırada yer alıyor. Ancak liderlik, müşteri sizi takip ediyorsa başarılıdır.

Eğer müşterinizle karşılıklı oturuyorsanız, her iki taraf da benzer vücut şekline sahipse ve beraber olmaktan hoşnutsanız, lider konumuna geçmek için gerekli ortam oluşmuş demektir. Bu fırsatı değerlendirmek, aktif olarak satışa başlamanın da ilk adımıdır. Siz satış sunumuna başlarken müşteri sizi takip edecek mi? Onu dakikalardır izliyorsunuz. Ses tonunuzu ve oturuşunuzu ona göre ayarladınız. Ortak zevklerinizden bahsettiniz. Şimdi sıra, bu sözsüz uyum sürecine biraz mola verip konuşmaya liderlik etmekte. Eğer müşteri sizi takip ediyorsa, bilinçdışı bir düzeyde tam uyum sağlamışsınız demektir ve satışa hemen başlayabilirsiniz. Şimdi anlatacağımız iki nokta, liderlik yapıp yapamadığınızı test etmenizi sağlayacaktır.

9. Ses Tonu ve Tınısıyla Liderlik Etmek

Eğer müşterinizle şimdiye kadar başarılı bir uyum sağladıysanız, ses özelliklerinizden herhangi birini kullanarak lider konumuna geçebilirsiniz. Mesela konuşma temponuzu çok az hızlandırıp, daha heyecanlı bir ton kullanarak, karşınızdaki kişiyi ürün sunumuna hazırlayabilirsiniz. Konuşmanın içeriği, müşterinin buna uygun olup olmadığını ya da ne zaman uygun olacağını belirleyecektir. Eğer müşteri de biraz daha hızlı ve heyecanlı, farklı bir ses tonuyla konuşmaya başlarsa, uyumu başarıyla sağladığınızdan emin olabilirsiniz.

10. Fizyoloji, Duruş ve Hareketle Liderlik Etmek

Uyum içinde olduğunuz bir müşteri en ufak hareketinizi tekrarlayacaktır. Mesela, hem müşterinizin, hem de sizin bir süre elinizi çenenizde tutarak oturduğunuzu düşünün. Uyum içinde olup olmadığınızı test etmek için kendinizi hazır hissediyorsunuz. Bir restorandaysanız uzanıp su bardağını elinize alın, eğer müşteriniz de aynısını yapıyorsa, mesela bir kalem ya da mendili eline alıyorsa uyumu sağlamışsınızdır. Bu da müşterinizi gelecek adıma, yani satışa hazır hale getirdiğinizi gösterir. Eğer müşterininiz size ayak uydurmamışsa, uyuşma sürecine yeniden başlamanız gerekiyor.

Uyum içinde olduğunuz bir müşteri en ufak hareketinizi tekrarlayacaktır.

11. Karşılık Almayı Teşvik Etmek

Uyum sağlamak sizin içinizde başlar. Zaten uyum sağlama sürecinin tamamı müşterinize gösterdiğiniz ilgi, merak ve şefkat temelleri üzerine kurulur. Hareketleri birbirine uydurmak ve lider konumuna geçmek; müşteri için rahat ve uygun bir hızda gidildiğini göstermek iki tarafı da rahatlatır. Tüm bu süreç bir dakika da sürebilir, bir saati aşkın bir süre de... Uyum işini hallettikten sonra sunumunuza başlayabilirisiniz. Buna başlamanın birçok yolu var, ama benim favorim müşteriye bir şey vermek... Ben genelde bu noktada kendi yazdığım, "Armağan: Sevginin, Mutluluğun ve Doyumun Keşfi" adında bir kitap veriyorum.

Sizin verecek bir kitabınız olmayabilir. Bu nedenle müşteride karşılık verme isteğini yaratmak için bazı fikirler sıraladım. Elbette vereceğiniz hediye, yapacağınız satıştan gelecek ortalama kârla orantılı olmalı. Hediyelerin fiyatı ile yapılan satışın miktarı genellikle birbiriyle ilişkili oluyor. Kalem, ajanda, takvim gibi ürünler genellikle reklam aracı sayıldığı için karşılık verme güdüsünü harekete geçirmiyor. Müşterinize hoşuna gidecek bir hediye vermelisiniz. Karşılık verme hissini tetikleyebilmek yalnızca bir satış tekniği değil, aynı zamanda bir hayat biçimi olarak görülebilir. Hediye vermenin neredeyse metafizik bir enerjisi olduğu söylenebilir. Ama bir hediye verirken karşılık beklemeyin, bu, sevecen ve şefkatli bir karakter yaratmanıza yardımcı olur. İnsanlar sizden tek bir nedenle böyle şeyler alıyor: *Siz!*

12. Yardım Edin

Müşterilerinizin güvenini, onlara yardım etme isteğinizi göstererek kazanın. Daha doğrusu onlara herhangi bir konuda yardım önerin. Onlar için işe yarayabilecek, referans olacak bir telefon konuşması yapabilirsiniz ya da 50 kartvizit alarak bunları dağıtabilirsiniz. Onlara satışınızdan bağımsız olarak nasıl yardım edebileceğinizi sorun. *Yardım teklif edin.* Pazarlama ve satış sektöründe bunu yıllardır yapıyorum ve nezaketimin karşılığını binlerce kat fazlasıyla aldım. Antetli kağıda onlarla ilgili olumlu bir yazı yazıp verebilirsiniz belki... Böylece onlar da bunu kendi müşterilerine gösterebilirler. Siz de kendi müşterilerinizden böyle bir hizmet beklersiniz. O halde neden bunu öncelikle siz sunmuyorsunuz?

13. Ortak Düşman

İki kişiyi, bir grubu ya da bir topluluğu, ortak bir düşman yaratmak kadar birbirine bağlayan bir başka şey yoktur. Müşterinizin düşmanını öğrenin ve bu bakış açısını benimseyin. Birileri müşterinizi baltalamak mı istiyor? Müşterinizle birlikte onlara sinirlenin. Biri sizinle düşmanını paylaşıyorsa, ömür boyu sürecek bir dostluk yarattınız demektir. Müşteriniz Maliye Bakanlığından mı nefret ediyor? Vergilerden mi? Hükümetten mi? Suçlulardan mı? Uyuşturucudan mı? İş yerlerini ve toplumu tehdit eden ve iki tarafın da para kazanmasını engelleyen ortak unsurlar hangileri? Her satışta ortak bir düşman bulamayabilirsiniz. Ama eğer bu konuya yoğunlaşırsanız, buluştuğunuz insanların en azından yarısıyla bu konuda anlaşabilirsiniz. Ortak düşman bulduğunuz anda hem satışı yapmış, hem de ömür boyu sürecek bir dostluk kazanmış olursunuz.

İki kişiyi, bir grubu ya da bir topluluğu, ortak bir düşman yaratmak kadar birbirine bağlayan bir başka şey yoktur.

14. Onlara Benzeyen Biriyle İlgili Kısa Bir Hikaye

Eğer belleğinizde müşteriniz olan kişilerle ilgili bir hikaye arşivi oluşturabilirseniz, bu tekniği rahatlıkla kullanabilirsiniz. Bugünkü müşteriye, kısa süre önce sizle iş yapan başka bir müşterinin hikayesini anlatın. Bu iki müşterinin birbiriyle ortak noktaları olması gerekiyor. Bu tip hikayeler kullanarak satışı canlandırabilir ve sunumunuza yumuşak bir giriş yapabilirsiniz.

15. Saygı

Karşınızdaki kişiye iltifat ederek samimi bir şekilde saygınızı gösterin. Daima karşı tarafta sevecek, beğenecek bir şeyler arayın. Birazcık saygı, uzun vadede size çok şey kazandırır ve samimi bir iltifatın satışa getireceği fayda göz ardı edilemez.

16. Onları Şaşırtın

Bir müşteriyle geçirdiğimiz en kısa zaman, satış sunumu kadardır. Bu süre başladığında yapacağınız ilk şey, karşınızdakini ilginç bir bilgi ya da iddiayla şaşırtmak olmalı. Onlara kimsenin bilmediği bir şey söyleyin, daha önce kimsenin göstermediği bir şey gösterin. Arkasında durabileceğiniz en büyük iddiayı ortaya koyun. Müşteriniz, bu girişi daima hatırlayacaktır. Güçlü başlayın ve güçlü bitirin. Ürününüz veya vereceğiniz hizmetle ilgili söyledikleriniz çok iddialı, ancak mutlaka doğru olmalı. Karşınızdakini şaşırtın!

17. Daima Söz Verdiğinizden Fazlasını Verin

Satış yaparken, bu yolla zengin olanların yaptıklarını örnek alın. Ünlü satış uzmanı Napoleon Hill, konuşma yaparken karşısındakilere, onlara özel ekstra bir şeyler yaptığını daima hatırlatırdı. Müşterinize bir söz veriyorsanız, bunu tam olarak yerine getireceğinizden emin olun ve daha sonra biraz daha fazlasını elde etmesini sağlayın. Bu cümleyi unutmayın: *Daha sonra biraz daha fazlasını elde etmesini sağlayın.*

18. Alçakgönüllülüğün Gücü

Büyük iddialarınızı müşteriye açıkladıktan sonra satış sunumunuza hızla geçebilirsiniz. Bu bölümde ürününüzü gereğinden fazla "şişirmediğinize" emin olun. İddianızı ortaya koydunuz, şimdi bunu daha mütevazı ve alçakgönüllü ifadelerle destekleyin. Mesela borsadaki portföyünüz 10 yılda % 12 getiri sağlıyorsa, tanıtımı yaparken bunu % 10 olarak anlatın. "Diyelim ki % 10 getiri aldınız..." cümlesi, müşterinizin onu düşünerek daha ihtiyatlı bir ifade kullandığınızı anlamasını ve bunu takdir etmesini sağlayacaktır.

19. Kesin Olun: Sonra Daha Da Kesin Olun

Eğer sattığınız otomobilin 1 litre benzinle 10 kilometre gideceğini biliyorsanız, bunu müşterinize söyleyin. Sonra ona bir sır verin ve "Eğer Mobil One benzin kullanırsanız, litre başına 1 kilometrelik kazanç sağlarsınız, bu da size yılda 100 dolar kazandırır" deyin. Yani kesin ifadeler kullanın, sonra da bundan bile daha kesin konuşun.

20. Daha Hızlı, Daha Kolay ve Daha İyi Yapın

Müşterinin her şeyi daha iyi, daha ucuz, daha hızlı, daha akıllıca, daha kolay ve daha lüks istediği bir devirde yaşıyoruz. Müşterinize verebileceklerinizi söyleyin, daha sonra *biraz daha fazlasını elde etmesini sağlayın.* Eğer müşteri size, "Rakibin X veriyor" derse, siz ona -eğer bunu gerçekten yapabiliyorsanız- X+2 vereceğinizi söyleyin. Asla ekstra adımı atmadığınız için yenilmeyin. Müşteriniz için başka kimsenin yapmayacağı ne yapabilirsiniz? Sektörde başka kimsenin ona sağlayamadığı hangi olanağı sunabilirsiniz? Bu sorulara yanıt verin ve uygulamaya geçin.

21. Son Dakikalarınızı Yaşıyormuş Gibi Dikkat Edin

Müşterinizin söyleyeceği her sözcüğü büyük bir dikkatle dinleyın. O dakika müşterinizin söyleyeceği şeyin, her şeyden daha önemli olduğunu ona hissettirin, zaten daha önemli olduğunu da unutmayın. Eğer bunlar ölmeden önce duyacağınız son sözcükler olsaydı, müşterinizin ne söylemesini isterdiniz. Satış boyunca karşınızdakinin söylediği her şeyi, tüm hayatınız buna bağlıymış gibi dinleyin. Böyle yaptığınızda ilişkiler de daha iyi temellenir. Müşterinize saygı gösterdiğinizde, onun için mümkün olan her şeyi yaptığınızda ve onun hayatıyla ilgilendiğinizi gösterdiğinizde herhangi ek bir satış konuşması yapmanız gerekmeyecektir. Çünkü müşteri ürününüzü ona hemen, o an satmanızı isteyecektir.

Müşterinizin söyleyeceği her sözcüğü büyük bir dikkatle dinleyin.

İkna Etmenin -Daha Önce- Hiç Açıklanmamış On Beş Sırrı

Önünüzdeki birkaç sayfada etkilemenin en güçlü yollarından bazılarını öğreneceksiniz.

Öncelik ve Sıralama

Bütün fark, bilgiyi hangi sırayla sunacağınızı bilmekte yatıyor.

Bence birçok kişi, adayların fazla tanınmadığı seçimlerde *ilk sıradakini* seçmenin en güçlü olasılık olduğuna katılacaktır. İlginç olansa, başkanlık seçimi gibi, adayların iyi tanındığı seçimlerde bile sıranın önemli olması…

Bunun en iyi örneği ABD'de 2000 yılında yapılan seçimlerde yaşandı. George W. Bush, California eyaletinde, adının oy pusulasında ilk sırada olduğu seçim bölgelerinde, pusulada sonraki sıralarda olduğu seçim bölgelerine göre % 9 daha fazla oy aldı.

Genelde ilk sırada olmanın çok büyük bir avantaj olduğunu biliyoruz. Çoktan seçmeli sınavlarda, insanlar genelde yalnızca ilk sırada olduğu için A şıkkını işaretleyebiliyor. Ama sıralamanın dünya tarihini bile değiştirebiliyor olması inanılmaz! ABD seçimlerinde isim sırasının incelendiği üç eyalette de (California, Kuzey Dakota, Ohio) Bush, ilk sırada olduğu seçim bölgelerinde daha fazla oy aldı. Diğer adaylar da ilk sırada yazıldıkları yerlerde daha fazla oy aldı. İsmin ne kadar tanındığının ve diğer faktörlerin de etkisi elbette ki büyük, ama diğer yandan sıranın önemi de açıkça ortada...

Merkezi ve İkincil Etmenler

Listede ilk sırada yer almaya, *ikincil etmen* adı veriliyor. Bu, genellikle seçimde asıl etkili olan unsurdan bağımsız bir özellik oluyor. *Merkezi etmen* ise karar vermeyle birebir ilişkilidir.

Bu araştırmadaki bilginin değerini küçümsemeyin. Bush, ilk sırada yer aldığı seçim bölgelerinde % 9 oy aldı. Bu seçimi kazanmasını sağlayan 100 bin veya daha fazla oyun oldukça üstünde bir oran. Bu bilgiye hem satış sırasında, hem başkalarını ikna ederken, hem de kariyerinizde ilerlemek için ihtiyaç duyacaksınız.

Üç parçalı bir listede ya ilk, ya da son olmalısınız. Daha fazla kişinin yer aldığı listelerde ise çoğu kişi son isimleri okumayacaktır. İnsanlara bilgi sunarken sizin seçiminizle aynı seçimi yapmalarını istiyorsanız, bunu ya ilk, ya da son sırada tarif etmelisiniz.

Üç parçalı bir listede ya ilk, ya da son olmalısınız.

Bugün, ikna etme sürecinde mesajınızı şok edici taktiklerle süslemenizi sağlıyoruz. Taktik, stratejiden farklıdır. Strateji bir planı, taktik ise bunun daha küçük parçalarını ifade eder.

İtiraf etmek gerekirse, etkileme arenasında benim bile paylaşmak istemediğim bilgiler var. Bunların değeri o kadar büyük ki, en iyisi susmak. Çünkü bu bilgileri ortaya koyduğunuz anda herkes onları kullanmaya başlar ve bilginin değeri azalır. Ama yine de, ikna etme yolunda kullandığınız mesajları hazırlarken, bunlar arasından en azından bazılarına sahip olmanızı istiyorum.

Yaptığınız satış konuşmalarının bir kısmında kendinizi, ürününüzü, hizmetinizi ya da fikrinizi asla övmemeniz gerektiğini biliyor muydunuz? İnanılmaz öyle değil mi? Ama gerçek ve kanıtlanmış bir bilgi...

Peki farklı kişilerin farklı miktarlarda bilgi talep ettiğini, bu miktarı yanlış tahmin ederseniz satışı, müşteriyi, buluşmayı ya da anlaşmayı kaybedeceğinizi biliyor muydunuz? Ne yazık ki doğru!

Üstelik bu iki örnek sadece başlangıç.

Nerede Durmanız Gerektiğini Daha Başlamadan Bilin

"Çok fazla bilgi veriyorsun!"

Bu lafı gereksiz bir hikaye anlattığınızda sık sık duyarsınız. Belki bu, bir bebeğin altını değiştirmek, bir ameliyat ya da bozulmuş bir meyveyle ilgili sevimsiz bir detaydır. Bazı kişiler bu tip konularda türlü hikayeler dinlediğinde, "Çok fazla bilgi veriyorsun!" diyecektir.

Peki ya satışta, ikna etmede, çıkma teklif etmede durum farklı mı?

Çok fazla bilgi verip satışı kaybetmek mümkün mü?

Evet, bu her zaman olur.

Yeteri kadar bilgi vermeyip satışı kaybetmek mümkün mü?

Evet, bu da her zaman olur.

Hangi bilgiyi *ne zaman* vereceğimizi tahmin edebilir miyiz?

Evet!

Hatta bu sonuncusu o kadar önemlidir ki, yanlış tahminde bulunursanız satışı kaybedebilirsiniz. Nokta!

İkna etme amaçlı tüm konuşmalarda, karşınızdaki kişiye ne kadar bilgi vereceğinizi bilmek, başarının en önemli ipuçlarından biridir. Bunu nasıl belirleyeceğiniz ise, karşıdaki kişinin merkezi bilgileri mi, yoksa ikincil bilgileri mi dikkate aldığına bağlıdır.

Yani karşınızdaki kişi sizin verdiğiniz mesajı mı dinleyip analiz ediyor; yoksa görüntünüz, uzmanlığınız, şirketin ünü gibi sunumunuzla ilgisi olmayan yan faktörleri mi önemsiyor?

Müşteriniz ne kadar çok bilgiyi değerlendiriyorsa, ona o kadar çok bilgi vermelisiniz. Eğer daha az bilgi istiyorlarsa ve siz sürekli detaya giriyorsanız, "hayır" deme olasılıkları artacaktır.

Başarı için vazgeçilmez olan başka unsurlar da vardır. Şimdi inceleyeceğimiz maddeleri bilmek ve uygulayabilmek size başarının kapılarını açacaktır.

İkna etme amaçlı tüm konuşmalarda, karşınızdaki kişiye ne kadar bilgi vereceğinizi bilmek, başarının en önemli ipuçlarından biridir.

Tekrar

Budweiser'ın bugüne kadarki en ünlü reklamlarından birinde, üç kurbağa yan yana oturuyor ve sürekli "Bud-Weis-Er" diyorlardı. Reklam boyunca bu sözcüklerin tekrarlandığını duyuyordunuz. Peki daha sonra barda bira ısmarlamanız gerektiğinde ne söylüyordunuz? "Bud-Weis-Er." Tekrar. Yan etmenlerden biri olmasına rağmen tekrar, karar verme aşamasında çok önemlidir.

Bir sunum yaparken anahtar sözcüklerin, fikirlerin ya da konseptlerin tekrarlanması büyük yarar sağlar. Konuşma bürosu sahibi Dottie Walters, nasıl konuşma yapılması gerektiğiyle ilgili bir sunumunda şunları söylemişti: "Onlara ne söyleyeceğinizi söyleyin, onlara söyleyeceğinizi söyleyin ve ne söylediğinizi tekrar söyleyin."

Çarpıcı Fark

Sizinle ve ürününüzle ilgili akılda kalan şey nedir? Siz ve rakibi-

"Onlara ne söyleyeceğinizi söyleyin, onlara söyleyeceğinizi söyleyin ve ne söylediğinizi tekrar söyleyin."

Dottie Walters

nizin arasındaki *çarpıcı fark* nedir? Eğer müşterileriniz bunu hatırlayamıyorsa, size yanıtları "hayır" olacaktır. Sizinle rakibiniz arasındaki farkı onlara anlatın. Kalite farkını gösterin ve bunu tekrar tekrar belirtin. Sizinle şimdi iş yapmayabilirler, ama gelecekte yapacaklardır. Sizi yeniden düşündüklerinde aradaki çarpıcı farkı da hatırlayacaklardır ve bu, seçimlerinin sonucunu etkileyecektir.

Tekrarlanabilir Mesaj

Tekrarlanabilir mesajın önemini yeteri kadar anlatmak mümkün değil. Mesajınızı kolaylıkla tekrarlanabilir hale getirmenin bir yolunu bulun. Benim geçmişte ikna etmekle ilgili yaptığım hataların çoğu, hatırlanabilir bir mesaj yaratamamış olmamdan kaynaklanır. Sizin mesajınızın bir insandan diğerine, ondan bir başkasına kolaylıkla aktarılabiliyor olması gerekir. Alev gibi parlayanlar, bu tip fikirler ve mesajlardır ve satışların patlamasını da bunlar sağlar.

Önceki Bilgiler

Müşterileriniz ürününüzle ilgili önceden ne kadar bilgi sahibi? Ürününüzü daha önceden tanıyan bir kişiye aynı bilgileri tekrar anlatmamalısınız. Onlar bu konuda zaten uzmansa veya bilgi sahibiyse önceden *sahip oldukları bu bilgileri* detaylandırmalısınız. Tam tersi bir durumda, eğer müşteriniz yeteri kadar bilgi sahibi değilse, ona en temel unsurlardan başlayarak bilgi vermelisiniz.

Fiziksel Çekicilik

Şaşırtıcı araştırmalar, bir uzmanla konuşurken *fiziksel çekiciliğimizin* de önemli olduğunu gösteriyor. Sayılardan, istatistiklerden, detaylardan bahsederken fiziksel çekiciliğin çok önemli olmadığını düşünebilirsiniz. Ama bir uzmanla konuşurken bile olabildiğince iyi gözükmeniz çok önemlidir.

Ne Kadarı Çok Fazla?

Karşınızdaki kişiye *ne kadar bilgi* gerektiği konusunda işinize yarayacak bir kural: Kişi o konuda ne kadar uzmansa, karar vermek için o kadar fazla bilgiye ve detaya (ürünün faydalarına değil) ihtiyaç duyacaktır. Bilen kişiler, sizin mesajınızı akıllarındaki bilgiyle karşılaştıracaktır. Eğer sattığınız şeyin ya da fikrinizin nasıl işlevli hale gelebileceğiyle ilgili yeteri kadar bilgiye sahip değilseniz, kaybettiniz demektir. Şayet yeterli bilgiye sahipseniz, karşınızdaki kişinin ilgisini çekebilir ve satışı gerçekleştirebilirsiniz.

Eğer karşınızdaki kişi bir uzman değilse, daha az bilgi büyük ihtimalle daha hızlı ve olumlu şekilde sonuç verecektir. Bu durumda, daha az bilgi daha faydalı olduğu için, daha farklı bir mesaja ihtiyaç duyacaksınız. Bu müşteriyle ürünün özelliklerinden ziyade faydalarını tartışmalısınız. Eğer müşteri konu üzerinde uzman değilse, yan etmenlerin daha önemli hale geldiğini de unutmayın.

Müşteriyi Unutmayın

Müşterinizle konuşurken, onu da sunuma dahil etmeye gayret edin. Araştırmalar; müşterinin, sunumunuz esnasında kendini ürünü kullanırken ya da hizmetten faydalanırken hayal edebildiğinde, teklifinizi daha olumlu değerlendirdiğini ve daha iyi hatırladığını gösteriyor. Bunun, önemli yan etmenlerden biri olduğunu unutmayın. Eğer söz konusu ürün konusunda uzman olan sizseniz ve müşteri yalnızca genel bir bilgiye sahipse, kullanabileceğiniz en güçlü yan etmen bu olacaktır. Ancak, eğer müşteri bu konuda birçok bilgiye sahipse, onu ürünü kullanırken hayal ettirmeye çalışmak, vakit kaybından ve satışı kaçırtmaktan başka bir işe yaramayacaktır.

> ***Kişi o konuda ne kadar uzmansa, karar vermek için o kadar fazla bilgiye ve detaya (ürünün faydalarına değil) ihtiyaç duyacaktır.***

İnsanlar kendilerini sunumda ne kadar bulurlarsa, ürünü alma ve sunumu hatırlama olasılıkları o kadar artacaktır.

Müşteriye, ürünü ya da hizmeti kullanırken hayal ettirmek tüm reklamlarda bolca kullanılan bir tekniktir, ama eğer müşterinin böyle bir niyeti yoksa istediğiniz hayali yaratın ürünü satamazsınız.

Birkaç sene önce yayınlanan bir reklam bunun en iyi örneklerindendi. İki güzel genç kız çamurda güreşiyordu. Peki bu ne reklamıydı? Çok az kişi bira reklamı olduğunu tahmin edebiliyor. Hangi markanın reklamıydı? Kimse hatırlamıyor. Bu reklamın, çamuru izleyicilerin aklından silinmez hale getirmekten başka bir faydası olmadı. Hâlâ kimse Miller'ın reklamı olduğunu bilmiyor.

Neden? Çünkü izleyiciye ürünle ilgili hiçbir katkı sağlamamıştı. Eğer güreşen kızlar mola verip bira içseydi ya da kendilerini bira kutularıyla savunsalardı, izleyicinin aklında bir şeyler kalabilirdi. Ama reklam ve ürün arasında hiçbir bağlantı olmadığı için başarısız bir kampanya oldu.

Müşteriyi sunuma dahil etmenin önemli unsurlardan biri olduğunu unutmayın.

Peki Miller'ın reklam verenleri durumu çözdüklerinde ne yaptılar? Çamurda güreşen kızlardan vazgeçip, bu kez Pamela Anderson'ı iç çamaşırlarıyla bir odaya koydular. Peki herkesin ilgisini çekecek kadar seksi olan bu görüntülerde Miller'a ilişkin ne vardı? Pamela bira içiyor muydu? Vücudunda bir Miller dövmesi var mıydı? Odada bir bira şişesi gözüküyor muydu? Hayır. Pamela'nın tek yaptığı başka bir güzel kadınla yastık savaşı yapmaktı. Ama bu tanıtım filmi, 30 saniyelik güzel bir takışma sahnesi olan bir reklamdan öteye gidemedi ve Miller'a % 1-2'lik bir pazar kaybına mal oldu. Müşteri unutuldu ve para kazanılamadı.

Peki, bir de başarılı bir reklamı inceleyelim: Calvin Klein'ın, birkaç yıl önce kot pantolonlarını tanıtmak için hazırladığı reklam çok da tartışılmıştı. Bu reklamda hepsi 18 yaşından küçük gözüken mankenler kullanılmıştı. Basın bu görüntüler karşısında deliye döndü.

Ama Calvin Klein istediğini elde etmiş oldu. 18 yaşındaki mankenlere 14 yaşında süsü vererek o yaş grubunun ilgisini çekmiş, üstelik tartışma yaratarak basında bol bol yer alma fırsatı bulmuştu. Gazeteler, Calvin Klein'ın ilanlarını haberlerine koydukça, şirket de bedava reklam yapmış oluyordu. Gençler kendilerini reklamda buldu ve akabinde kotlara saldırdılar. Böylece Calvin Klein da dahice bir reklam kampanyasına imza atmış oldu!

Otorite

Bir sunumda güvenilir bir kaynak olarak görülen kişinin, otoritenin, satış yapma olasılığı daha yüksektir. Bir sonraki bölümde, sizinle güvenilirlik üzerine yapılan araştırmaların sonuçlarını paylaşacağım.

Müşteriyle konuşurken kaynağın, uzmanın siz olduğunuzu belli etmelisiniz. Ancak kaynağın güvenilir olmasının, zaten konuyla ilgili uzman olan kişileri etkilemeyeceğini unutmayın. Kısa vadede herkes uzman olabilir. Uzun vadede uzman olduğunuzu gösterebilirseniz, satışı yaparsınız.

Bu kişiler için önemli olan mesaj değil, sizin uzman olmanızdır. Konuyla ilgisi olmayan müşterilerde ise mesajı ön plana çıkarmak gerekir.

Tahrik

Tahrik, beyinde merkezi konulara olan ilgiyi azaltır, yan etmenlerin daha etkili hale gelmesini sağlar. Müşterilerinizin ana meseleye yoğunlaşmasını istiyorsanız, tahriki minimum seviyede tutmaya özen göstermelisiniz. Eğer yan etmenlere yoğunlaşmalarını tercih ediyorsanız, fazla fark ettirmeden tahrik unsurunu ön plana çıkarmalı ve dikkati buraya çekmelisiniz. Tahrikin yalnızca cinsel anlamda algılanmaması gerektiğini, aynı zamanda heyecan ya da mutluluk hislerinin ön plana çıkarılması olarak da algılanması gerektiğini unutmayın.

Yönlendirme

İkna etme sürecinde müşterinizin fikirlerini yönlendirebilmeniz gerekiyor. Amaç, karşınızdakinin siz ve normlar arasındaki farkı düşünmesini önlemek. Çünkü eğer buna başlarlarsa, iş, içinden çıkılamaz bir hal alır. Mesela, Kevin Hogan'ın diğer konuşmacılardan farkı nedir? Benim konuşmalarımın hepsi, önceden hazırlanmadığım için, birbirinden farklıdır. Her konuşmamda grubu gözeten değişiklikler yaparım. Diğerleri ise, önceden hazırlanmamış numarası yapar ve sunumlarının içinde izleyecekleri yolu kaybedebilirler.

Bu yanıt karşımdaki kişiye, "Herkesten tamamen farklı olmadığımı, ama daha özel olduğumu" anlatır. Üstelik inandırıcıdır da. Dolayısıyla müşterimin düşüncelerini yönlendirerek, onu farklı olduğuma ikna etmiş olurum.

Garip İddialar

Müşteriyi "bağlamak" için beklenmedik, garip iddialarda bulunmak itici bir taktik olabilir. Örnek verecek olursak bunlardan bazıları şöyledir:

"Size daha önce kimsenin göstermediği yedi şey göstereceğim."

"İşte duşakabini eldiven giymeden temizlemek için üç yöntem."

"Bir daha bankaya gitmeden faturalarınızı nasıl ödersiniz?"

Liste

Eğer başarılı bir otel ya da kreş kataloğuna bakarsanız, burada onları seçmekle elde edeceğiniz faydaların bir listesini görürsünüz. Bunun yanında ise rakiplerin listesi yer alır ve bu daima kataloğu hazırlayan otelinkinden kısadır.

Böylece karşılaştırma, olabilecek en basit ve açık haliyle yapılmış olur. Biz daha iyiyiz! Liste yöntemi, ürününüzün reklamını ya da tanıtımını yaparken faydalanabileceğiniz en etkili yöntemlerden biridir.

4 Etkilemenin Pivot Noktası

Güvenilirlik Hissine Sahip misiniz?

Dalai Lama, John F. Kennedy, Ronald Reagan, Bill Clinton, Oprah Winfrey, Adolf Hitler, Benjamin Franklin, Usame Bin Ladin... Hepsi ikna etmenin ustalarıydı. Hepsinin amaçları farklı farklıydı. Ama yine de kitleleri etkilemekte hepsi çok başarılıydı. Neden? Güvenilirlik. Etkilemek istedikleri kişilerin gözünde güvenilirdiler. İşlerini çok iyi biliyor ve yapıyorlardı.

Başkalarını etkilemek açısından güvenilirlik en önemli ortak paydalardan biridir. Güvenilirlik... (O'Keefe 1990, 181), "İletişime geçen kişinin söyledikleri, inanılırlığını belirler."

Güvenilirlik Pivot Noktasıdır

Güvenilirlik önemlidir. Etkilemenin pivot, yani eksen noktasıdır. Ne yazık ki, başlangıçta *güvenilir* olmanız değil, *güvenilir izlenimi* bırakmanız önemli. Etkileyici bir insan olarak algılanmanızda, güvenilirliğin çok önemli bir rolü var. Güvenilirlik ilkin en önemli faktörlerin bileşiminden oluşur.

Nedir bu faktörler?

1. Yeterlilik
2. Dürüstlük
3. Uzmanlık
4. Sempatiklik
5. Rahatlık
6. Sosyallik

Güvenilirlik bulmacasının ilk parçası yeterliliktir. Bu bölümün başında saydığımız isimleri hatırlayın. Bunların hepsi işlerini çok iyi yapan, yeterli kişilerdi. Yeterlilik güvenilirliğin temel taşıdır. (Yeterliliğin iyi değerler, başkalarının çıkarlarını gözetme gibi özelliklerle bağlantılı olmadığına dikkat edin!) Yeterliliği bir süre taklit edebilirsiniz, ama bu eninde sonunda teste tabi tutulduğunda gerçek ortaya çıkacaktır. Yeterlilik uzmanlık anlamına gelir, niteliklerinizin tamamıdır.
Altın Anahtar: Gerçek yeterliliğinizi artırmak ve yeterli görünme seviyenizi artırmak iki farklı projedir: Uzman olmanız ve uzman gözükmeniz gerekir. Bu iki projeyi aklınızda tutarak yeterliliğin yedi parçası üzerinde yoğunlaşmanız gerekiyor. (McCroskey ve Young 1981) Alanınızda deneyimli, bilgili, eğitimli, uygun, yetenekli, zeki ve uzman olmanız gerekiyor.

Kilit Noktası: Yeterli olmak ve yeterli gözükmek istiyorsunuz. Yeterli olup tersi bir izlenim bırakmak işinize yaramaz. Önemli bir egzersiz yapın ve aşağıdaki 14 soruyu yanıtlayın. Acele etmeyin ve olabildiğince tarafsız yanıtlar verin. Eğer diğer sayfalara geçmek yerine bunu yaparsanız, ne kadar güvenilir olduğunuzu daha iyi anlayacak ve bunun üzerinde çalışma imkanı bulacaksınız.

1. Deneyimli misiniz?
2. İnsanlar deneyimli olduğunuzu düşünüyor mu?
3. Bilgili misiniz?
4. İnsanlar bilgili olduğunuzu düşünüyor mu?
5. Kendi alanınızda eğitim aldınız mı?

6. İnsanlar eğitimli olduğunuzu düşünüyor mu?
7. Alanınızda gerekli özelliklere sahip misiniz?
8. İnsanlar buna katılıyor mu?
9. Yetenekli misiniz?
10. İnsanlar yetenekli olduğunuzu düşünüyor mu?
11. Zeki misiniz?
12. İnsanlarda zeki bir insan olduğunuz izlenimini bırakıyor musunuz?
13. Alanınızda uzman mısınız?
14. İnsanlarda uzman olduğunuz izlenimini bırakıyor musunuz?

Bu soruları yanıtladıktan sonra kendinize bir yenilenme programı yapmalısınız. Eğer yeteri kadar deneyimli değilseniz, kurslara giderek ya da başka yollarla deneyim edinmelisiniz. Eğer insanlar deneyimli olduğunuz halde bunu anlamıyorsa, sözlü veya yazılı olarak ya da eğer ki başarabiliyorsanız, fark ettirmeden bunu ortaya koymalısınız.

Altın Rehber'e baktığınızda, ilanlarda güvenilirliği temsil eden birçok sözcük görürüsünüz.

"Lisanslı."

"Sertifikalı."

"Doktor."

"Profesör."

"27 yıl deneyimli."

"Harvard mezunu."

"Siyah kuşak."

"Ödüllü."

"Uluslararası ünlü."

Televizyonda ise dünya starlarının, güvenilirliklerini biradan hamburgere, hatta iç çamaşırına kadar her türlü markanın reklamında kullandıklarını görürsünüz. Kitapların arkasına yazar hakkında yazılanlar da buna benzer. Buna "hale etkisi" denir. Kendi güvenilirliğinizi ortaya koymak için bir başkasınınkinden yararlanırsınız. Bu zekice bir yöntemdir ve siz de mutlaka denemelisiniz.

Yeterlilik temel taştır. *Müşterilerinize fark ettirmeden yeterliliği-*

nizi gösterin. Mesela ofisinizin duvarlarına diploma ve ödüllerinizi asın. Ayrıca her bir müşterinizle konuşurken, ona bilginizin derinliğini hissettirdiğinize emin olun. Alanınızda uzman olduğunuzu açıkça ortaya koyun.

İkna etme sürecinde dört faktör vardır. Bunların ilk üçü, başarı için güvenilirliğe muhtaçtır.

1. Çevre koşulları
2. İkna edici
3. Mesaj
4. Dinleyici

Elbette güvenilir olmak ve müşteride bu imajı yaratmak birbirinden çok farklı şeylerdir. Güvenilirlik hissi yaratırken kullanılabilecek bazı karakteristik özellikleri anlatalım. İkna edici ve güvenilir biri olmak istiyorsanız, bu özellikleri taşımanız gerekir.

Dürüstlük
Karakter
İyi niyet
Özsaygı
Uzmanlık
Yeterlilik
Kalifikasyonlar

Karşınızdaki kişiye güvenilir olduğunuz hissini geçirebilmek için kullanabileceğiniz bazı sözcükler şöyle:

Deneyimli
Bilgili
Eğitimli
Kalifiye
Yetenekli
Zeki
Uzman
"Televizyondaki gibi"
25 yıllık deneyimli

Referanslar

Herhangi bir durumda güvenilirliğinizi kanıtlamak için dört yolunuz vardır. Bu faktörlerin her biri iki zıt kutbu içinde barındırır. Tanıdıklarınız, sizi bunlar arasından çoğunlukla hangi kategoriye sokar?

1. Dışadönüklük
   Cesur/çekingen
   Konuşkan/sessiz
   Agresif/uysal
2. Duruş
   Dengeli/heyecanlı
   Rahat/gergin
   Sakin/tedirgin
3. Sosyallik (sempatiklik)
   Yumuşak başlı/itici
   Neşeli/asık suratlı
   Arkadaş canlısı/yabani
4. Diğerlerine ilham vermek

Bir kez daha hatırlatıyorum. Bunları okuyup geçmeyin. Hangi kategoride yer aldığınızı iyice değerlendirin ve buna göre bir değişim programı hazırlayıp onu takip edin.

> ***Herhangi bir durumda güvenilirliğinizi kanıtlamak için dört yolunuz vardır.***

Güvenilirliğinizi Artırmanın Yedi Yolu: İkna Etmenin Çekirdeği

Son dönemde yapılan araştırmalar güvenilirliğin, herhangi bir kişinin size "evet" demesini sağlamak için anahtar olduğunu gösteriyor. Çok az kişi kendi mesleklerinde güvenilirlik sahibidir, çünkü güvenilirliğin ne olduğunu, buna neden ihtiyaçları olduğunu ve onu nasıl elde edeceklerini bilmiyorlar.

Aşağıdaki formülü bir kenara yazın ve daima yakınınızda bir yerde tutun. İster terapist, ister küçük dağıtımcı, ister satış müdürü olun insanların sizi dinlemesinin sırrı aşağıda:

Uzmanlık + Dürüstlük = Güvenilirlik

Bir şirketin Kevin Hogan'ı konuşmacı olarak hangi grupta yer alan konular için çağırabileceğini düşünün:

Birinci Grup: Satış, etkileme, pazarlama, vücut dili, ikna etme, motivasyon, iletişim yöntemleri.
İkinci Grup: Otomobilinizdeki yağı değiştirmenin yolları, politik olarak doğru konuşma yöntemleri, hükümetin sanata desteği.

Ne demek istediğimi anlıyorsunuz. Kevin Hogan'ın birinci grup konular için konuşmacı seçileceğini ve başarılı olacağını görüyorsunuz.

Güvenilirlik = Uzmanlık + Dürüstlük

İkinci grupta ise hiçbir uzmanlığım yok, ayrıca bunlardan herhangi birine ilgi gösterdiğimi söylersem pek dürüstçe olmaz. Yani elbette otomobillerin yağı değiştirilmeli ve sanattan da hoşlanırım, ama hükümetin sanata desteği konusu hiç ilgimi çekmez.

Karar verme aşamasında hiçbir şey güvenilirlik kadar ikna edici değildir. Sizin buna ihtiyacınız var, benim de, hatta herkesin güvenilir olmaya ihtiyacı var, yoksa hepimiz yaptığımız işte er ya da geç başarısız oluruz.

Martha Stewart örneğini ele alalım:

Martha Stewart

Bu isim çok kısa zaman öncesine kadar güvenilir sayılıyordu. Martha Stewart'ın bir televizyon programı, halka açık bir şirketi, kendi dergisi ve inanılmaz bir güvenilirliği vardı. Sonra gün geldi bunların hepsini bir anda kaybetti. Borsada usulsüzlük yaptığı ortaya çıkınca hapse girdi. Birkaç gün içinde Stewart'ın güvenilirliği sıfıra indi. Bugün Martha Stewart ismine güvenmek çok zor ve güven olmadığı zaman güvenilirlik de olamıyor.

Karar verme aşamasında hiçbir şey güvenilirlik kadar ikna edici değildir.

Anneniz?

Annenizin size, "Büyük bir şirkette işe gir, sana birçok olanak ve emeklilik imkanları sağlarlar" dediği günü hatırlıyor musunuz? Peki ne oldu? 2001 yılında kriz çıktığında birçok şirket battı. İnsanlar işsiz, evsiz kaldı, hatta başkalarının yaptığı yolsuzluklar ve kötüye giden ekonomi nedeniyle özsaygılarını kaybettiler. Bundan çıkaracağınız ders: Her konuda tek bir kişiye güvenmeyin. Anneniz harika bir anne olabilir; ama bu, iş tavsiyeleri konusunda aynı yeteneği sergileyebileceği anlamına gelmiyor.

Öyleyse güvenilirliği artırmanın araştırmalar tarafından kanıtlanmış yedi yolu nedir?

Daniel O'Keefe bunları "İkna Etme" adlı kitabında anlatmıştı. Benim biraz değiştirdiğim kurallar şöyle:

1. ***Eğitiminizi, pozisyonunuzu ve deneyiminizi ön plana çıkarın.*** İnsanlar, daha üst pozisyonda olan (uzman hekim/pratisyen), daha iyi eğitim almış (profesör doktor/lise mezunu) ve daha deneyimli (20 yıllık deneyim/yeni mezun) kişilere daha fazla saygı duyuyor. Belki eğitim seviyenizi değiştiremezsiniz, ama pozisyonunuzu ve deneyiminizi farklı lanse ederek daha pozitif bir izlenim bırakabilirsiniz. Asla yalan söylememeli ya da abartmamalısınız, ama sahnede var olandan daha farklı bir açıda durmayı deneyebilirsiniz.
2. ***Akıcı bir iletişimci olun.*** Konuşmanızı, "Şey" gibi, arayı dolduran sözcükler ya da takılmalar olmadan tamamlayın. Sözcükleri yanlış telaffuz etmeyin. Her takıldığınızda bu size ek-

si puan olarak yazılır. Akıcı bir konuşmacı metin ya da notlar kullanmadan mesajını aktarır. Konunuz, ürününüz ya da hizmetinizle ilgili her şeyi bilmelisiniz. Tüm bu bilgileri etkileyici bir şekilde aktarabilmeniz gerekir ve eğer buna hazır değilseniz, denemeyin bile.

3. ***Konuşma hızınıza dikkat edin.*** Bu konudaki araştırmalar farklı sonuçlara işaret edebiliyor. Ama genelde normalden biraz daha hızlı konuşmanız tavsiye ediliyor. Bunun nedeni çok basit: Yeteri kadar hızlı konuşamamanız, karşınızdaki kişide konuyu iyi bilmediğiniz izlenimi bırakır.
4. ***Kanıtlara değinin.*** İnsanlara asla bibliyografyası olmayan bir kitap almamalarını söylüyorum. Çünkü böyle kitaplar hayal ürününden başka bir şey değildir. Kaynak olmaması, güvenilir olmadığı anlamına gelir. "Daniel O'Keefe'ye göre" demek; daima "Araştırmalar gösteriyor ki" demekten daha iyidir. Biri iyi eğitimli olduğunuzu, diğeri ise magazin dergilerini ya da günlük gazeteleri fazla okuduğunuzu gösterir.
5. ***Karşı tezlerden de bahsedin.*** Bütün iyi konuşmacılar, söylediklerinin karşı tezinden bahsettiklerinde izleyiciyi kazanma şanslarının daha fazla olduğunu bilir. Neden? Çünkü, onların anti-tezi düşündükleri esnada bunu sizin gündeme getirmeniz, tarafsız olduğunuzu görmelerini sağlar. Dinleyiciyi ya da müşteriyi ne kadar şaşırtırsanız, o kadar puan kazanırsınız.
6. ***Sempatik olun.*** Bu, karşınızdaki kişinin sizi daha uzman görmesini sağlamayacaktır, ama daha dürüst olduğunuzu düşünmesine yardımcı olacaktır. Dürüst gözükmenin güvenilirliğin ikinci adımı olduğu düşünülürse, bu çok önemlidir. Elbette bir gecede daha sempatik biri haline gelemezsiniz. Ama üzerinde çalışırsanız, karizmanızı artırabilirisiniz.
7. ***Mizah kullanın…*** Ama dikkatli olun! Mizah, eğer doğru ve uygun bir ortamda kullanılırsa, iletişimcinin daha dürüst gözükmesini sağlayabilir. Biraz mizah, gerçekten daha ikna edici olmanıza yardımcı olabilir. Ama biraz mizah, çok değil.

5 Etkilemenin Yeni Prensipleri

Yıllardır akademisyenler ve işlerini yaparken öğrenenler arasında çeşitli düşmanlıklar yaşandı. Akademisyenler dışarı çıkıp işi yapmıyor, ama olayları araştırıp inceliyorlar. İşini yaparken öğrenenler ise, ki buna satış elemanları da dahil, ne yaptıklarından emin değiller, ama hangi yöntemlerin işe yaradığını biliyor ve buna göre hareket ediyorlar. İşte bu iki dünyayı bir araya getirdiğinizde bu kitap ortaya çıkıyor. Geçtiğimiz 20 yıl boyunca tek merakım neyin işe yaradığıydı. Siz de bunu merak etmeseniz bu kitabı almazdınız.

İş dünyasında ve ilişkilerde etkilemenin yeni prensiplerine geçmeden önce sizden küçük bir test yapmanızı istiyorum. Bu kitap boyunca birçok test yapma fırsatı bulacaksınız. Bu testlerdeki sorular daha önce çeşitli araştırmalarda kullanıldı. Bunları yanıtladıkça nasıl düşündüğünüzü fark edeceksiniz ve kitabın sonuna doğru insanların genelde nasıl düşündüklerini ve karar verdiklerini anlamaya başlayacaksınız. Sonuç olarak tüm bu yeni bilgileri daha etkili olmak için kullanmayı öğreneceksiniz.

Soruyu Nasıl Soracaksınız?

Yeni bilgiler havuzuna atlamadan önce Kahneman ve Tversky (1984) tarafından geliştirilen bir karar verme oyunu oynayacağız. Aşağıdaki senaryoyu okuyun ve değerlendirme bölümüne bakmadan önce yanıtlarınızı bir kenara yazın.

Yaklaşık 600 kişiyi öldüreceği tahmin edilen bir salgın hastalığa karşı hazırlandığınızı düşünün. Hastalıkla mücadele için iki farklı program üzerinde duruluyor. Bu iki programla ilgili bilimsel veriler ise şöyle:

- A programı uygulanırsa 200 kişinin hayatı kurtulacak.
- Eğer B programı uygulanırsa üçte bir ihtimalle herkes kurtulacak, üçte iki ihtimalle kimse kurtulamayacak.

Hangisini tavsiye edersiniz? A programını mı, B programını mı? Yanıtınıza karar verince bir kenara yazın ve okumaya devam edin.

İki alternatif daha var.

- C programı kabul edilirse 400 kişi ölecek.
- Eğer D programı kabul edilirse üçte bir ihtimalle kimse ölmeyecek, üçte iki ihtimalle herkes ölecek.

C ve D programıyla ilgili tercihinizi bir kenara yazın ve okumaya devam edin.

Kahneman ve Tversky, deneklerin % 72'sinin (bu durumda doktorlar) "kesin olan seçeneği" yani A programını, "riskli bir kumar" olarak gördükleri B programına tercih ettiklerini gördü. Ancak soru diğer türlü sorulduğunda tam tersi bir yanıt aldılar. Deneklerin % 78'i, B seçeneğiyle hemen hemen aynı olan D'yi seçti (C seçeneği de A ile hemen hemen aynı).

Diğer bir deyişle, A seçeneğini tercih eden birinin normalde C seçeneğini tercih etmesi, B'yi seçenin de D seçeneğini tercih etmesi gerekir. Ancak cümlelerin farklı şekilde kurulması, dolayısıyla farklı bir perspektiften yansımaları insanların düşüncelerini ve kararlarını da etkiliyor.

Kaybetme Korkusu-Kazanma İhtimali

Etkilemenin Anahtarı: İnsanların çoğunluğu sahip oldukları bir şeyi kaybetmemek için, sahip olmadıkları bir şeyi kazanmak adına harcayacaklarından daha fazla çaba sarf edecektir.

Etkilemenin Anahtarı: Kaybetme korkusu, birçok kişi için kazanma ihtimalinden daha kuvvetli bir motivasyondur.

Daha fazla kanıta mı ihtiyacınız var?

Princeton Üniversitesi uzmanları, bir grup öğrenciden tiyatroya gittikleri anda biletlerini kaybettiklerini fark ettiklerini hayal etmelerini istedi. Başka bir bilet almak için 10 dolar daha öderler mi?

İkinci bir gruptan tiyatroya gittiklerini, ama biletlerini henüz almadıklarını düşünmeleri istendi. Tiyatroya vardıklarında 10 dolar kaybettiklerini fark ediyorlar, bileti yine de alırlar mı?

Bu araştırmada 10 dolarını kaybeden deneklerin % 88'i bilet alacaklarını söyledi, daha önce aldıkları bileti kaybeden deneklerin ise yalnızca % 46'sı tekrar 10 dolar ödeyip bilet alacaklarını söyledi.

İnsanların sizden bir şey almasının veya herhangi bir seçim yapmalarının temelinde mantıklı ya da rasyonel herhangi bir gerekçe bulunmuyor.

Mantığınız size insanların en iyi ürünü almak isteyeceklerini söylüyor.

Böyle bir şey yok.

İnsanların sizden bir şey almasının veya herhangi bir seçim yapmalarının temelinde mantıklı ya da rasyonel herhangi bir gerekçe bulunmuyor.

Mantığınız size, insanların mümkün olabildiği kadar fazla seçenek istediğini ve bunların arasından mantıklı bir seçim yaptığını söylüyor.

Hiçbir şey gerçekten bu kadar uzak olamaz.

Size bir şey itiraf edeceğim. Ben de tamamen mantıklı değilim. 20 yıldır emniyet kemeri takmadım. Üvey babam bir trafik kazasında az kalsın ölüyordu. 1979 yılında bir traktör otomobiline çarptı ve o emniyet kemeri takmıyordu. Eğer emniyet kemeri taksaydı, otomobilin içinde ölümüne ezilecekti. Emniyet kemeri olmadığı için ön camdan 42 metre ileriye fırladı ve zor da olsa hayatta kaldı... Ama hayatta kaldı. Bu olay benim yıllarca emniyet kemeri takmamama neden oldu. Ama çocuklarıma emniyet kemerlerini taktırıyorum, hatta emniyet kemerlerini takmazlarsa otomobili hareket ettirmiyorum. Sizce bunun neresi mantıkla ilgili?

Şimdi tüm bunların sizin alımlarınızı, satışlarınızı ve ikna yeteneğinizi nasıl etkilediğine bakalım.

Seçim Özgürlüğü mü, Satış Engeli mi?

Daha da enteresan bir araştırma kısa süre önce Stanford Üniversitesi tarafından yayımlandı. Araştırmacılar bir markette ürün standları kurdu. Bir standa 24 çeşit, diğerine ise altı çeşit reçel yerleştirildi. Tahmin edeceğiniz üzere reçellerden tadanların % 60'ı, 24 çeşit reçelin olduğu standı tercih etti. Yalnızca % 40'ı, altı çeşit reçelin olduğu standa gitti.

Peki bunun şok edici tarafı ne?

- Altı çeşit reçelin tanıtıldığı standa gidenlerin % 30'u en az bir reçel aldı.
- 24 çeşit reçelin olduğu standı tercih edenlerin ise yalnızca % 3'ü reçel aldı.

Bunun birçok anlamı var. Reçel, din, eş ve iş seçiminde seçeneklerin sayısı arttığında *düşünsel uyumsuzluk* dediğimiz durum ortaya çıkıyor. İki veya daha fazla düşünce ya da inancı eşdeğerde görüp, hangisini seçeceğinizi bilememeniz durumuna, düşünsel uyumsuzluk deniyor. Bu durum kişiyi elbette çok bunaltıyor. İnsanlar seçenek ister, bu kendilerini özgür hissetmelerini sağlar. Ama eğer çok fazla seçenek sunarsanız, donakalır ve ne yapacaklarını şaşırırlar.

Bu durumun en geçerli olduğu yerlerden biri kumarhanelerdir. Bahisçiler hangi numaraya, hangi renge, hangi ata para yatıracaklarına karar verene kadar delirirler. Seçimi yaptıktan sonra doğru karar aldıklarından emindirler. Ama paralarını kaybederlerse, "Böyle olacağını biliyordum. Kendimi dinlemeliydim" derler.

Aynı şey alışverişte de çok yaşanır. Mavi mi, kırmızı mı, siyah mı karar veremezler. Ne yapacaklarını bilemeden öylece durular. Sonunda bir renge karar verirler ve içleri rahatlar.

Çok fazla seçenekle karşı karşıya olduklarında birçok kişi ne yapacağını şaşırıp adeta paralize olur. Bunalan kişiler sonunda hepsinden vazgeçme yoluna giderler. Hiçbir şey yapmayarak durumu ertelemeyi tercih ederler.

Eğer bir kişiye, "Bu 100 renk seçeneği arasından istediğin rengi seçebilirsin" derseniz, büyük ihtimalle panik olur. İnsanlar bu kadar çok seçenekten birini tercih etmeye alışık değildirler. Ne yapacaklarına karar veremeyeceklerdir. Ama eğer, "Dört renk seçeneğimiz var" derseniz, karşınızdaki kişi çok daha rahat tercih yapacaktır.

Seçenek verilmesi yerine karara yönlendirilmeyi tercih etme durumu, beyin yıkama ve ani dönüşümlerle olur. Burada uygulanabilecek tek bir doğru yol ve ideoloji var ve diğer hepsi yanlış. Bu yöntem, düşünsel uyumsuzluk durumunu ortadan kaldırıyor ve Eric Hoffer'ın sözünü ettiği ***Gerçek İnanan***'ı yaratıyor.

Anahtar Soru: Düşünsel uyuşmazlıkla ilgili yeni bilgilerinizi satış ve ikna etme sürecinde nasıl kullanacaksınız?

Çok fazla seçenekle karşı karşıya olduklarında birçok kişi ne yapacağını şaşırıp adeta paralize olur.

Hızlı Bir Özet

1. İnsanlar yönlendirilmek isterler. Bilinçaltlarına hitap ederek onları yönlendirebilirsiniz.
2. İnsanlar kontrolün kendilerinde olduğuna inanmak isterler ve bunu hissettiklerinde daha mutlu olurlar.
3. Seçenekleri hızlı ve kararlı bir şekilde azaltırsanız, insanların düşünsel uyuşmazlık durumundan kurtulmalarını kolaylaştırırsınız.
4. Müşterilerinize daha az seçenek sunduğunuzda kârınızın artacağını unutmayın. Yeni model otomobiller 64 değil, yedi renk seçeneğiyle çıkıyor.
5. Çok fazla seçenek, insanların donakalıp ne yapacaklarını şaşırmalarına neden olur. Daima, onları en iyi seçime yönlendirmek için hazırlıklı olun.

İlk 10.000 Dolarlık Anahtarınız: ("10.000 Dolarlık Anahtar" diğer "Anahtarlar"dan daha önemlidir, çünkü bunların değeri ne kadar kolay uygulanabildikleriyle ölçülüyor.)

İnsanlar, başka insanların sahip oldukları şeyleri isterler.

İkinci 10.000 Dolarlık Anahtarınız: İnsanlar sahip oldukları şeylerin değerini abartırlar.

Dört yaşındaki tüm çocuklar odadaki en değerli oyuncağın diğer çocuğun elindeki olduğunu söyleyecektir.

Daima uzun vadeli düşünün. Müşterileriniz sizden rehberlik beklerler ve alınan sonuçları daima hatırlarlar.

En İyisi Benimki

Bu bölümün başlarında insanların büyük çoğunluğunun alım tercihlerini (daha doğrusu neredeyse hiçbir tercihlerini) mantık yoluyla yapmadığına değinmiştik. Gerçekte, bunun tam tersi olduğunu gördünüz.

1. İnsanların, bir teklifin nasıl sunulduğuna (pozitif veya negatif) bağlı olarak karar aldıklarını gördünüz.
2. Ayrıca biletini kaybeden bir kişinin tiyatroda ikinci bir bilet almayacağını, ama parasını kaybeden bir kişinin bileti alacağını gördünüz. "Paraya" sahip olmakla "bir olaya" sahip olmak çok farklı şeyler.
3. İnsanların, çok seçenek yerine az seçenek olduğunda alım yapma olasılıklarının arttığını keşfettiniz.

Bunların hiçbiri bir şey alıp almamamızı etkilememeli, ama etkiliyor. Yalnızca bu üç basit kuralı uygulamak bile, satışlarınızı % 15-25 oranında artırmak, alma, ödeme tarzlarınızı ve genel olarak durumunuzu değiştirmek için yeterli olmalı. Peki böyle paradigmaları yerinden oynatan veriler karşısında ne yapabiliriz?

Bir terapist ya da satış elemanı olarak (okuyucularımın büyük bir bölümünü bu iki meslekten gelenler oluşturuyor), insanların tutumlarını değiştirirseniz, davranışlarını da değiştirebileceğinizi düşünüyor olmalısınız... Hatta tutum değiştirmenin ikna etmek, hareketleri değiştirmenin ise itaat ettirmek olduğunu düşünüyorsunuzdur.

Ama belki, tam tersini aklınıza hiç getirmediniz: *Önce hareketi değiştirin, sonra tutumu sonsuza dek değiştirebilirsiniz.* Tutumu uzun süreli değiştiren bazı başarılı davranış değişikliklerini ele alalım. İnsanlar, "hareketlerinin sorumluluğunu üzerlerine almaya" başladıklarında hem davranışları, hem de tutumları değişmeye başlar. Hatta arzu ettikleri bir şeye sahip olduklarında, bu ister bir fikir, ister bir eşya olsun gerçekten çok daha kıymetli olduğunu düşünürler.

İnsanlar, "hareketlerinin sorumluluğunu üzerlerine almaya" başladıklarında hem davranışları, hem de tutumları değişmeye başlar.

Fransız pazarlama profesörü Ziv Carmon ve MIT hocalarından Dan Ariely, Duka Üniversitesi'nde okuyan 100 öğrenciyi iki gruba böldü. Bir gruba, üniversite basketbol liginin final maçı biletleri için en fazla ne kadar ödeyecekleri soruldu. İkinci gruptan ise, bu bilete sahip olduklarını düşünmeleri ve satacakları en ucuz fiyatı söylemeleri istendi. Ortalama satış fiyatı 1500 dolardı. Bileti isteyenlerin söylediği fiyat ise ortalama 150 dolardı. Satanlar biletlerinin, muhtemel alıcıların düşündüğünden 10 kat daha değerli olduğuna inanıyordu.

(Acaba abartılı fiyatlandırma, öğrencilerin bileti sattıktan sonra buna tekrar sahip olmayacaklarını düşünmelerinden mi kaynaklanıyor? Okumaya devam ettiğinizde haklı olduğunuzu göreceksiniz. Kaybetme içgüdüsü karar aşamasında büyük rol oynuyor. Gereğinden büyük bir rol..!)

Sahip Olma Etkisi

Bu etkiden yıllardır yararlanılıyor. Satış sektöründe herkes "köpek yavrusu" tekniğini bilir: Eğer ürünü kısa süreliğine de olsa müşterinin evine ya da ofisine sokabilirseniz, satış yapma olasılığınız artar. Neden? Çünkü tıpkı bir köpek yavrusunu eve aldığınızda olduğu gibi, bir şeye sahip olduğunuzda onu mağazadaki halinden daha değerli görürsünüz. Bunu yaptığınız anda ürünün insan zihnindeki değeri bir anda artar. Zihindeki bu değer mağazadaki etiketten çok daha yüksektedir, dolayısıyla müşteri ürünü hemen alır. Peki insan beynindeki bu gariplikten hangi pazarlama teknikleri satış yapmak için yararlanıyor?

- Sanat galerileri
- Ofis malzemeleri satıcıları
- Dergi üyelikleri

Bu etkiyi o kadar çok şirket kullanıyor ki, hâlâ kullanmayanların oluşu oldukça şaşırtıcı... Burada bizim için anahtar nokta, müşterinin ürüne sahip olmasına izin vermeden bu etkiyi nasıl kullanabileceğimiz olmalı!

Sizin Hayatınızdan

Belli bir cemaat ya da gruptan birileri sizi toplantılarına hiç davet etti mi? Eğer bu daveti kabul ettiyseniz, bunu büyük ihtimalle kibarlık olsun diye yapmışsınızdır ve toplantının sonunda fikriniz değişmemiştir. Ama bir süre sonra bu grubu sevdiğinizi düşünmeye başladınız ve onlara katılmaya karar verdiniz. Biraz daha zaman geçtiğinde, bu yeni grubun tam da size göre olduğundan emin oldunuz.

Böyle gruplar genellikle sizden inançlarınızı ya da düşüncelerinizi değiştirmenizi istemezler. Sadece denemek için toplantılardan birine katılmanızı ve çalışmalarını, düşüncelerini incelemenizi isterler.

Beyin komik bir organ. Bir şeyleri yapmaya başladığınızda bunlara alışıyorsunuz ve bu hareketleri yapamamak sizde bir boşluk hissi bırakıyor. Dolayısıyla tutumunuz da değişmeye başlıyor.

Tüm bunların iyi ya da kötü olduğu söylenemez. Yalnızca, bir hareketi benimsediğinizde bunun bakış açınızı nasıl değiştirebileceğini göstermek istedim. Aslına bakarsanız tutumları ve bakış açılarını değiştirmek için belli davranışları veya törenleri tekrarlamaktan daha iyi bir yol olamaz. Törenler tutumların değişmesinde özellikle etkilidir.

Anahtar Soru: İnsanları, görüşlerini ya da inançlarını değiştirmeye itmeden davranışlarını değiştirmeye nasıl ikna edersiniz?

Dünyada, içimizdeki genetik kodlara ulaşarak ürünlerini almamızı sağlayabilecek birkaç tane milyar dolarlık şirket var. Şimdi bu milyar dolarlık şirketlerin bazı sırlarını öğrenmek üzeresiniz. Dünyanın en iyi reklam kampanyaları yalnızca davranışlarımızı değil, değiştirilmesi imkansız olan bir şeyi de, DNA'mızı da hedef alıyor. Bu akıl okuma tekniklerinin her birinin nasıl işlediğinin bilimsel yanını uzun uzun anlatmayacağım. Zaten bu bilgi ansiklopedilere ancak sığabilir. Bunun yerine, bu teknikleri satışta nasıl kullanabileceğinizi öğreneceksiniz.

Dünyanın en iyi reklam kampanyaları yalnızca davranışlarımızı değil, değiştirilmesi imkansız olan bir şeyi de, DNA'mızı da hedef alıyor.

Toplumdaki herkesin yiyeceğe, giyeceğe, sığınacak bir yere ihtiyacı vardır. Doğarken bu ihtiyaçlar içimize adeta işlenmiştir. Hayatta kalabilmek için yemek yemeye, soğuk havalarda giysilere, kendimizi güvende hissetmek içinse sığınacak bir yere ihtiyaç duyarız. Bunlar dışında doğuştan gelen çok az ihtiyacımız vardır. Ancak büyüdükçe, müşterinizin davranışlarını ve alışkanlıklarını yönlendiren birçok eğilim ortaya çıkar.

Yalnızca Müşteriye Değil, Daha Büyük Değerlere Hitap Etmelisiniz

Genlerimiz, yalnızca kendimizi korumak için değil, parçası olduğumuz daha büyük grubun çıkarlarını da düşünmemiz için programlanmıştır. Hatta çoğu zaman genetik olarak, grubun çıkarlarını kendi güvenliğimizin üstünde tutmaya eğilimliyizdir.

Bir adamın küçük bir çocuğu kurtarmak için yanan bir binaya girdiği gibi haberleri mutlaka okumuşsunuzdur. Bu yalnızca bir fedakarlık değil, aynı zamanda genlerimiz tarafından bize dikte edilen bir harekettir. İçinde bulunduğumuz gruptaki diğer kişilere göz kulak olmak bizde çok güçlü bir dürtüdür.

Neredeyse tüm insanlar,

- Kendilerinin
- Ailelerinin
- Gruplarının
- Toplumun
- Tanrı'nın

çıkarlarını korumak için programlanmıştır.

Satış elemanlarının yaptığı en büyük hata, ürünlerinin yalnızca müşterinin işine nasıl yarayacağını anlatmalarıdır. Oysa ürünlerinin müşterinin ailesi, çalışanları, çevresi, cemaati, toplumu açısından neden daha iyi olduğuna değinmeleri gerekir. Hatta Tanrı bile burada devreye girebilir. 1998 yılında yapılan bir araştırmada, beynin belli bir bölümünün yalnızca kutsal konularda aktif hale geldiği ortaya çıktı.

Eski bir McDonald's reklamında bu geniş çevreye hitap edilmesinin iyi bir örneği vardı. Reklamda yorgun bir adam gösteriliyor, arka fonda da, "Bugün molayı hak ettin, öyleyse haydi kalk, doğru McDonald's'a" diyen bir şarkı çalıyordu. Ancak, reklamın müşterileri etkileyen bölümü bu değil, reklamdaki adamın otomobiline binip ailesiyle beraber McDonald's'a gitmesiydi.

Alıştırma: Bir kişiyi motive etmek için genelde duygusal gerekçelerin genişlemesini sağlamanız gerekir. Ürünleriniz ya da hizmetiniz için bunu nasıl yapabileceğinizi düşünün.

Rekabet Genlerden Gelen Bir Hayatta Kalma Yöntemidir

Evrimsel psikoloji, bireyler ya da gruplar arasındaki rekabetin, toplumda kazananlar ve kaybedenleri seçmenin doğal yolu olduğunu gösterdi. Müşteriyi ikna etmeye çalışırken, ürününüze sahip olmanın ona toplumda, ait olduğu grupta ya da rakipleri karşısında avantaj sağlayacağını hatırlatın. Bireyin amacı rekabet ederek hayatta kalmaktır. Dünyanın en iyi yarışçılarının en zengin bireyler olduğu söylenebilir. Bill Gates, Ted Turner, Warren Buffett... Bunların hepsi çok iyi insanlar, ama aynı zamanda çok iyi rekabet ediyorlar. Bill Gates pazarda kendine pay aramıyor, en iyi ürünleri kabul edilebilir bir fiyatta sunarak, pazarın tamamına sahip olmak istiyor. Microsoft bunu harika ürünler sunarak yapıyor. Siz de müşterinizin rekabetçi yanına hitap edip iyi ürünler sunarak aynı sonucu alabilirsiniz. Ama dikkatli olun. *Rakipleriyle yarışmaya karar verenlerin, sosyal çevrelerinde saygınlıklarını yitirdikleri kanıtlanmış bir gerçek.*

Dünyanın en iyi yarışçılarının en zengin bireyler olduğu söylenebilir.

Alıştırma: Rekabetin, toplumda başarıyı ya da başarısızlığı getiren genetik bir öğe olduğunu aklınızda tutarak aşağıdaki soruları dikkatlice yanıtlayın.

1. Kendi sektörünüzü rekabet ve müthiş ürünler yoluyla yönetmek, sizin ve ailenizin sosyal durumunu nasıl etkiler?
2. Müşterilerin zirvede olma arzusunu kullanarak, ürün ya da hizmetinizin daha fazla satmasını nasıl sağlarsınız?
3. Rekabetçi olmak yaşam kalitenizi nasıl etkiler?

Büyük Sayılar Prensibi

Deliliğin bireylerden ziyade gruplarda görüldüğü artık herkes tarafından biliniyor. Normal insanların birçoğu asla masum insanlara kar topu atmaz. Derbi maçındaki yoğun duygular nedeniyle, rakip takımın taraftarını öldüren bir kişi tek başınayken böyle bir hareketi asla yapmaz.

Tüm profesyonel konuşmacılar bir grubu ikna etmenin, birebir konuştuğunuz bir bireyi ikna etmekten daha kolay olduğunu bilir. Grup halindeki insanlarda geçici olarak da olsa bir zeka eksikliği yaşandığı söylenebilir. Grubun genel görüşü hakim olur ve insanlar ne duyarlarsa kabul ederler. Birçok insan çobanını bekleyen koyun gibidir.

Bilimsel araştırmalar, bir grupta ne kadar çok insan varsa, grubun liderinin söylediğinin uygulanma olasılığının o kadar arttığını gösteriyor. İlginç olansa, insanların genellikle grup karşısında konuşmaktan çekinmeleri…

İnsanlar bir gruba girdiklerinde hayvanlara benzerler. Ancak gruptaki herkesin her zaman yüzde yüz aynı fikirde olmasını bekleyemezsiniz. Daima grup düşüncesinin dışına çıkan, itiraz eden birileri olacaktır. Bu kişilerin itirazlarını dikkatle ve saygıyla dinleyin, bunlara saygı gösterdiğinizi belli edin ve sunumunuza devam edin. Genellikle çoğunluğun dediği olacaktır. Aşağıdaki kuralları uygularsanız, grup satışlarında neredeyse her zaman başarılı olacağınızı söyleyebiliriz.

On Dokuzuncu yüzyıldan kalma şu sözü hatırlayın: Linç edenlerin sayısı ne kadar fazla olursa linç o kadar vahşetli olur. Duygusal bir çılgınlık hali yaşayan kişiler tüm etik değerlerini kaybederler. Bunu yaşadığınız deneyimlerden hatırlamaya çalışın.

Grup içindeki kişiler, genelde grubun geri kalanının bilinçdışları tarafından yönetilir. Bilinçdışının ortalama yaşı altı yaşında bir çocuk kadardır. Bu, bilinçdışında büyük bir bilgi birikimi olmadığı anlamına gelmez, bilakis ciddi bir birikim vardır. Ancak bu bilinçdışının, mantıkla hareket eden bilince göre çok daha duygusal ve tepkisel olduğu anlamına gelir. Grup içindeyken bilinç devre dışı kalır, bu da etik davranan satış elemanına ya da etik davranmayan dolandırıcıya birçok fırsat sağlar.

"Hepimiz Birini Sevmeye İhtiyaç Duyarız" Prensibi

Tüm insanlar arzu edilmek ister. Bilimsel ve tıbbi araştırmalar, istenmediğini hisseden kişilerin gelişimlerinin her yönden olumsuz etkilendiğini gösteriyor. Fiziksel, psikolojik ve duygusal gelişimin tamamı kişinin istendiğini hissetmesiyle doğrudan bağlantılıdır. Böyle bir istekleri ya da ihtiyaçları olmadığını söyleyen insanlar düpedüz yalan söylüyorlardır ya da ruhsal bozuklukları vardır. Bu ihtiyaç genlerimize programlanmıştır.

> ***Tüm insanlar arzu edilmek ister.***

Karşınızdaki kişiye yalnızca müşteri olarak değil, ona bir insan olarak da ilgi gösterdiğinizi hissettirmelisiniz. İnsanlar samimi ilgiyi fark ederler ve bunu hissettiklerinde satış açısından büyük yararı olan, ömür boyu sürecek bir ilişkinin tohumları atılmış olur.

Tıbbi bir araştırmada, (Ryan ve Lynch 1989) "samimi ve anlamlı bir ilişkiye sahip olamamanın" kalp krizinin en önemli nedenleri arasında olduğu görüldü. Bu bize ihtiyaçların genlerimizde olduğuyla ilgili ne anlatıyor? Sevgi, şefkat ve ilişkilerden fiziksel olarak etkileniyoruz.

Doktor Dean Ornish yakınlığın insanları gerçek anlamda iyileştirebileceği, sevdiklerinden ayrılmanın ise öldürebileceği üzerine bir dizi araştırma yaptı. Bu biyolojik veriyi anlamak insanları güçlü bir şekilde etkilememizi sağlıyor, öyle değil mi?

Alıştırma: Bu özelliklerden faydalanan ürün ya da hizmetleri sıralayın. (900'lü hatlar, internetteki sohbet siteleri…)

Dokuz Altın Anahtar

Bu bölümde neler öğrendiniz? Gelin gözden geçirelim…

1. İnsanlar tercihlerini teklifin yapılma şekline göre belirler.
2. İnsanlar kaybetmenin önüne geçmek adına, kazanmak için harcadıklarından daha fazla çaba sarf ederler.
3. Satışı ve itaati artırmak için seçenek sayısını azaltın.
4. Tutumu ve bakış açısını değiştirmek için önce davranışları değiştirin.
5. İnsanlar sahip oldukları şeyin değerini olduğundan fazla tahmin ediyor.
6. Aile, toplum, Tanrı gibi daha yüksek değerlere hitap etmek, bireye hitap etmekten daha etkilidir.
7. İnsanlar resmi olmayan hiyerarşinin zirvesinde olmak isterler.
8. Bir grubu etkilemek, bireyi etkilemekten daha kolaydır.
9. İnsanlar bir grubun parçası olmak için birçok şeyi gözden çıkaracaktır.

6 Omega Stratejilerine Giriş

Omega stratejilerine başlamadan önce bir IPQ testi yapmanızı istiyorum. (Sizi yeteri kadar meraklandırmayı başarabildim mi?)

Geçen bölümde bazı hayali senaryolarda ne yapacağınızı düşünmenizi istemiştim. Şimdi ise ikna etmenin prensiplerini ne kadar anladığınızı ve uygulayabildiğinizi merak ediyorum.

İkna Etme ve Etkileme Katsayınızı (IPQ) Test Edin

Ürünlerinizi, hizmetlerinizi ve düşüncelerinizi kendinizin sunabilmesi harika olmaz mıydı? Böylece diğerleri otomatik olarak devre dışı kalırdı. Önümüzdeki aylarda internet sitemde (www.kevinhogan.com) bununla ilgili daha detaylı bilgi yayınlayacağım, ama şu anda sahip olduğunuz bilgileri test etmek için IPQ testiyle başlayalım. Bunu çözmek için kağıda, kaleme ve yalnızca beş dakikaya ihtiyacınız olacak. Tüm yanıtlarınızı yazmanız çok önemli. Nedenini birazdan anlayacaksınız.

1. Bir CD çalar almayı planladığınızı, ama henüz markasına veya modeline karar vermediğinizi düşünün. Bir elektronik eşyalar mağazasının önünden geçerken vitrinde popüler bir Sony CD çaların indirime girdiğini ve 99 dolara satıldığını görüyorsunuz. Bunun, standardının çok altında bir fiyat olduğunu biliyorsunuz.

A. Son dönemde yapılan araştırmalar deneklerin yüzde kaçının indirimdeki Sony CD çaları aldığını gösteriyor?
a) % 24
b) % 48
c) % 59
d) % 66

B. Araştırmalar deneklerin yüzde kaçının diğer markalarla ilgili de bilgi edinmek için biraz daha beklediğini gösteriyor?
a) % 76
b) % 52
c) % 41
d) % 34

2. Yine aynı durumu düşünün. Ancak bu kez mağaza daha kaliteli olan Aiwa marka CD çaları 159 dolara satıyor. Sony'ninki gibi bu da, modeliyle ve kalitesiyle karşılaştırıldığında, çok ucuz bir fiyat.

A. Araştırmalar deneklerin yüzde kaçının indirimdeki Sony CD çaları aldığını gösteriyor?
a) % 11
b) % 27
c) % 39
d) % 51

B. Araştırmalar deneklerin yüzde kaçının indirimdeki Aiwa CD çaları aldığını gösteriyor?
a) % 11
b) % 27
c) % 39
d) % 51

C. Araştırmalar deneklerin yüzde kaçının diğer markalarla ilgili de bilgi edinmek için biraz daha beklediğini gösteriyor?
a) % 62
b) % 50
c) % 46
d) % 10

(Eğer yalnızca bu iki sorunun yanıtını biliyorsanız, bu bile insanların satın alma alışkanlıklarıyla ilgili çok bilgili olduğunuzu gösterir. Ama daha da fazlasını öğrenebilirsiniz. Üçüncü soruya geçin.)

3. Kahneman ve Tversky tarafından yapılan bir araştırmada (1984) deneklerden, 169.99 dolarlık bir Minolta X-370 model fotoğraf makinesi ile 239.99 dolara satılan Minolta Maxxum 3000i arasında bir tercih yapmaları istendi. Deneklerin yüzde kaçı Minolta X-370'i tercih etti?
a) % 10
b) % 30
c) % 50
d) % 70

4. Aynı araştırmacılar bir başka grup deneğe üçüncü sorudaki modellerin yanı sıra bir de 469.99 dolar etiketli Minolta 7000i'yi teklif ettiler.

A. Deneklerin yüzde kaçı X-370'i seçti?
a) % 21

b) % 31
c) % 41
d) % 51

B. Deneklerin yüzde kaçı Maxxum 3000i'yi seçti?
a) % 47
b) % 57
c) % 67
d) % 77

C. Deneklerin yüzde kaçı Minolta 7000i'yi seçti?
a) % 2
b) % 12
c) % 22
d) % 32

Yeni, daha pahalı ve büyük ihtimalle daha kaliteli olan üçüncü ürünün sahneye çıkması bireylerin tercihlerini etkiliyor. Bunu bilmek, insanlarla iletişim kurabilmek ve onları ikna etmek için çok büyük önem taşıyor.

Puanlama

Soru	*Yanıt*	*Puan (yanıt doğruysa)*
1A	% 66	3
1B	% 34	3
2A	% 27	4
2B	% 27	4
2C	% 46	5
3	% 50	4
4A	% 21	4
4B	% 67	4
4C	% 12	4
Toplam		***35***

Değerlendirme:

30+ puan ***Süper.*** Etkilemenin dinamiklerini çok iyi anlamışsınız. Tebrikler! %10'luk en iyi dilim içindesiniz.

20-29 puan ***Fena sayılmaz.*** Etkilemenin bazı temel prensiplerini anlamışsınız ve içgüdüleriniz kuvvetli. Kendinizi geliştirebilirsiniz.

11-19 puan ***Endişelenmeyin.*** Satış ve pazarlama sektörlerinde çalıştığımız kişilerin %50'sinden fazlası bu gruba giriyor. Yalnız değilsiniz.

10- puan. Satış ve pazarlama alanında çalışanların neredeyse %30'u bu kategoriye giriyor. Bu kitap hem gelirinizi, hem hayatınızı değiştirecek.

Sizin de bildiğiniz gibi, birinci sorunun cevaplarına Aiwa seçeneğini eklemek insanların seçim yapmasını zorlaştırdı, ne yapacaklarını bilemedikleri için deneklerin % 46'sı seçimlerini erteledi. Ürün almaya karar veren % 50'lik dilim arasında ise iki markayı tercih edenlerin sayısı neredeyse eşitti.

Üçüncü soruda ise deneklerin ucuz ya da kaliteli fotoğraf makinesi almaya eşit miktarda eğilimli oldukları görüldü. Ancak, çok pahalı olan makine de seçeneklerden biri haline geldiğinde, deneklerin çoğunluğu fiyatı *ortalama* olan ürünü tercih etti.

Dikkat edin: Birçok araştırma, kataloglarda çok pahalı bir ürün olduğunda, *en çok, ondan bir sonra gelen ikinci pahalı ürünün alındığını gösteriyor.*

İlişkilerde, İşte ve Hayatta Direnci Azaltmak

Merakınızı yeteri kadar ayakta tuttum. Omega stratejisi nedir?

Omega stratejisi, tamamen mesajınıza gösterilen direnişi kırmayı hedefler, ancak teklifinizi daha değerli kılmak gibi bir işlevi de yoktur.

Genelde daha ikna edici olmanın ve itaat ettirmenin iki yöntemi vardır. Ya teklifinizi daha çekici hale getirirsiniz, ya da karşınızdakinin direncini kırarsınız. Satış ve pazarlama dünyasındaki birçok kitap, *teklifi* daha çekici hale getirmekle ilgilenir. Oysa bu kitap size direnci kırmanın yolunu gösterecek. Bu daha önce pek işlenmiş bir konu değil. Bu nedenle, farklı açılardan anlatılan şaşırtıcı bilgileri kavramak için, biraz çaba sarf etmeniz gerekiyor.

Birileri size en son ne zaman "Senin yerinde olsam", "Bence şöyle yapmalısın", "Şunu yap", "Bunu yaparsan işe yarayacaktır" diye başlayan bir konuşma yaptı? Peki siz onların söylediklerini yaptınız mı? Büyük ihtimalle bu tavsiyelerin hiçbirini uygulamadığınız gibi, aksine tam tersini yaptınız. Buna "zıtlık tepkisi" ya da tıbbi adıyla "reaktans" denir. Bu bölümde okuyacaklarınız, zıtlık tepkisinin ya da reaktansın miktarını ve şiddetini nasıl azaltacağınızı anlatıyor. Bunu anlamak çok kolay değil, ama önümüzdeki birkaç sayfa boyunca bana dikkatinizi verirseniz, öğrendikleriniz karşısında şaşkına döneceksiniz. Bu bir söz! Eğer bu sayfaları okumazsanız, hayatınız boyunca bu tavsiyeleri ilişkilerinize, işinize ve hayatınıza uygulayamamış olmanın pişmanlığını yaşayacaksınız.

Ya teklifinizi daha çekici hale getirirsiniz,
ya da karşınızdakinin direncini kırarsınız.

Hayatım boyunca yaptığım iş; sağlık, para ve mutluluk doğrultusunda sizin, kendimin, müşterilerin, toplumun, kısacası herkesin zihnini etkilemekle ilgili oldu. Siz de ben de, insanların X ve Y seçenekleri arasında belki de hayatlarını değiştirecek seçimi yapma süreçlerine hayranlık duyuyoruz.

Bazen fazla düşünmeden neden "hayır" deyiverdiğimizi açıklamadan önce, sizinle bir hikaye paylaşmak istiyorum. Bu hikayede, "İmkanı yok" diye başlayan düşüncenin bir insanın hayatını nasıl değiştirebildiğini göreceksiniz.

1998 yılıydı. Archie Levine küçük bir derneğin yıllık toplantısını organize ediyordu. Seattle'daki bu toplantıya benim de konuşmacı olarak katılmamı istedi. Archie bana fiyatı söylediğinde anında, "Üzgünüm bunu yapamam" dedim. Aklımdan geçen ise "İmkansız" sözcüğüydü. Ama bir süre sonra başka bir nedenden dolayı bu toplantıda konuşmayı kabul ettim. Eğer orada konuşmayı kabul edersem, Microsoft Word'ün yaratıcısı ve "Aklın Virüsü" adlı kitabın yazarı Richard Brodie'yle tanışma fırsatı yakalayacağımı öğrendim. Onunla tanışmak için sabırsızlanıyordum. Ben onun kitabını çok sevmiştim ve o da bana telefonda, "İkna Etmenin Psikolojisi" adlı kitabıma bayıldığını söylemişti.

Seattle'a gidiyordum, ama para yüzünden değil. Çünkü bu küçük dernek benim standart ücretimi bile karşılayamıyordu. Seattle'a gitmemin tek nedeni Richard ile tanışıp yemek yiyecek olmamdı. Elbette toplantıda diğer yerlerdekinden daha düşük bir performans sergilemeyecektim. Richard ile akşam yemeği yemek gibi bir motivasyonum vardı.

Richard'la tanıştığımız anda birbirimize kanımız ısındı. Tanıştığımız günden bu yana üç kitabım hakkında, arka kapakta yayınlanan tavsiye yazılarından yazdı; "Zirveye Konuşarak Çıkın" adlı kitabımın ise önsözünü yazdı.

Ayrıca Seattle'da, daha sonra birlikte iki kitap yazacağım kadınla tanıştım. Mary Lee, çok iyi ve çok zeki bir yazar. Katkıda bulunduğu kitaplar, en favori kitaplarım haline geldi. Bana Seattle'da eğitim seminerleri başlatmam konusunda da yardımcı oldu ve toplantıya, hâlâ projelerimde beraber çalıştığım Ron Stubbs, Bev Bryant, Katherin Scott gibi değerli öğrenciler getirdi.

Üç yıl sonra Richard'la Las Vegas'a yaptığım bir gezide, "Satışın İncili" adlı kitabın yazarı Jeffrey Gitomer ile tanıştım. Birbirimizi çok sevdik ve son kitabımın önsözünü o yazdı. Kendisi ABD'nin en iyi ve en çok kazanan konuşmacılarından biridir.

Kısacası Archie Levine'nin 1998 yılında beni araması tüm hayatımı değiştirdi.

Anahtar: Bu teklife ilk tepkim "İmkansız" olmuştu. Kötü para veriyorlardı, konuşacağım yer orta sınıf bir salondu, profesyonel açıdan bakıldığında bu toplantıda çekici, ilginç hiçbir şey yoktu. Hayatımın en iyi kararını almak için ihtiyacım olan bilgiye, ancak birkaç hafta sonra sahip oldum. Sizce de, aldığınız kararın en iyisi olduğundan emin olmak gerekmiyor mu?

İki Tip Direnç

Genelleme yaparsak iki tip direnç/direnme olduğunu söyleyebiliriz. Birincisi reaktans, yani şahsi tercihinize ya da özgürlüğünüze müdahale eden herhangi bir şeyi anında geri çevirme. İkincisi ise, bir taleple ilgili alacağınız karardan pişmanlık duyacağınızı düşünmek.

İnsanların çok küçük bir bölümünün ellerindeki piyango biletini, bunun için ödedikleri parayla değişeceğini biliyor muydunuz? Oysa piyango bileti en iyi ihtimalle ödediğiniz paranın yarısı kadar değerli. (Bunu açıklaması biraz zor ama, eğer 10 milyon dolar değerinde piyango bileti alsaydınız, bundan en fazla 5 milyon dolarlık piyango kazanırdınız. Yani paranın yarısını kaybetmiş olurdunuz.)

O halde insanlar neden ellerindeki piyango biletinden vazgeçmek istemiyorlar? Bu korkunç yatırımdan neden kopamıyorlar?

Çünkü insanlar, vazgeçtikleri bilet piyangoyu kazanırsa duyacakları müthiş pişmanlığı düşünüyorlar. Böylesi bir durumda kendilerini çok kötü hissederler. Bu duyguyla yaşamak istemeyecekleri için de bileti tutuyorlar. Kişi, "Bu bilete ödediğim 1 doları geri alıp biletten vazgeçersem ve eğer ikramiyeyi bu bilet kazanırsa kendimi aptal gibi hissederim" diye düşünüyor.

Bu durumda bilet pozitif bir şey olarak algılanıyor ve pişmanlık da bu pozitif şeyi kaybetmenin üzüntüsünü anlatıyor.

Şimdiki bölüm, insanların "hayır"ı "evet"e çevirmelerini nasıl sağlayacağınızı anlatıyor.

Alıştırma: Aşağıdaki soruları yanıtlayın ve cümle içindeki kavramların farklarını belirlemeye çalışın:

Reaktans ve muhtemel pişmanlık arasındaki fark nedir Bu iki kritik kavram sizin hayatınızı nasıl etkiliyor?

Direnci Omega Stratejileriyle Kırmak

Etkilemeyle ilgili şimdiye kadar öğrendiklerimizden, insanların çoğu zaman nedenini bilmeden "hayır" dediklerini biliyoruz. Etkileme açısından baktığımızda önemli olan, bu "hayır" reaksiyonunun meydana gelmemesini sağlamak; eğer bu yanıtı alırsak da etkisini en hızlı biçimde ortadan kaldırmak. Çünkü insanlar, bir konuyla ilgili fikirlerini ne kadar fazla insanla paylaşırlarsa, bunu değiştirmek o kadar zorlaşır.

İnsanlar, bir konuyla ilgili fikirlerini ne kadar fazla insanla paylaşırlarsa, bunu değiştirmek o kadar zorlaşır.

Burada Tutarlılık Yasası devreye giriyor. Tutarlılık Yasasına göre insanlar, daha önce söyledikleriyle uyumlu olduğuna inandıkları şekilde hareket eder. Sosyal psikoloji alanında bunu kanıtlayan birçok araştırma yapıldı.

Daha da ilginci ise, Tykocinski ve Pittman'ın yaptığı bir araştırmanın (1998) sonucu: İnsanlar bir kez kaçırdıkları bir fırsatı, büyük ihtimalle ikinci keresinde de kaçırır. Daha önceki davranışları onun için öncüller oluşturur. Kişi bir olanağı kaçırdığında, bunun sonucu ne kadar olumsuz olursa olsun, gelecekte de aynı şekilde hareket eder.

Yani insanlar genelde çıkarlarına olan bir şeyi, sırf daha önce geri çevirdikleri için yine istemeyeceklerdir.

Arkansas Üniversitesi'nden Doktor Matthew Crawford, yapacağı araştırma için bir odaya onunla çalışan asistanlarından birini oturttu. Daha sonra denekler teker teker odaya girdi. Asistan, denekleri sürekli kendi seçtiği futbol takımı için bahis oynamaya ikna etmeye çalışıyordu. "Kesinlikle X takımını seçmelisin!" diyordu.

Crafword, bu araştırmada çok ilginç bazı şeyler öğrendi.

Deneklerin yarısından X'i seçmeleri istendi ve onlara Y'nin kazanması halinde mi, yoksa Y'yi seçip X'in kazanması halinde mi daha pişman olacakları soruldu. Sonuçta deneklerin çoğu eğer Y'yi seçip de kaybederlerse daha çok üzüleceklerini söyledi. Zaten aralarından % 73'ü asistana ayak uydurup X takımını seçti.

Ancak, deneklere kaybetmeleri halinde kendilerini nasıl hissedecekleri özellikle sorulmadığında sonuç daha farklıydı. X'i seçenlerin oranı % 24'te kaldı.

Pişman olup olmayacaklarını düşünmediklerinde, insanlarda kutup etkisi ya da düşünsel reaktans dediğimiz durum ortaya çıkıyor. Sırf birileri onlara bir şeyi yapmalarını söylediği için otomatik olarak "hayır" diyorlar.

Crawford'un araştırmasının son aşamasında tüm deneklere seçtikleri takımın kaybettiği söylendi. Sonuç: Asistanın söylediği takımı tercih edenler, zıt yönde karar verenlerden çok daha fazla üzüldü. (İnsanlar gelecekteki duygularını tahmin etmekte pek başarılı değil!)

10.000 Dolarlık Anahtar: Deneklerin pişmanlık unsurunu değerlendirmesini sağlamak, direncin kırılmasına ve itaatin artırılmasına yol açtı.

Ne düşündüğünüzü biliyorum! İnsanların negatif unsurlara yoğunlaşmasını sağlamak ("Hayır. Ben özgür bir insanım! İstediğimi yaparım!"), direnç gösterdikleri şeyi seçmelerini nasıl sağlıyor?

Bu çok mantıklı bir soru. Gerçek şu ki, insanlar aslında ayak uydurmayı, uyum göstermeyi tercih ederler. Çünkü seçimleriyle ilgili pişmanlık yaşamak istemezler. Dolayısıyla yapabilecekleri en iyi şey, ayak uydurdukları ve uydurmadıkları hallerde ne olacağını düşünmektir. Bu iki durumu da değerlendirdiklerinde, boyun eğme olasılıkları büyük oranda artar.

Odada ikna etmeye çalıştığımız denekle aynı görüşte olduğunu iddia eden bir asistanın bulunması ve deneğin yargısını savunması işimize yarayabilir. Asistan, "Daha neyi seçeceğime karar vermedim. Ama ben özgür bir insanım, istediğimi seçerim" dediğinde, denek kendini mecburiyetten kurtulmuş hisseder. Böylece reaktans ortadan kalkar.

Crawford'a göre; bu durumda deneklerin, asistanın ilk söylediği takımı seçme olasılığı, seçim özgürlüğü hiç olmayan gruba göre artıyor. Reaktansı artırmak, sonra da neredeyse yok denecek bir seviyeye düşürmek, kendi istediğiniz seçimi kabul ettirmeyi kolaylaştırır.

Bu ikna sürecinin dört adımdan oluştuğunu söyleyebiliriz:

1. Kişinin "özgür seçim" hakkı tehdit ediliyor.
2. Bu tehdidin yarattığı duyguların üzerine gidiliyor.
3. Tehdit ortadan kaldırılıyor.
4. Gelecekte duyulacak pişmanlık veya özgürlüğün tehdit edilmiş olması durumu dile dökülerek ikna etme süreci tamamlanıyor.

Önemli olan, kişinin bilinçsizce gösterdiği reaksiyonu hızla aşıp, bilinç düzeyindeki olası pişmanlıkla ilgili düşüncelerini harekete geçirebilmek. Bunu yaparak karşımızdaki kişinin bizim istediğimiz şeyi seçmesini sağlayabiliriz. Bunun içgüdülere ters olduğunu düşünebilirsiniz, ama ani bir "hayır" yanıtının önüne geçmek için en iyi yöntem olduğu kesin!

Bu bizi Crawford'un sorguladığı, yanıtladığı, benim de üzerine kendi yorumlarımı eklediğim bir noktaya getiriyor.

Bilinçdışları insanları neden böyle davranmaya itiyor?

Crawford'a göre genel geçer kural olarak; özerk bir kültüre sahip olma, bağımsızlık, kendi kararlarını kendi verme gibi değerler insanlara çocukluktan itibaren öğretiliyor.

Buna katılıyorum, ama bence bu tepkinin genetik bir yanı da var. Kapana kısılan bir hayvan ya savaşmaya, ya da kaçmaya çalışır. Bu insanlardaki otomatik "hayır" yanıtının karşılığıdır.

Bir hayvan olarak insan da kıstırıldığında "hayır" diyecektir. Ama birileri ona gelecekle ilgili düşüncelerini; kendi isteklerini gerçekleştiremediğinde pişman olup olmayacağını sorarsa, büyük ihtimalle bu hislerden korkup "evet" diyecektir. Bilincin, bilinçdışını kontrol edip, olasılıkları tepkisel moddan çıkarak değerlendirme ihtimali daha yüksektir.

Birçok kişi, yanlış karar aldıklarında kendilerini nasıl hissedeceklerini tahmin etmekte pek başarılı değildir. "Bundan çok pişman olacağım" dedikleri bir durum başlarına geldiğinde böyle hissetmeyebilirler. Bu kuralın tek istisnası, sürekli geleceği düşünen ve bununla ilgili planlar yapan kişilerdir. Araştırmalar, bu kişilerin gelecek yıllardaki duygularını daha rahat tahmin ettiklerini gösteriyor. Ama bu kişiler azınlıkta. Bu nedenle, biri size gelecekte kendini nasıl hissedeceğini söylediğinde, bunun kesin bir veri olmadığını, yalnızca bir tahmin olduğunu aklınızdan çıkarmayın.

Birçok kişi, yanlış karar aldıklarında kendilerini nasıl hissedeceklerini tahmin etmekte pek başarılı değildir.

Omega Stratejilerinde Uzman Olmak

Başka bir IPQ (Etkileme ve İkna Etme Katsayısı) testini ve bu yolla etkilemenin yeni yollarını öğretmenin tam zamanı!

1. Öğrencilerin dilenci gibi davrandıkları bir deneyde, dilendikleri para miktarının belli olması onlara daha mı az, daha mı fazla kazandırır?
2. Birileri daha önce onlardan faydalandıysa, insanların "hayır" deme olasılığı artar mı, azalır mı?
3. Otellerdeki bellboylar daha iyi hizmet verdikleri için daha iyi bahşiş alırlar mı?
4. Garsonlar bahşişlerini artırmak için ne yapabilirler?
5. Bazı garsonların diğerlerinden daha fazla bahşiş almasının en önemli üç nedeni nedir?
6. Erkeklerin yüzde kaçı genel ortalamadan daha çekici olduklarını düşünüyor?
7. Kadınların yüzde kaçı genel ortalamadan daha çekici olduklarını düşünüyor?
8. Genel ortalamadan daha çekici olan erkek ya da kadınların kazancı, ortalama çekicilikteki hemcinslerine göre nasıl değişiyor?

Bonus Soru: Hesapla birlikte bir parça çikolata getiren garsonun bahşişinde nasıl bir değişiklik olur?

İşte yanıtlar ve onları destekleyen araştırmalar:

1. *Öğrencilerin dilenci gibi davrandıkları bir deneyde, dilendikleri para miktarının belli olması onlara daha mı az, daha mı fazla kazandırır?*

Dilenci rolü yapan öğrenciler, para istemedikleri denemelerin % 44'ünde para aldılar. 1 cent istediklerinde bu oran % 64'e çıktı. Ama 37 cent gibi daha kesin bir miktar söylediklerinde, önlerinden geçenlerin % 75'i para verdi. Bu bize neyi gösteriyor? Talep ne kadar kesin olursa, istediğinizi elde etme şansınız o kadar artıyor. Çünkü karşı koyması zorlaşıyor!

2. *Birileri daha önce onlardan faydalandıysa, insanların "hayır" deme olasılığı artar mı, azalır mı?*

"İnsanlar bir kez kandırıldı mı dirençleri artar. Hileleri görmek ve bunlardan korunmak, insan davranışını etkileyen en güçlü etmenlerdendir." (Brad Sagarin, Northern Illinois Üniversitesi)

3. *Otellerdeki bellboylar daha iyi hizmet verdikleri için daha iyi bahşiş alırlar mı?*

Araştırmada; çantaları odaya taşıdıktan sonra (1) televizyon ya da termostatın nasıl çalıştığını göstermek, (2) perdeleri açmak ve (3) müşterilere buz getirmeyi teklif etmek bellboyların bahşişini iki kat artırdı. Araştırmada; bunları yapanlar ortalama 4.77 dolar bahşiş, yapmayanlar ise 2.40 dolar bahşiş aldı. Müşterilerin erkek, kadın, genç ya da yaşlı olması sonucu etkilemedi. (Lynn ve Gregor 2001)

4. *Garsonlar bahşişlerini artırmak için ne yapabilirler?*

1991-1992 yılları arasında bir Meksika restoranında 207 gün, bir Çin restoranında da 148 gün boyunca müşterilerin bahşiş alışkanlıkları incelendi. Garsonlar, masaya gitmeden önce müşteriyi eğilerek mi, yoksa dik durarak mı karşılayacaklarına yazı tura atarak karar veriyorlardı. Daha sonra, gittikleri masanın ödediği hesabı ve bahşiş tutarını not ediyorlardı.

Meksika restoranındaki garsonlar, müşteriye eğilerek kendilerini tanıttıklarında bahşişlerinde 1.22 dolarlık bir artış gördüler (bahşiş oranları hesabın % 14.9'undan % 17.5'ine çıktı). Çin restoranındaki garsonlar da aldıkları bahşişi 72 cent arttırdılar (bahşiş oranları hesabın % 12'sinden % 15'ine çıktı). (Lynn ve Mynier 1993)

5. *Bazı garsonların diğerlerinden daha fazla bahşiş almasının en önemli üç nedeni nedir?*

Bir Meksika restoranındaki garsonların fotoğrafları çekildi ve on tarafsız jüri üyesi tarafından çekici olup olmadıkları değerlendirildi. Aynı garsonlar, yeteneklerini belirtmeleri gereken bir anket doldurdular. Restoranın müdürü ise altı hafta boyunca bu garsonların ne kadar bahşiş aldıklarını not etti. Hesaplamalar yapıldığında çekici, yeteneklerini başarılı bir şekilde anlatan ve yerine göre uygun davrananların çok daha yüksek bahşiş aldığı ortaya çıktı. Çekiciliğin, kadın garsonlar için; yeteneklerini iyi anlatabilmenin ise erkek garsonlar için daha avantajlı olduğu görüldü. (Lynn ve Simons 2000)

6. *Erkeklerin yüzde kaçı genel ortalamadan daha çekici olduklarını düşünüyor?*

7. *Kadınların yüzde kaçı genel ortalamadan daha çekici olduklarını düşünüyor?*

Michael French'in, "Çekici Kadınlar Daha Çok Kazanıyor" adlı araştırmasına göre, her iki cinsin kendi görüntüleri hakkındaki düşünceleriyle ilgili veriler şöyle:

	Erkek	*Kadın*
Ortalama üstü	47	33
Ortalama	49	61
Ortalama altı	4	6

8. *Genel ortalamadan daha çekici olan erkek ya da kadınların kazancı, ortalama çekicilikteki hemcinslerine göre nasıl değişiyor?*

Michael French'in araştırması, genel ortalamanın üstünde gözüken kadınların, hemcinslerine göre % 8 daha fazla kazandığını gösterdi. Erkeklerin çekici olup olmamalarıyla ilgili elimizde bu tip veriler bulunmuyor.

Bonus soru: **Hesapla birlikte bir parça çikolata getiren garsonun bahşişinde nasıl bir değişiklik olur?**

Monmouth Üniversitesi uzmanlarından David Strohmetz için çalışan bir garson, New Jersey'deki bir restorantta 80 masaya, yani 292 kişiye hesabı götürürken ya hiç çikolata vermedi; ya bir parça, ya da iki parça verdi. Hiç çikolata götürmediği masalardan hesabın % 19'u, bir parça götürdüğü masalardan % 22'si, bir parça götürüp ikinciyi teklif ettiği masalardan ise % 23'ü kadar bahşiş aldı.

Alıştırma: Bu bilgileri iş hayatınıza ve ilişkilerinize uygulayabileceğiniz üç yol nedir?

> ***İnsanlar bir kez kandırıldı mı dirençleri artar.***
>
> ***Brad Sagarin***

Geleceğin Şimdideki Gücü

Alfa stratejileri teklifi daha çekici hale getirir.

Omega stratejileri ise direnci azaltır.

Direnç, bir depo su gibi, bitirilip yeniden doldurulabilecek bir şeydir.

Bir araştırmada öğrenciler, doldurdukları anketlerden yola çıkılarak "iyimser" ve "şüpheci" olarak iki gruba bölündü. Daha sonra bu iki grup da dörde bölündü.

Bu gruplara, bir seçime katılan tanımadıkları yedi adayın önemli konulardaki düşüncelerini anlattıkları yedi klip gösterildi. Bir gruba sadece ilk klibe, diğer üç gruba ise sadece son klibe dikkat etmeleri söylendi. Son üç grubun ikisine, son klipten önce Fiji Adaları ile ilgili bir video gösterildi. Bu gruplardan birine Fiji ile ilgili pozitif düşünmeleri, diğerine ise Fiji'ye yapılacak bir seyahatte kötü gidebilecek şeylerin bir listesini çıkarmaları söylendi. Bunun ardından tüm deneklerden seçim adaylarının kliplerini eleştirmeleri istendi.

İyimser denekler ilk klibe başlangıçta tepki gösterdiği halde, sırasıyla izlemeye devam ettikçe daha az eleştirel bakmaya başladılar.

Son klibe gösterilen tepki ise Fiji Adaları ile ilgili görüşlere göre değişti. Eğer öğrenciler Fiji Adaları'nı eleştirmeleri istenen grupta idiyse son adayı beğendiler, Fiji Adaları ile ilgili olumlu düşünen grupta idilerse son adayı beğenmediler.

Şüpheci öğrencilerin tavrı ise daha farklıydı. Onlar en az ilk adayı eleştirdi ve adayların klipleri devam ettikçe onların da eleştirileri arttı. Fiji Adaları ile ilgili filmin onlarda herhangi bir etkisi görülmedi.

Anahtar: Direnç kaynaklarını *kullanıp bitirmek*, dolayısıyla insanların mesajınıza daha az direnç göstermesini sağlamak mümkündür.

Alıştırma: Müşterilerinizle ilişkilerinizde direnci erkenden yıkıp, onları ikna etmeyi nasıl başarırsınız?

Zaman Perspektifini Kullanmak

İkna etmenin en önemli kurallarından biri, insanların zamana bakış açısını değiştirmektir. "İnsanların zamana bakış açıları değiştiğinde, bir şeyle ilgili duyguları da değişir ve bu farklı seçimler yapmalarını sağlar."

Doğrusu başta; etkileme ve ikna etmeyle ilgili üzerinde fazla durulmamış bu bilgiyi fark ettiğimde, etkileme sanatındaki en önemli parçalardan birini tek başıma bulduğumu zannettim.

Ama Steven Sherman, Matthew Crawford, Allen McConnell gibi isimlerin araştırmalarını incelediğimde, zaman kavramına değindiklerini gördüm. Bu nedenle onların çalışmalarının da bu alanda çok fazla öneme sahip olduğunu itiraf etmeliyim.

Satış yapmaya ilk başladığımda müşterilerden, benden gelecekte bir şey edinme sözü almalarının onları uzun süreli olarak bağlamakta çok önemli olduğunu gördüm. Aldıkları ürünün gelecekte onları nasıl mutlu edeceğini anlatmak ise satışlarımı artırdı.

Bağış kampanyaları yürütürken ise, insanlara bugün verdikleri karardan dolayı gelecekte kendilerini çok mutu hissedeceklerini anlatmanın, bağışları ciddi oranda artırdığını fark ettim. Tek sorun, zaman perspektifiyle ilgili bu görüşlerimi, yalnızca gözlem ve deneyimlerimden yola çıkarak anlatmış olmamdı. Elimde bilimsel veriler bulunmuyordu.

Bugün, hem bilimsel araştırmalar, hem de gerçek hayattaki deneyimlerimiz, kişinin zaman perspektifini kaydırmanın, etkileme ve ikna etmede en güçlü araçlardan biri olduğunu gösteriyor.

1985 yılında hayat sigortası satarken müstakbel müşterilerime, öldüklerini ve eşlerini parasız bıraktıklarını düşünmelerini isterdim. Gün gelip eşlerinin kirayı ödeyememesi, çocuklarının okula gidememesi çok kötü bir senaryo olmaz mıydı? Sonra eşlerine dönüp, "Kendisi burada değilken bile, sizin güvenliğiniz ve rahatınız için her şeyi yapacak bir kocanız var. Çok şanslısınız" derdim.

Üstelik bunda samimiydim. Hayat sigortası olmayan bir anne-babanın çocuğu olmanın zorluklarını çok erken yaşlarda öğrendim. Hayat sigortası yıllık primlerinin ne kadar düşük bir ücret olabileceğini düşünürseniz, müşterilerime gelecekte, onların ölümünden sonra yaşanacakları tahmin etmeleri konusunda uyarmakta çok haklı olduğumu görüyorum.

Bir satış elemanı olarak bunu yapan tek kişi ben değilim. Birçok kişi, karar verme aşamasında olanlara yardımcı olmak adına bunu içgüdüsel bir şekilde yapmıştır. Birçok kişi bunu manipülasyon aracı olarak kullanmış, azınlıkta kalan kesimse gerçekten umursadığı için bu yolu tercih etmiştir. Bir şey kesin: Müşterilerinizden geleceği hayal etmelerini istemek, anlaşma sağlamanın en güçlü ve etkili yollarından biridir.

Müşterilerinizden geleceği hayal etmelerini istemek, anlaşma sağlamanın en güçlü ve etkili yollarından biridir.

1996 yılında hipnozda kullanılmak üzere bir yöntem geliştirdim. Yöntem büyük ölçüde müşterinin "geleceğe giderek", yaşamlarının kendilerine sunacağı güzellikleri ayrıntılı bir şekilde hayal etmelerine dayanıyordu. Amaç; olumlu, gerçekçi ve inanılır bir gelecek hayali kurarak geriye dönüp bakmalarını ve bu olumlu duruma ulaşabilmek için ne tür adımlar atmaları gerektiğini planlamalarını sağlamaktı. Bu yöntemin sonuçları, tahminlerimin de ötesinde yararlı oldu. Bununla birlikte bu yöntemin başarılı olduğuna dair elimizde bilimsel kanıtlar yok.

Daha geleneksel yaklaşımlarda her zaman için etkili olan ve olmayan yöntemleri belgelemeye gayret edilir. Benim bu yöntemi geliştirdiğim dönemde bunu doğrulayacak mevcut bir araştırma yoktu.

Bu açıdan Sherman, Crawford ve McConnell'in beni doğrulayan çalışmalarına minettarım.

Bu önemli bilim adamlarının yanı sıra Robert Cialdini de kıtlığın, insanların bugünkü bir teklifi kabul etmezlerse gelecekte seçim özgürlüğünü kaybedecekleri fikriyle benzerlikleri üzerinde çalıştı. Bir şeyi kabul ettirmek için kıtlık ve korkunun kullanılmasının çok güçlü yöntemler olduğu biliniyor.

Anahtar: Araştırmalara göre, başarılı etkileme yöntemleriyle birleştirildiğinde korku, çok etkili bir ikna aracı oluyor. Ama eğer diğer etkileme yöntemleri yetersiz ya da başarısız olursa, korku kutup etkisi, yani reaktans yaratıyor. (Witte ve Allen 2000)

Kutup etkisi veya reaktansın, yani otomatik olarak "hayır" demesinin önüne başka nasıl geçilebilir?

Daha önce de belirttiğimiz gibi, kişilerden gelecekleriyle ilgili tahminlerde bulunmalarını istemek, çok etkileyici bir ikna etme yöntemi. Bir kişiye ne yapacağını söylemek yerine, ki bu genelde doğrudan "hayır" yanıtının gelmesine neden olur, birinin onlardan bir şey yapmalarını istemesi halinde bunu yapıp yapmayacaklarını sormak çok daha etkili bir yöntemdir. Bu, Sherman'ın üzerinde çalıştığı ana stratejilerden biri oldu.

Crawford da gelecek teorileriyle ilgili bazı araştırmaları derinlemesine inceledi. Araştırmacılar, deneklerden bir akşamüstlerini yardım kuruluşlarına ayırmalarını istedi. Deneklerin yalnızca % 2'si bunu kabul etti. Araştırmacılar bir başka gruba, birinin onlardan bir akşamüstlerini yardım kuruluşlarına ayırmalarını istemesi halinde ne yapacaklarını sordu. Deneklerin % 40'ı "evet" diyeceklerini belirtti. İki hafta sonra, bu gruptaki kişiler aranıp, onlara yardım kuruluşunda çalışıp çalışmayacakları soruldu. % 38'i olumlu yanıt verdi. Birçok araştırma, bir şeyi yapıp yapmayacakları sorulan bireylerin, vakti geldiğinde bu şeyi yapmayı kabul etmesinin daha yüksek bir olasılık olduğunu gösteriyor.

Bireyler gelecekleri söz konusu olduğunda kendi inançları ve hayallerinden de etkileniyorlar. A takımının B takımını nasıl yenebileceği sorulduğunda, maçı gerçekten A takımının kazanacağını düşünmeye başlıyorlar. Aynı etki, diğer deneklerden B takımının A takımını nasıl yeneceğiyle ilgili fikir yürütmeleri istendiğinde de görülüyor.

Sherman ayrıca, gelecekteki başarılarıyla ilgili tahminde bulunmaları istenen deneklerin *tamamının*, tahmin fırsatının tanınmadığı deneklerden daha başarılı olduğunu ortaya çıkardı.

Genelde pozitif bir gelecek hayal edenler, bunun zıddını düşünenlerden daha başarılı oluyor. Yani karşınızdaki kişinin otomatik olarak "hayır" demesini engellemek, yalnızca onu istediğiniz şeye ikna etmenizi sağlamıyor, onun geleceği için de faydalı oluyor.

> ***Genelde pozitif bir gelecek hayal edenler, bunun zıddını düşünenlerden daha başarılı oluyor.***

Son olarak yaklaşık 20 yıl önce yapılan bir başka araştırmada Gregory, Cialdini ve Carpenter insanlara kablolu televizyon yayını sahibi olmayı ne kadar istediklerini sorduklarında, bunu istediklerini söyleyenlerin sonradan kablolu televizyon alma olasılıklarının arttığını gördüler.

Kanıtlar çok kuvvetli. İnsanların geleceği hayal etmesini sağlamak onların, sizin istediğiniz yönde seçim yapması adına hem şimdi, hem de gelecekte çok kuvvetli bir araç.

Alıştırma: Müşterilere geleceği hatırlatma tekniğini işinizde ve ilişkilerinizde nasıl kullanabilirsiniz?

Etkileme Sanatının Ustası Olmak

Karşılıklılık ilkesinin etkili olduğunu bilmekle bunu ne zaman ve nerede kullanacağını bilmek başka bir şeydir. Birilerinden bir şey rica etmenin etkileme açısından önemli bir adım olduğunu bilmek, bu ricayı ne zaman ve nasıl yapacağınızı bilmekten çok daha kolaydır. Size hem bazı teknikleri kullanarak karşınızdakini nasıl ikna edebileceğinizi, hem de asla yapmamanız gereken şeyleri göstereceğim.

Herkes annesinden, "Oğlum (kızım) bunu yaparak kendini öldürüyorsun" lafını duymuştur ve sonra gidip tam da annesinin hakkında uyarı yaptığı şeyi yapmıştır. Çünkü anne bu cümleyi söylerken birçok kişi gibi etkilemenin en önemli araçlarından birini unutmuştur:

10.000 Dolarlık Anahtar: *Bir davranışı etkilemeye çalışırken belirgin talimatlar verin.* Birine "susmasını", bir şeyi yapmamasını söylemek başarısız tutumlardır, çünkü bunlar talimat içermez.

Yıllardır yapılan birçok araştırma ikna etmek için çok kesin talimatlar verilmesi gerektiğini gösterdi. Bu ne anlama geliyor? İnsanları, açmalarını istediğiniz kapıya doğru adım adım götürmelisiniz. Bundan azını yapmak, kısa veya uzun vadede mutlaka başarısızlığı getirecektir.

Dikkatinizi, aynı derecede etkili olabilecek ya da her şeyi mahvedebilecek bir başka tekniğe daha çekmek istiyorum. Korku. Korku, hepimizin kaçmaya ya da savaşmaya çalıştığı bir duygudur. Mantıksız korkularımızın üstesinden gelebiliriz. Ama kimse içinde mantığını barındıran bir korku hissinden hoşlanmaz ve korku insanları çok az şeyin yapabileceği şekilde motive eder.

"Eğer korunmadan ilişkiye geçersen AIDS olursun!"

Bu cümle korku yaratabilir veya yaratmayabilir. Bir davranış değişikliğine de neden olabilir, ama büyük ihtimalle bu konuda fazla işe yaramayacaktır. Artık AIDS kelimesi "kaza" sözcüğüyle eşdeğer hale geldi. Çok fazla kullanıldığı için halk bu sözcüğe duyarlılığını kaybetti.

"Sigara içmeye aynı hızla devam ettiğini düşün. Öldüğünde çocukların ve tüm yakınların yüzüne bakacak ve sen sigara içerek yavaşça intihar ettiğin ve artık yanlarında olmadığın için ağlayacaklar. Üstelik yüzün sigaradan rengini kaybetmiş, garip bir hal almış olacak. Seni hep böyle hatırlayacaklar."

İşte bu, çocuğu olan herkes için korkutucu bir senaryo. Şöyle devam ettiğini varsayalım: "Eğer bu ay sigarayı günde yarım pakete indirirsen, gelecek ay günde bir sigara içer hale gelirsin ve öbür ay da tamamen bırakırsın. Böylece çocuklarının büyüdüğünü, evlendiğini, kendi çocukları olduğunu görebilirsin; torunlarınla oyun oynamak istemez misin?"

Ne yaptık? Arkadaşımızı önce ölesiye korkuttuk, sonra da bundan kurtulması için kesin talimatlar verdik. Bu ikna edici. Ancak sigara içen kişiler bunu 50 bin kez duymuş olabilirler, dolayısıyla söylediklerinize karşı çoktan bağışıklıkları oluşmuştur ve söyledikleriniz hiçbir şeyi değiştirmeyecektir. Bir kişi aynı sözleri devamlı olarak duyduğunda, bunlar ister istemez anlamlarını yitirirler. Peki ne yapmalı?

Ve tüm bunlar etik mi? Bu ilginç bir soru ve bununla ilgili yayımlanmış birçok kitap var.Yanıtını da bilmiyorum, ama gündeme gelmesinden memnunum. En önemli kurallardan biri; daima, iletişimde olduğunuz kişilerin hepsi için, olabildiğince iyi sonuçlar doğuracak hareketler yapmak olmalı.

Bir kişi aynı sözleri devamlı olarak duyduğunda, bunlar ister istemez anlamalarını yitirirler.

Buradaki ders basit. Eğer bir kişiyi ikna etmek ya da ürününüzü satmak için korku faktörünü kullanacaksanız, onlara mutlaka, adım adım hazırlanmış bir kurtuluş planından bahsetmelisiniz. O halde formül şöyle:

Olumsuz duygular + Davranış planı > Davranışta değişim

Peki iki korkunç senaryo birden devreye girerse kişinin hareketleri bundan nasıl etkilenir?

Akademisyenler bunu bir süredir araştırıyor. ABD'deki UCLA Üniversitesi'nde 164 öğrenciye sunulan senaryo şöyle oldu:

Otomobilinizi parka koydunuz ve gecikmek istemediğiniz bir sınava koşuyorsunuz. Yolda otomobilin kapılarını kilitlememiş olabileceğinizi hatırlıyorsunuz.

Öğrencilerin bir kısmından, geri dönüp otomobili kontrol ettiklerini ve kilitli olduğu halde sınavı kaçırdıklarını düşünmeleri istendi. Diğerlerinden ise arabaya geri dönmeyip sınava gittiklerini, ama döndüklerinde arabalarına zarar geldiğini gördükleri düşünmeleri istendi. Nasıl hissederlerdi? Daha sonra tüm öğrencilerden arabaya gitmekle gitmemek arasında bir seçim yapmaları istendi.

Arabalarına zarar geldiğini düşünenlerin % 69'u arabaya geri dönüp kapıları kontrol edeceklerini söyledi. Sınavı kaçıracaklarını düşünenlerin ise % 34.52'si otomobile dönmeyi tercih etti. Kontrol edenlerin grubunda herhangi bir şey hayal etmemiş olan öğrencilerin % 46'sı arabaya döneceklerini söyledi.

Ders: *Öğrenciler, muhtemel bir pişmanlığa kapılacaklarını düşündüklerinde, bunu engelleyecek tercihi seçiyor.*

Hepimiz, insanların yapacaklarını söyledikleri şeylerle, yaptıkları şeylerin çok farklı olduğunu biliyoruz. Yapılan araştırmalar da bunu doğruladı. İnsanlar, muhtemel bir pişmanlığa kapılacaklarını düşündüklerinde, bunu engelleyecek tercihi yapıyor. Etkileme üzerine çalışan kişiler olarak bunu aklınızdan çıkarmamalısınız.

Alıştırma: Yaptığınız işten insanların yararlanmaması halinde başlarına gelebileceğini düşündüğünüz on olumsuz şeyi yazın. Başka bir deyişle, "muhtemel pişmanlıktan kaçma içgüdüsünden" nasıl faydalanabilirsiniz?

7

Çerçeveleme Prensipleri, İkna Etme Teknikleri, Etkileme Stratejileri

Çerçeveleme

"Hayır" genellikle "hayır" anlamına gelir, ama bu daima böyle olmak zorunda da değildir. Sizi bir süre daha merakta bırakmama izin verin. Gelin o sırada sonuçlarını araştırmalarla karşılaştırabileceğiniz bir oyun oynayalım:

A Durumu: Bir oyunda 1000 dolar kazanıyorsunuz. Sonrasında size iki seçenek sunuluyor. Bunların birincisinde kesin olarak 500 dolar kazanıyorsunuz. İkincisinde ise ya % 50 şansla 1000 dolar daha kazanıyor ya da hiçbir şey kazanamıyorsunuz. Hangisini seçersiniz?

B Durumu: Bir oyunda 2000 dolar kazanıyorsunuz. Sonrasında size iki seçenek sunuluyor. Bunların birincisinde kesin olarak 500 dolar kaybediyorsunuz. İkincisinde ise % 50 riskle 1000 dolar kaybediyorsunuz ya da hiçbir şey kaybetmiyorsunuz. Hangisini seçersiniz?

Kahneman, Slovic ve Tversky (1982) bu iki soruyu binlerce deneğe yöneltti. Aslında A ve B seçenekleri tıpatıp aynı, ama çoğu kişi, iki durumda birbirinden farklı seçimler yaptı. Aslında her iki durumda da 1500 doları garanti olarak istediğinize mi; yoksa 1000 veya 2000 dolar kazanmak için % 50 şansa mı sahip olmak istediğinize karar veriyorsunuz.

Birçok kişi nasıl yanıt veriyor?

A durumunda deneklerin % 84'ü birinci seçeneği, yani 1500 doları seçiyor. Yalnızca % 16'sı 1000 dolar veya 2000 dolar kazanmak için % 50 riski göze alıyor.

B durumunda ise deneklerin % 31'i birinci seçeneği, yani 1500 doları kesin olarak kazanmayı tercih ediyor. Buna karşılık % 69'u 1000 veya 2000 dolar kazanmak için kumar oynamayı göze alıyor.

Sorular birbiriyle yüzde yüz aynı, ama nasıl sorulduktarı çok şeyi değiştiriyor.

Soru: Sorunun iki farklı sorulma, çerçevelenme yöntemini inceleyin. Aralarındaki fark ne ve sizce insanlar neden böyle tercih yapmış? Tahminlerinizi kendi işinizde ya da ilişkilerinizde nasıl kullanabilirsiniz?

İşte bu araştırmadan öğrendiğimiz bazı dersler:

Ders A: İnsanlar daima kendileri için en iyi olanı değil, *kendilerine en çekici şekilde sunulan şeyleri tercih ediyor.*

Ders B: Genelde, yalnızca bilginin sunulma şekline önem verdiğimiz için, *karar verme aşamasında konuyu her açıdan değerlendirmeye özen göstermeliyiz.*

Ders C: İnsanlar, gelecek için alacakları herhangi bir risk yerine, şu *andaki kesin bir kazancı tercih edecektir.*

Şimdi bu durumu, gerçek hayata daha uygun bir senaryoya dönüştürelim ve insanların düşünme tarzlarının yanlış kararlar almalarına nasıl neden olduğunu ve sizin bu durumdan faydalanarak onları istediğiniz şekilde nasıl yönlendirebileceğinizi ele alalım.

Senaryo 1

Aylardır peşinden koştuğunuz yeni model bir otomobil görüyorsunuz. Arabaya normalinden 500 dolar daha az fiyat biçilmiş ve 2000 dolar da indirim yapılmış. Ama para durumunuz çok iyi olmadığı için, otomobili almamaya karar veriyorsunuz. Üç ay sonra aynı otomobili tekrar görüyorsunuz, bu sefer parasal durumunuz düzelmiş ve arabanın fiyatı hâlâ 500 dolar daha ucuz, ama 2000 dolarlık indirim kampanyası geçen ay bitmiş. Otomobili alır mısınız?

Eğer birçok kişi gibiyseniz, yanıt "hayır" olacaktır. Neden? Çünkü birçok kişi, "muhtemel bir pişmanlıktan sakınma" adını verdiğimiz bir psikoloji yaşar. Daha basit söylemek gerekirse, eğer otomobili şimdi alırsanız, geçen ayki indirimden yararlanamadığınızdan dolayı kendinizi kazıklanmış hissedeceksiniz ve pişman olacaksınız. Bu pişmanlığı yaşamamak için otomobili satın almıyorsunuz. İnsanlar sırf bu pişmanlık hissini yaşamamak için muhteşem fırsatlar kaçırırlar.

Diğer yandan, eğer her gün işe giderken bu otomobilin satıldığı mağazanın önünden geçiyorsanız, arabayı tekrar tekrar görmek sizi rahatlatır, olası bir pişmanlık hissini unutturur ve otomobili satın alırsınız. Her gün, sahip olabileceğiniz şeyi gördüğünüz için zaten bir çeşit pişmanlık yaşıyorsunuz, dolayısıyla otomobili aldığınızda hissedecekleriniz önemini kaybediyor.

Eğer tüm bunları anlayabiliyorsanız, insanları daha önce hayalini bile kurmadığınız yöntemlerle istediğiniz şeye ikna edebilirsiniz.

- Bir müşteriyle tanıştınız; ona muhteşem bir fırsat sundunuz, ama geri çevirdi. Haftalarca, hatta aylarca o müşterinin gözü önünde durarak sizinle iş yapmalarını nasıl sağlayabilirsiniz? (Gözden ırak = gönülden ırak.)
- Bir teklifi nasıl yeniden şekillendirebilirsiniz ki müşteri sizden ideal fiyatı aldığını hissetsin, böylece psikolojik olarak size "evet" demekten kaçmasın?

Senaryo 2

Diğer bir örnek, 600 dolardan çok daha pahalıya satıldığını bildiğiniz bir televizyon olabilir. Pazar gazetesinde bu televizyonun indirime girdiğini ve 397 dolar olduğunu görüyorsunuz. Ama bu indirim yalnızca bir gün devam ediyor. Bu muhteşem bir fırsat, ama bir nedenden dolayı televizyonu alamıyorsunuz. Ertesi pazar aynı televizyonun hâlâ indirimde olduğunu görüyorsunuz, ama bu kez fiyatı 497 dolar. Birinci fırsatı o ya da bu nedenden dolayı kaçırdınız, ama şimdi televizyonu hâlâ çok büyük bir indirimle satın alma şansınız var. Elbette siz televizyonu almıyorsunuz, çünkü geçen hafta almamış olmanızdan dolayı 100 dolar fazla ödeyeceğinizi ve bunun kendinizi kötü hissetmenize neden olacağını biliyorsunuz.

Bu araştırma, ikinci seçeneğin kesinlikle çok iyi bir fırsat olmasına rağmen, birinciden biraz daha kötü olması nedeniyle *hareketsizlik durgunluğu* adı verdiğimiz durumun ortaya çıktığını gösteriyor. (Tykocinski 1998)

Yani bir müşteri size "hayır" dedikten sonra hareketsizlik durgunluğunun önüne geçecek bir formül bulmalısınız, aksi takdirde bu müşteriyi ömür boyu kaybedersiniz.

Teklifinizi muhteşem gözükecek bir şekilde hazırladığınızda, eğer müşteri buna "hayır" derse, bu teklifi en az birincisi kadar değerli gösterecek şekilde nasıl yeniden düzenleyebilir, şekillendirebilirsiniz?

Televizyon örneğinde, belki teklife bir yıl ücretsiz garanti ekleyebilirsiniz. Bunun şirkete neredeyse hiçbir maliyeti olmaz ve müşteriye 80 dolarlık bir hizmet veriliyor gibi lanse edilir.

Otomobil örneğinde ise, teklife 18 ay boyunca ücretsiz yağ değişimi ve motor ayarı garantisi ekleyebilirsiniz. Bu iki hizmetin değeri 500 dolara kadar çıkabilir, ama gerçekte maliyeti yoktur. Çünkü motor ayarlarına, hele de otomobilin ilk 1.5 yaşında neredeyse hiç ihtiyaç duyulmaz. Yağın fiyatı da otomobilden elde edeceğiniz karla karşılaştırıldığında neredeyse hiçbir şeydir.

Etkili bir kişi, daha ilk aşamada "hayır" yanıtını ortadan kaldırmalıdır. Bunu yapmanın da en iyi yolu, muhtemel pişmanlık kartını oynayarak direnci kırmaktır.

Clearing House Yayınevi bunu yıllardır yapıyor. Gerçi birçok kişi bunun etik olmadığını söylüyor ve ben de buna bir yandan katılıyorum, ama yine de yöntemlerini incelemekte fayda var. Yayınevi yıllardır evlere yolladığı broşür ve kataloglarla muhtemel pişmanlık hissini şu sözlerle sömürüyor:

> Diyelim ki size, kitaplarımızdaki sayıları kullanarak katılabileceğiniz yarışmada 10 milyon dolar kazanabileceğinizi, ama katılmadığınız için parayı bir başkasına verdiğimizi söyledik! Clearing House çekilişlerine katılmamak ciddi bir karardır.

Bu oldukça güçlü bir mesaj öyle değil mi?

Bir insana var olmayan durumları düşündürmek, eğer bazı hareketler yapılırsa gerçekleşecek alternatifleri göz önünde bulundurmalarını sağlar. Böyle var olmayan durumları düşünmek, genellikle pişmanlık duygusuyla bağlantılıdır ve sizin de gördüğünüz gibi Clearing House, bu hissi pazarlamasında çok iyi kullanıyor.

İşte etkileme gücünüzü artıracak bazı ev ödevleri:

1. Kendi ürününüz üzerinden muhtemel pişmanlık öğretisini kullanabileceğiniz dört yol listeleyin.
2. Ürünlerinizi, hizmetlerinizi ve fikirlerinizi, size geçici olarak "hayır" demiş kişilerin gözü önünde nasıl tutabileceğinizle ilgili dört yol listeleyin.
3. Genelde tekliflerinizi nasıl sunduğunuzu yazın ve bunları daha çekici gösterecek yöntemler bulmaya çalışın.

Kapıya Ayağınızı Koyun: "Evet" Yanıtını Almanızı Sağlayacak Kanıtlanmış Bir İkna Etme Stratejisi

Mesajınızı iletmek için karşısına geçemediğiniz bir kişiyi asla ikna edemezsiniz. Yüzlerce yıldır satış elemanları, terapistler, tüccarlar "evet" diyebilecek kişilere ulaşmak için, "kapıya ayak koyma (FITD)" tekniğini uyguladı. Peki bu yöntem, satış elemanlarının zannettiği kadar işe yarıyor mu?

Siz zaten satışta işe yarayan tüm yöntemlerin terapide, pazarlamada ve aklınıza gelebilecek daha birçok alanda işe yarayacağını biliyorsunuz. Genellikle bazı ölçülebilir değerlerin etkileşim halinde olmasına bağlı olarak "evet" ya da "hayır" diyoruz.

Etkileme alanında test edilip onaylanmış tüm stratejilere sıcak bakıyorum. Ama sizinle, istediğiniz sonuçları alma olasılığınızı artıracak iki kanıtlanmış ve güçlü tekniği paylaşmak istiyorum: FITD tekniği ve değiştirme tekniği.

FITD Tekniği

Kapıya ayak koyma tekniği oldukça basittir. Amaç; müşterinizin, asıl sorunuzdan önce küçük bir ricaya ya da soruya "evet" yanıtı vermesidir.

Ansiklopedi satıcılarının kapıya gelip, yalnızca sunumlarını dinlemeniz karşılığında size sözlük, dilbilgisi ve imla kılavuzu seti hediye edeceklerini söyledikleri günleri hatırlıyor musunuz? Ben hatırlıyorum, hatta Britannica Ansiklopedileri hâlâ ofisimde duruyor. Bu satıcıların yaptığı, kapıya ayak koyma tekniğinin mükemmel bir örneğidir. Müşterinizin küçük bir şeye "evet" demesini sağlıyorsunuz ki büyük soruyu sorma fırsatını yakalayabilesiniz.

Etkili mi?

Tahmin edebileceğinizden bile fazla!

Bu strateji bugüne kadar milyar dolarlık satışların yapılmasını sağladı. Bedava televizyon ya da bedava tatil vererek 90 dakika zamanınızı isteyen otel tanıtımları da bunu kullanıyor. Siz "evet" dedi-

> ***Mesajınızı iletmek için karşısına geçemediğiniz bir kişiyi asla ikna edemezsiniz.***

ğiniz anda, "asla kabul etmem" diyenlere yönelik hazırlanmış baskıcı bir sunumla, sizi bir haftalık bir tatil paketi satın almaya ya da daha fazlasına ikna ediyorlar.

Peki araştırmalar ne gösteriyor?

Araştırmalar *FITD tekniğinin kullanılmasının ikna etmede başarıyı % 200'e kadar artırabildiğini gösteriyor*. İşte bazı veriler:

1. *Kabul edilen birinci teklif ne kadar büyük olursa, kişinin ya da şirketin asıl önemli olan ikinci teklifi kabul etme olasılığı o kadar artar.*

Bu, danışmanlığını yaptığım, müşteri kazanmak için indirim kuponları dağıtan bir kişi tarafından kanıtlandı. Kupondaki indirim oranı ne kadar yüksek olursa, müşterilerin alışveriş yaptıktan sonra bıraktıkları para o kadar artıyordu. Kupondaki indirim oranı azaldığında müşteri sayısı artıyor, ama harcadıkları para azalıyordu. Bunu on kez okuyun ve kendi durumunuz için bunun ne kadar önemli sonuçlar doğuracağını hesaplamaya çalışın.

2. *Birinci ricayı kabul ettirmek için parayı kullanmayın. Çünkü bunu yaptığınızda kapıya ayak koyma yöntemi işe yaramaz.*

Yani sizinle iş yapmaları için insanlara para teklif etmeyin.

3. *FITD tekniğinin etkili olması için karşınızdaki kişinin bir şey yapacağını söylemesi yetmez, bir şey yapması gerekir.* (Burger 1999)

Şunu daima hatırlayın: İnsanların söyledikleri ve yapabileceğini düşündükleri şeyler ile yaptıkları şeyler genelde birbirini tutmaz. Bu, insanların kötü niyetli olduğu anlamına gelmiyor, yalnızca geleceği tahmin etmekte pek başarılı değiller. En iyisi, insanların yapacaklarını söyledikleri şeye güvenmemeniz gerektiğini aklınızdan çıkarmamak. İnsanların geçmişte ne yaptıklarını inceleyerek, gelecekte ne yapacaklarıyla ilgili çok daha kesin bir sonuca ulaşabilirsiniz.

4. *Sosyal açıdan olumlu bir yanı olan tekliflerin kabul edilme olasılığı, sırf kâr amaçlı olduğu belli olan tekliflere göre daha fazladır.* (Dillard, Hunter, Burgoon 1984)

Kapıya ayak dayama tekniği, en etkili ikna etme yöntemlerinden biri ve bunu şüpheye yer bırakmayacak şekilde kanıtlayan birçok araştırma var. Şimdi sıra, sizin veya şirketinizin FITD tekniğini nasıl kullanabileceğinizle ilgili bir plan oluşturmanızda!

Alıştırma: Kendinize ait ikna etme senaryoları içine kapıya ayak dayama tekniğini nasıl ekleyebilirsiniz?

> ***İnsanların söyledikleri ve yapabileceğini düşündükleri şeyler ile yaptıkları şeyler genelde birbirini tutmaz.***

Sunumda Daha Etkili Olmanın Kanıtlanmış Dört Yolu

1. *Size ait olan değerli bir şeyi (bir ürününüzü, hizmetinizi ya da fikrinizi) olabildiğince hızlı, müşterinizin eline verin ya da aklına sokun.* İnsanlar bir şeyi ellerine alıp değerlendirdiklerinde, ona sahip olmadan öncesine göre, o şeyi çok daha değerli bulurlar.

Kahneman ve Tversky'nin araştırmaları (1984) bize şu örnekleri sunuyor:

- Herhangi bir maçta A takımına bahis oynayanlar bu takımı seçene kadar kararsızdır. Ancak A takımını seçtikten sonra onu desteklemeye başlarlar, hatta onun kazanacağından emin hale gelirler.
- Bir araştırmada öğrencilerin bir bölümüne fincanlar dağıtıldı ve onlara bunları satma imkanı tanındı. İkinci gruba ise fincanları alma imkanı tanındı. Fincanları satan öğrenciler, ellerindeki fincanları 7.12 dolardan daha az bir

fiyat satmaya razı olmadılar. Fincanları sadece alanlar ise, 3.12 dolardan fazla ödememek için çaba gösterdiler.

Ders: Bir şeye sahip olduğunuzda bu şeyi, buna sahip olmayan kişilere göre çok daha değerli görürsünüz. Fincana yalnızca 10 dakika boyunca sahip olmanız bu durumu değiştirmez!

2. *Müşterinin aklında ürüne ya da hizmete sahip olduğu izlenimini bırakacak bir resim çizmeye çalışın.* Böylece ürün ya da hizmetinizin statüko olduğunu düşünmeye başlarlar: "Çim biçme makinemiz sizin olduğunda, eski makinenizin biçemediği tüm yabani otlardan kurtulacaksınız."

- Bir sınıftaki öğrencilere bir anket doldurmaları karşılığında desenli fincanlar hediye edildi. Bir başka sınıfa ise büyük bir İsviçre çikolatası verildi. İki sınıfa ellerindeki ürünleri değiş tokuş etme şansı verildiğinde, yalnızca öğrencilerin % 10'u buna razı oldu. % 90'ı ellerindeki ürünü korumak istedi.
- 45 öğrenciye Stanford takvimi ve MacArthur Park Restoran'da ücretsiz bir akşam yemeğini içeren bir hediye paketi verildi. Daha sonra bu öğrencilere ellerindeki paketi iki ücretsiz akşam yemeğine değiştirebilecekleri söylendi. Sonuçta, % 81'i iki yemeklik paketi kabul etti.

Ders: İnsanlar ellerindeki şeyin daha fazlasına sahip olmak isterler.

3. *Eğer karşınızdaki kişi sizinle iş yapmak istemezse, biraz olsun gerginlik yaratacak bir resim çizin.* Başka bir ifadeyle, eğer müşteri sizinle iş yapmazsa ne kaybeder?

- Bir araştırmada deneklere 10 dolar verildi. İsteyenlerin, bu parayla yazı tura oynayabileceği söylendi. Kazancın en fazla 25 dolar olacağı bu riske, çoğunluğu girmeyi kabul etti. Yani iki buçuk kat kazanç ihtimali için ellerindeki paranın tamamını kaybetmeyi göze aldılar.

- İnsanlar güvenliklerini korumak adına, paralarını korumak için göstereceklerinden fazla çaba sarf ederler. Aynı şekilde geliri korumak, lüks bir öğeyi korumaktan daha önemlidir. Seyahat şansını yitirmek, geliri yitirmek kadar önemli değildir.

Ders: İnsanlar kaybetmekten korkarlar. İnsanların, sizinle çalışmazlarsa ne kaybedeceklerini hesaplamaya çalışın ve yaşayabilecekleri muhtemel acıyı onlara sahneler yaratarak anlatın. Şu iyi bir örnek olabilir: "Herhangi bir sene sakat kalma riskiniz, ölme riskinizden yedi kat daha fazla. Eğer sakat kalırsanız aileniz, siz artık çalışmadığınız için her şeyini kaybedecek, üstelik bir de size bakmanın masrafını karşılamak zorunda kalacak. Oysa buna karşı sigorta yaptırırsanız, aileniz zorluk çekmez ve siz başınıza ne gelirse gelsin yüksek bir yaşam standardına sahip olarak yaşarsınız."

4. *Fırsat masraflarını cebinizden çıkan parayla karıştırmayın.* Müşteriniz bu ikisini birbirine karıştırmıyor ve sizin ürününüzü nasıl tanıttığınızı çok yakından takip ediyor. Şimdi anlatacağımız araştırma iki ayrı kentte telefon yoluyla yapıldı:

Senaryo 1: Ucuz bir otomobil markasının üretiminde yavaşlık var. Bu nedenle müşteriler teslim için en az iki ay beklemek zorundalar. Otomobil satıcısı şimdiye kadar otomobilleri liste fiyatından satıyordu. Şimdi 200 dolar daha pahalıya satıyor. Bu adil mi, değil mi?
Adil % 29
Adil değil % 71

Senaryo 2: Ucuz bir otomobil markasının üretiminde yavaşlık var. Bu nedenle müşteriler teslim için en az iki ay beklemek zorundalar. Otomobil satıcısı şimdiye kadar otomobilleri liste fiyatının 200 dolar altında satıyordu. Şimdi liste fiyatından satıyor. Bu adil mi, değil mi?

Adil % 58
Adil değil % 42

Senaryo 3: Enflasyonun olmadığı ve ciddi bir işsizlik sorununun yaşandığı bir kentteki şirket çok az kâr ediyor. Şirket yöneticileri çalışanların maaşlarını % 7 azaltmaya karar veriyor. Bu adil mi, değil mi?
Adil % 37
Adil değil % 63

Senaryo 4: % 12 enflasyonun ve ciddi bir işsizlik sorununun yaşandığı bir kentteki şirket çok az kâr ediyor. Şirket yöneticileri çalışanların maaşlarını bu yıl yalnızca % 5 artırmaya karar veriyor. Bu adil mi, değil mi?
Adil % 78
Adil değil % 22

Senaryo 1 ve 2 ile senaryo 3 ve 4'te birbirinin tamamen aynı durumlar tarif ediliyor. Hem senaryo 1'de, hem de senaryo 2'de fiyat 200 dolar artıyor. Aynı şekilde hem senaryo 3'te, hem de senaryo 4'te maaş artışları enflasyonun % 7 altında kalıyor. Ancak müşteriler bu duruma birbirinden çok farklı tepkiler veriyor. Ceplerinden para çıkması fikrinden hoşlanmıyorlar. Tüm promosyonlarınızı, müşterinin para kazandığını açıkça anlayacağı şekilde tasarlayın ve lanse edin. Bunu yaparken, müşterinin iyi derecede matematik bilgisine sahip olmadığını varsaymanız gerekiyor.

Müşteriler, ceplerinden para çıkması fikrinden hoşlanmıyorlar.

Etkileme Sanatında Uzmanlaşın: Kazanmak İçin Para Harcayın

Aşağıdaki düşünce egzersizlerini arkadaşlarınızla, tercihen küçük bir grupla veya kendi başınıza yapın:

1. *Şu senaryoyu okuyun:*

John zeki, faal, atılgan, eleştirel, inatçı ve kıskanç biri.

Mark ise kıskanç, inatçı, eleştirel, atılgan, faal ve zeki biri.

Hızla yanıt verin, bu insanlardan hangisini daha çok sevdiniz? John mu, Mark mı?

Eğer John dediyseniz, sizin gibi düşünen birçok kişi olduğunu bilmelisiniz. Bunun nedeni çok basit. John ve Mark'ı tanıtmak için aynı sözcükler kullanıldığı halde, öncelikler ilkesi devreye giriyor ve siz o kişileri onlarla ilgili duyduğunuz ilk tanımlara göre değerlendiriyorsunuz. Bu nedenle, John'un negatif özelliklerini de pozitif olanları üzerinden değerlendirip, John'la ilgili pozitif bir izlenime sahip oluyorsunuz. İlk özellikler zeki, faal olduğu zaman sonlardaki inatçı, kıskanç gibi ifadeler önemini kaybediyor. Aynı şekilde Mark'ın ilk özellikleri kıskanç ve inatçı olduğu için, en sondaki faal ve zeki sıfatları dikkatinizi fazla çekmiyor ve fikrinizi etkilemiyor.

2. *Aşağıdaki çarpma problemlerinin sonucunu tahmin etmeye çalışın.* Birinci problemi bir kişiye, ikinciyi bir başka kişiye gösterin. Tahminde bulunmak için yalnızca 5 saniyeleri var.

1 X 2 X 3 X 4 X 5 X 6 X 7 X 8 = ?

8 X 7 X 6 X 5 X 4 X 3 X 2 X 1 = ?

Birinci soruyla ilgili tahminlerin ortalaması 512. İkincisinin 2.500. Doğru yanıt ise 40.320!

Peki bu tahminler arasında neden bu kadar büyük bir fark var ve neden her iki tahmin de doğru yanıttan bu kadar uzak? Çünkü insanlar, yalnızca ilk birkaç sayıyı bir arada düşünerek problemlerde tahminde bulunurlar.

3. *Birinci gruptan şu sözcükleri hatırlamalarını isteyin: "Maceraci", "kendine güvenli", "bağımsız", "tutarlı".*

İkinci gruba ise "dikkatsiz", "kibirli", "yalnız", "inatçı" sözcüklerini verin.

Şimdi her iki gruptan da, "Paraşütçü Donald"ı 15 saniye içinde tanımlamalarını isteyin.

Grupların verdiği tanımlar, öğrendikleri sözcüklerle doğrudan bağlantılı olacaktır. Tipik olarak, birinci grup Donald'ın özgür ruhlu olduğunu, ikinci grup ise dikkatsiz ve şeytani olduğunu düşünecektir.

10.000 Dolarlık Anahtar: Siz farkında olamasanız bile dinlediğiniz, gördüğünüz, izlediğiniz her şey bir sonraki adımınızda kararlarınızı ya da fikirlerinizi etkiler.

4. *Aşağıdaki sözcüğü beş kez kendi kendinize söyleyin ve okumaya devam edin.*

"Kan."

Hareket etmek için trafik lambasının hangi renk yanması gerekir?

"Kırmızı" mı dediniz?

Geri dönüp soruyu okuyun. Enteresan öyle değil mi?

Bu senaryoların hepsi beynin öncelikler ilkesinden faydalanır. İlk önemli bilgiyi aldıktan sonra, bilgileri değerlendirme yeteneğimizi kaybediyoruz. Hatta sahip olduğumuz bilgiye uymayan bilgileri, ne kadar değerli olurlarsa olsunlar filtreliyoruz ya da görmezden geliyoruz.

Etkilemenin Anahtarı: Geçmişte veya yeni yapılmış onlarca araştırma, bir olayın ya da deneyimin başında meydana gelen şeylerin, devamındakilerle ilgili görüşlerimizi etkilediğini gösteriyor. Ancak, aynı derecede önemli birçok araştırma da, en son yaşadığımız şeyin bizi daha çok etkilediğini açıklıyor.

Peki bu iki sonuç birbirine tezat mı? Beyin, hayatımızda gerçekleşen şeylerde, yaşadığımız olaylarda ya da herhangi bir deneyimde ilk ve sonda meydana gelenleri hatırlama eğilimindedir. Bu ikisi (yani ilk ve son olmak) arasındaki denge çok ilginçtir. Bir araştırmaya göre, dinleyiciler aynı toplantıda konuşan iki konuşmacıdan ilkini daha çok beğeniyor ve onu daha büyük bir ilgiyle dinliyor. Ancak, eğer ki seçimler söz konusuysa, adaylara hangi hafta konuşacakları sorulduğunda son haftayı tercih etmeleri daha faydalıdır. Çünkü seçmen sandığa gittiğinde en son adayı ve söylediklerini daha iyi hatırlayacak, ilkini ise unutmuş olacaktır. İşte, ilk veya sonuncu olmak tercih meselesi olduğunda belirleyici unsur, ilk ve son arasındaki zaman farkı olmalıdır. Zaman farkı azsa ilk olmaya çalışmalı, çoksa daha iyi hatırlanmak için sonuncu olmaya çalışmalısınız.

Size birkaç soru sorayım:

İlk gittiğiniz okul hangisiydi?
İkincisi hangisiydi?

İlk öptüğünüz kişi kimdi?
İkincisi kimdi?

Kiraladığınız ilk daire hangisiydi?
İkincisi hangisiydi?

İlk arabanız ne markaydı?
İkincisi ne markaydı?

İlk işiniz hangisiydi?
İkincisi hangisiydi?

Bence ne demek istediğimi anladınız!

Orta sırada olan şeyleri hatırlamakta güçlük çekiyoruz. Peki bu bilgiyi nasıl kullanacağız?

İnsanları bir şeye ikna etmenin yolu büyük bir başlangıç yapmaktan geçer. Büyük bir gülümseme, bir taahhüt; daha sonra yapacağınız şeylerin olumlu algılanmasını, filtrelenmesini sağlayacak büyük bir jest!

Hemen bir kağıt kalem alın ve aşağıdaki soruları yanıtlayın.

1. *Hangisini tercih edersiniz?*

Seçenek A: 240 dolar kazanma garantisi!

Seçenek B: % 25 1000 dolar kazanma ve % 75 hiçbir şey kazanmama olasılığı.

2. *Hangisini tercih edersiniz?*

Seçenek C: Kesinlikle 750 dolar kaybetmek.

Seçenek D: % 75 1000 dolar kaybetme ve % 25 hiçbir şey kaybetmeme olasılığı.

Kahneman ve Tversky (1984), insanların % 84'ünün A veya D'yi tercih ettiğini gördü.

Birinci Anahtar: İnsanlar ellerinde bir şey olduğunda, daha fazlasını kazanmak için ellerindekini kaybetme riskini göze almazlar. İnsanlar sahip oldukları şeyi kaybetmekten nefret ederler.

İkinci Anahtar: İnsanlar kaybettiklerini geri almak için daha büyük kayıpları göze alırlar. (Bu nedenle kumarhaneler dünyanın en ışıl ışıl ve en iyi otel odalarının olduğu yerlerdir.)

İnsanlar bir kayba uğradıkları zaman, tekrar kazanma şansları çok düşük olsa bile, bu durumdan kurtulmak için daha fazla para harcayacaklardır.

B ve C çok daha iyi ve mantıklı seçenekler olduğu halde, deneklerin % 73'ü A ve D'yi tercih etti. B ve C'yi her 100 kişiden yalnızca 3'ü tercih etti. Ama bu, insanoğlu olarak hepimizin genlerinde var.

Birçok insan, kaybetme korkusuna ve acı tehdidine potansiyel bir kazançtan çok daha şiddetli bir tepki gösterir.

Önce duygusal kararlar alıyoruz, sonra da bunları bir şekilde mantıklı göstermeye çalışarak, doğru olsalar da olmasalar da rasyonalize ediyoruz.

Üçüncü Anahtar: Bir soru ya da teklifin nasıl sunulduğu, insanların büyük çoğunlunun nasıl karar vereceğini etkiler.

Birçok insan, kaybetme korkusuna ve acı tehdidine potansiyel bir kazançtan çok daha şiddetli bir tepki gösterir. Ancak bu, etkileme amaçlı tüm mesajlarınızın korku ve tehdit havasında olması anlamına gelmiyor. Aksine bazı durumlarda korku ve tehdit, karşınızdakinin sizin verdiğiniz mesaja sırtını çevirmesine neden olacaktır.

Ne zaman korku ve tehdit havası vermeniz ve ne zaman potansiyel kazançlardan, olumlu şeylerden bahsetmeniz gerektiğini öğrendiğinizde, daha önce mümkün olabileceğini hayal bile etmediğiniz şekillerde başarı kazandığınızı göreceksiniz.

Olayları kontrol edebilmemizle, kararlarımızı bağımsız almamızla, zeki olmamızla gurur duyarız. Oysa gerçekler bundan çok farklıdır. Genelde başkalarına hiçbir şekilde mantıklı gelmeyen tepkiler gösterir ya da yanıtlar veririz. Bu karar verme mekanizmalarını, yani çevre-karar, sunum-karar, koşullar-karar arasındaki ilişkileri fark ettiğinizde, çok iyi bir karar verici olacaksınız ve etkileyici bir insan olmak adına önünüzde fazla engel kalmayacak.

Peki eğitimli kişiler ya da doktorlar için de durum aynı mı? Onlar nasıl karar alıyorlar?

New England Tıp Dergisi'nde 1987 yılında yayınlanan 1.193 kişi üzerinde yapılmış bir araştırmanın sonuçları şöyleydi:

Uzmanlara kanser tedavisinde hangi yöntemi tercih edecekleri soruldu. Radyasyon terapisi mi, ameliyat mı? Yanıtlar, sorunun nasıl sorulduğuna göre değişiyordu.

Doktorlara, "hastanın ameliyattan bir yıl sonra hayatta kalma olasılığının % 68 olduğu" söylendiğinde, dörtte üçü radyasyon terapisini tercih etti. Ancak, "ameliyattan bir yıl sonra hastanın ölüm riskinin % 32 olduğu" söylendiğinde, doktorların % 58'i ameliyatı tercih etti.

Dördüncü Anahtar: Soruların farklı sunulması, hayat memat meselelerinde bile, veriler tamamen aynı olduğu halde, farklı kararlar alınmasına neden olabilir.

Hipnotik Şaşkınlık

Doktor Milton Erickson, yirminci yüzyılın en iyi tanınan hipnoterapistlerindendi. Erickson, hastalarını şaşırtarak transa geçmelerini sağlıyor ve onların kendisine ya da hipnoz sürecine karşı geliştirdikleri herhangi bir direnci kırıyordu. Erickson, şaşırtma tekniğinden sonra yaptığı ilk teklifin ya da tavsiyenin kabul edilme olasılığının arttığını düşünüyordu.

Bunun tersini gösteren araştırmalar var, ama genelde basit şekilde dikkati dağıtmanın ve sonra cümleyi zarif bir şekilde toplamanın etkilemede başarılı olduğu görüldü.

Örnek 1: Mini Kek

Psikoloji Kulübü, kampüste mini kek satışı yapıyor. Satışın yapıldığı masaya gelenler, "Ne kadar?" diye sorduğunda, onlara çeşitli yanıtlar verildi.

Kontrol grubu: "Mini kekler 50 cent ve çok lezzetli" dedi.
Hafif bir şaşırtma yapan grup: "Bu yarım kekler 50 cent ve çok lezzetli" dedi.
Büyük şaşırtma yapan grup ise: "Bu petits gateaux 50 cent ve çok lezzetli" dedi.

Peki satışta bunlardan en çok hangisi etkili oldu?

Hafif şaşırtan grupta satışlar % 74 oranında, çok şaşırtan grupta % 67 oranında, kontrol grubunda ise % 46 oranında oldu.

Sizce bu sonuç, mini kek satışı dışındaki durumlarda da öğrencilerin işine yarıyor mudur?

Örnek 2: Bağış

Öğrenciler okullarındaki Richardson Merkezi için bağış topluyor. Kapı kapı dolaşırken kontrol grubu, merkez için "biraz para" istediklerini; şaşırtan grup, "para biraz" istediklerini söyledi. Üçüncü grup ise, çok şaşırtma unsuru kullanmak için hem "para biraz" dedi, hem de bağışı neden topladıklarını anlatırken merkezin ismini "Richardson Merkezi" yerine, "Merkez Richardson'ı" diye söyledi.

Sonuçlar şöyle:

Şaşırtan grup: Gidilen evlerin % 65'i bağışta bulundu.

Kontrol grubu: Gidilen evlerin % 30'u bağışta bulundu.

Çok şaşırtan grup: Gidilen evlerin % 25'i bağışta bulundu.

Alıştırma: Kendi fikrinizi ya da ürününüzü satarken hipnotik şaşırtma yönteminden yaralanabileceğiniz üç yol sıralayın.

Değiştirme Tekniği

Müşteriye fiyatlarınızı sunarken farklı yöntemlerden yararlanabilirsiniz. İkisini inceleyelim:

1. "Bu mini kekler 50 cent."
2. "Bu mini kekler 1 dolardı, ama şimdi 50 cent."

Sizce, ifadedeki bu kadar küçük bir değişiklik ne kadar fark yaratabilir? Büyük fark yaratır. Elbette ikinci cümleyi kullanmayı tercih edeceksiniz. Müşteriye fiyatı değiştirdiğimizi söylüyoruz. İlk fiyat müşteriyi etkiliyor, daha sonra söylenen ikinci, makul fiyat onların satın almaya ikna olmasını sağlıyor.

Bu verileri kendi avantajımıza nasıl kullanabiliriz? Müşterilerinize sattığınız bisikletlerin 129.95 dolar olduğunu, ama fiyatın şimdi 99.95 dolara düştüğünü söylersiniz! İnsanlar bir şeyin değerini bilip, bugünkü makul fiyatıyla onu alabilmeyi tercih eder.

Bonus: Fiyat Limitleri

İnsanlar genelde parayı banknotlar üzerinden düşünür. 1 dolar, 5 dolar, 10 dolar, 20 dolar, 50 dolar, 100 dolar gibi... Bunlar bizim "fiyat limitleri" dediğimiz noktalardır. Bunların üzerine geçen fiyatlar müşteriye çok fazla gözükür, satın alıp almama konusunda şüpheye düşmelerine neden olurlar.

Bu nedenle en çok kullanılanlar 0.99 dolar, 9.95 dolar, 19.95 dolar ve 99.95 dolardır.

Peki ya 20.000 dolar? 19.995 dolar olan bir otomobil, 20.195 dolar olan bir otomobilden çok daha ucuzdur, öyle değil mi?

Alıştırmalar: Kendi işinizde değiştirme tekniğini nasıl kullanabilirsiniz? Kendi sektörünüzdeki fiyat limitlerinden nasıl yararlanabilirsiniz?

İnsanların Çoğu Nasıl Kötü Kararlar Alıyor?.. Siz Onların İyi Kararlar Almalarını Nasıl Sağlayabilirsiniz?

Hayat deneyimlerimiz büyük oranda bakış açımızın, iletişimimizin, ilişkilerimizin, hareketlerimizin ve kararlarımızın bir toplamından oluşur. Eğer bir kişi, hayatının herhangi bir alanında başarılı olmak istiyorsa, doğru kararlar alması elbette mecburidir. Kendinizin ve başkalarının nasıl karar aldığını öğrenmek sizi, yalnızca ikna et-

İnsanlar bir şeyin değerini bilip, bugünkü makul fiyatıyla onu alabilmeyi tercih eder.

me alanında daha başarılı yapmayacak, aynı zamanda kendinizi daha az pişmanlık ve daha çok kazançla geliştirmenizi sağlayacak!

Kariyerinizi değiştirme zamanı mı?
Hangi işi tercih etmelisiniz?
Bu kişiyle mi evlenmelisiniz?
Bu kişiden boşanmalı mısınız?
Bu otomobili almalı mısınız?
Bu evi satın almalı mısınız?

Böyle büyük bir karar almadan önce aşağıdakileri okuyun. Bu tavsiyeler, yalnızca karar almakla ilgili eksik noktalarınızı tamamlamayacak, aynı zamanda harika kararlar almanızı da sağlayacak.

Araştırmalardan çıkan bazı veriler şöyle:

- İnsanlar, bir karar verip olumlu sonuç aldıklarında, bunun kendi doğru seçimleriyle ilgili olduğunu düşünürler. Oysa, genellikle olumlu yanıt almış olmalarının temelinde şans faktörü vardır.
- İnsanlar, acı çekmenin oranını 2.5:1 oranında abartırlar. (Kendilerini harika hissetmeleri şart olmayabilir, ama üzülmek ya da kötü durumda olmak istemezler.)
- İnsanlar, mantıklı kararlar vermek yerine, duygusal bazda verdikleri kararları rasyonalize etmeyi tercih ederler.
- Bir sorunun yanıtı açıkça ortada olmadığında, çoğu kişi duygularına göre karar verir.
- İnsanlar, kararlarını içgüdüsel olarak ve anlık bir seçimle alırlar, sonra da rasyonel bir düşüncenin ürünüymüş gibi bu kararın arkasında dururlar.
- İnsanlar, kararlarını toplulukların deneyimlerinden yola çıkarak değil, kendi deneyimlerinden yola çıkarak verirler.
- İnsanlar, karar alırken içinde bulundukları sosyal koşullardan etkilenirler. (Aile planlamasına giden bir kadın, muhafazakar bir din adamına danışan bir kadından çok daha farklı tavsiye-

ler alacaktır ve bu, kararını etkileyecektir.)

- İnsanlar, onlara farklı bakış açılarını yansıtabilecek kişilere danışmaktansa, kararlarını kendileri almayı tercih ederler.
- İnsanlar, sorunun sorulma şeklinin ve bu aşamada kullanılan sözcüklerin ne kadar önemli olduğunun, bunun, kararlarını ne kadar etkileyebileceğinin farkında değillerdir.
- İnsanlar, bazı soruların bilinçaltı düşünme tarzlarını nasıl değiştirdiğinin farkında değillerdir. ("Bu eski arabayı kullanmaktan usanmadın mı?" ve "Yeni bir otomobil almayı düşünüyor musun?" birbirinden farklı sorulardır.)
- İnsanlar, riskli gördükleri şeyleri göz ardı etme eğilimindedirler.
- İnsanlar, olayların olma ya da olmama olasılığını hesaplama yeteneğine sahip değillerdir.
- İnsanlar, mantıklı olmasa bile, kesin olan şeyi tercih ederler. 250 dolar kazanmak için yüzde 50-50 şansı bir kenara itip, 100 doları kesin olarak almayı tercih ederler.
- İnsanlar karar alırken, "olayların gerçek hayatta olma olasılıklarını" göz ardı ederler. Yani istatistikleri, verileri, oranları, matematiği dikkate almazlar.

Birçoğumuz, kötü kararlar almakla kalmayıp, aynı zamanda karar alma yeteneğimizin de olduğunu ve bu şekilde daha başarılı olabildiğimizi düşünmekteyiz. İyi tercihlerimizi hatırlayıp, karar almada başarılı olduğumuzu düşünüyoruz. Daha da kötüsü, geçen sene ne kadar para kazandığımızdan, ilkokulda aldığımız notlara kadar kendimizle ilgili her şeyi olumlu yönde abartma eğilimindeyiz. İşte buna birkaç örnek:

Erkeklerin % 96'sı, kendilerini çekicilik konusunda ortalama ya da ortalamanın üstünde görüyor!

Kadınların % 94'ü, kendilerini çekicilik konusunda ortalama ya da ortalamanın üstünde görüyor!

Peki bunun nesi yanlış? Elbette, ancak % 51'i ortalama ya da ortalamanın üstünde olabilir; % 49'u da ortalamanın altında olmak zorundadır.

İş ortamındaki liderlerin % 91'i çok iyi kararlar aldıklarını düşünüyor.

Buna karşılık iş yerlerinin % 80'i ilk dört yılda batıyor. Yeni ürünlerin ise % 90'ı kâr getirmiyor, aksine zarara neden oluyor.

Peki sizce bunun neresinde yanlış var?!

Bunları öğrendiğinizde bir uzmandan, avukattan, terapistten ya da (belki) annenizden tavsiye almakta fayda olduğunu düşüneceksiniz. Ama burada da sorun var. İşte, uzman tavsiyelerini olduğundan fazla değerli gördüğümüzün kanıtı:

Borsada portföy yöneten uzmanların yalnızca % 20'si pazarın üzerinde kâr elde edilmesini sağlıyor. Yani, her yıl şirkete ya da kişinin yatırımlarına, pazarın genelinden daha fazla para kazandırması için milyonlarca dolar para alan bu uzmanların yalnızca % 20'si bunu başarabiliyor. Bu uzmanlar, hangi hisseleri alacaklarıyla ilgili neden bu kadar kötü kararlar veriyorlar?

- Var olan performans, gelecekteki performansla ilgili daima garanti veremez, ama uzmanlar genelde bu kesinmiş gibi hareket eder.
- Çoğu uzman, geleceği gerçekten etkileyecek faktörleri dikkate almazlar.
- Kendilerini olduğundan daha yetenekli ve yeterli zannederler.

İşte, ilişkilerde ve hayatta yaptığımız tercihlerin neredeyse tamamı olasılıklara dayanıyor. Yani kararınızın sonucunu önceden bilemezsiniz. İşinize gitmek için otomobilinizle saatte 120 kilometre hız

İşte, ilişkilerde ve hayatta yaptığımız tercihlerin neredeyse tamamı olasılıklara dayanıyor.

yaparken, yan şeritte otomobillerini kullananların kendi şeritlerinde kalacaklarını varsayıyorsunuz. Böyle baktığınızda çok riskli bir durum, ama gerçek olasılıklar, birinin karşı şeritten üstünüze çıkarak sizi öldürme olasılığının çok düşük olduğunu gösteriyor. Bu durumda, her günkü deneyimlerimiz ve kontrol altında olduğumuz yanılgısı (sonuçta otomobili kendimiz kullanıyoruz), birçok trafik kazası olsa bile, otomobil kullanmanın genelde güvenli olduğu izlenimi bırakıyor ve biz de otomobil kullanmaya devam ediyoruz.

Ancak aynı faktörler, karar verme aşamasında tam tersi bir etki yaratabilirler.

Her gün milyonlarca kişi loto oynuyor ya da piyango bileti alıyor. Aslında loto, dünyadaki en kötü bahis yollarından biridir. Kazanma olasılığınız 55 milyonda bir. Eninde sonunda biri elbette kazanacak, ama gelin olasılıkları karşılaştıralım: Eğer size 40 kez yıldırım düştüyse veya 20 uçak kazasından kurtulduysanız, lotonun yeni talihlisi gerçekten siz olabilirsiniz. Çünkü bunların her biri, lotoyu kazanmakla aynı olasılık oranına sahiptir. Gerçek şu ki; ne siz, ne de ben lotoyu kazanamayacağız. Dolayısıyla bilet almak çok saçma. 1 dolarınızı veya 10 dolarınızı alıp yakmaktan farkı yok. Bu çok akıllıca değil, öyle değil mi?

Peki ya "daha kolay" lotaryalar? 1 dolar yatırıp sadece 3 rakam tutturarak 500 dolar kazanılan oyunlar? 000'dan 999'a kadar 1000 sayı olduğuna göre, kazanma şansınız binde bir. Bu da, ancak 1000 dolar harcamanız durumunda piyangodan 500 dolar kazanmayı garantileyeceğiniz anlamına gelir. Aslında 1000 dolar kazanmanız gerektiği halde, piyangoyu düzenleyen kurum/devlet size 500 dolar vermektedir. Sizin ne kadar kazanıyorsunuz bilmiyorum, ancak birçok insan haftada 500 doları zar zor kazanmakta. Kalan 500 dolar ise, piyango oynayacak kadar saf insanlardan "aptallık vergisi" olarak kesilmekte. Kazanma şansı binde bir olan bir piyangoya katılarak 500 dolar kazanma şansınız yok mu? Elbette var: Birçok insan kazanıyor. Ancak bu durum yine de sırf kazanma ihtimali nedeniyle piyango oynamanın aptalca bir karar olduğu gerçeğini değiştirmiyor.

Öyleyse doğru karar nasıl alınıyor?

Bunu etkileyen birçok faktör var. Gelin en önemlisini inceleyelim.

Etkilemenin Anahtarı: Bir şeyin olma olasılığı ile getirisini karşılaştırın. Eğer getirisi riskten yüksekse bu riski almak, sonuç kötü bile olsa, iyi bir karardır. Ancak getirisi riskten daha azsa bu riski almak, sonuç iyi bile olsa, kötü bir karar olur.

Kötü bir karar aldığınızda sonuç pek keyif verici olmaz, ama bundan yola çıkarak mümkün olan en iyi kararları almayı öğrenebilirsiniz. Bu konudan gelecek bölümlerde daha da fazla bahsedeceğiz.

Bazen hayattaki olayların olasılıklarını hesaplamak zordur.

"Bu cep bilgisayarını alırsam kullanır mıyım?"
"Boşanırsam daha mı mutlu olacağım?"
"Betty yerine Jane'le flört edersem daha mı mutlu olacağım?"
"İstifa edersem daha iyi bir iş bulabilecek miyim?"
"Bu işi kabul edersem memnun olacak mıyım?"
"Bill/Bonnie ile evlenirsem bana iyi bir eş olacak mı?"
"Çocuklarım olursa, benim kusurlarımdan arınmış olarak mı doğacaklar?"

Bu sorulara doğru cevaplar bulmak daha zor. Çünkü çok iyi incelenmesi ve değerlendirilmesi gereken değişkenleri var ve tüm olasılıkların iyice gözden geçirilmesi gerekiyor. Unutmayın, insanlar bir kez karar verdiler mi, bunu değiştirmekte zorlanırlar. Çünkü kararlarını değiştirmeleri; önce kendileri, sonra da arkadaşları, aileleri ve içinde yaşadıkları toplum tarafından hatalı oldukları yargısını getirir.

Kötü bir karar aldığınızda sonuç pek keyif verici olmaz, ama bundan yola çıkarak mümkün olan en iyi kararları almayı öğrenebilirsiniz.

8 Etkileme Yasalarını Uygulamak

Otomobilinizle yoldasınız. Dur işaretlerinde durmanız, trafiğe uygun hareket etmeniz, hatta hız limitine dikkat etmeniz gerekir. Bunların hepsi basit kurallar. Halkın güvenliğini sağlamak amacıyla hazırlanmış kurallar, her zaman doğru veya mükemmel olmayabilir. Toplumun kuralları çoğu zaman işe yaramaz.

Ancak yerçekimi gibi genel geçer yasalar daima işe yarar. Empire State binasından aşağı 10 bin top attığınızda, bu topların hepsi yere düşecektir ve büyük ihtimalle önemli bir zarara da yol açacaklardır. Hiçbiri, siz onları yere attığınızda atmosfere doğru yükselmeyecektir.

Bunlar değişmez evrensel yasalardır. Eğer bunlardan birini çiğnemeye çalışırsanız, genelde ikinci kez deneme şansına sahip olamazsınız. Hukuk yasaları ise farklıdır. Onlara uymanız, belki daha rahat yaşamanızdan ve daha az ceza ödemenizden başka bir işe yaramayacaktır.

Etkilemenin yasaları ise; ne evrensel yasalara, ne de toplumun hazırladığı yapay yasalara benzer. Hatta birçok kişi bunların bilincinde bile değildir. İnsanlar, farkında olmadan bu yasalara uyma eğilimindedirler. Ancak etkileme yasaları çiğnendiğinde bunun bedeli ağır olur. Sorun, birçok kişinin bu yasaların varlığından bile haberdar olmamasında... Eğer insanlar, farkında olmadıkları bu yasaları uygularsa, daha mutlu olacaklar ve diğer insanlarla daha iyi iletişim kuracaklardır. Şayet bu kurallara uymazlarsa birçok sorunla karşılaşacak, ilişkilerine zarar verecek, daha az kazanacak ya da şirketlerinde yükselme şansı bulamayacaklardır.

Başkalarıyla iletişime geçmekten daha önemli olan hiçbir edimimiz yoktur. Yalnızca iletişimi değil, satış sürecini de etkileyen çok özel kurallar bulunur. Bu ilginçtir; çünkü bazen bir polisin yanından hız limitini aşarak geçtiğiniz halde ceza almazsınız ya da trafiğe önem vermeden otomobil kullandığınız halde kaza yapmazsınız. Zaman zaman yaya geçidinde yavaşlamazsınız, ama bu bir yayaya çarpmanıza neden olmaz. Ancak yasalar vardır ve uygulandıklarında, yasalara uyan kişilerin çıkarlarını genellikle korurlar. Çiğnendiklerinde ise, bir şeylerin ters gitme olasılığı çok yüksek oranda artar. Bu, etkileme yasaları için de geçerlidir.

Satışın yasaları nasıl olabilir? Satış ya da iletişim gibi bir alanda yasalar nasıl konabilir? İnsanoğlu, milyonlarca yıllık gelişiminde hayatta kalmak adına başkalarına ihtiyaç duydu. Başkalarıyla işbirliği yapma ve onların onayını kazanma, ikna etmede vazgeçilmezdir. Toplumun geleceği açısından da kaçınılmazdır.

Bu bölümde etkilemenin 10 yasasını nasıl kullanacağınızı öğreneceksiniz. Bu yasaların her birini uygulamak, onay almanızı kolaylaştıracaktır. Satış yaptığınız her gün bu yasaları uyguladığınızda, işinizin çok basit hale geldiğini göreceksiniz. Dahası, bu 10 yasayı iletişim kurarken de uyguladığınızda, satış mesleğinin eğlenceli, zaman zaman zorlayıcı, ama daima ödüllendirici olduğunu göreceksiniz.

1. Karşılıklılık Yasası

Biri size değerli bir şey verdiğinde, hemen karşılığını verme ihtiyacı duyarsınız.

Diyelim ki tarih 31 Aralık. Posta kutunuzu açıyorsunuz ve kart yollamadığınız birinden bir tebrik kartı geldiğini görüyorsunuz. Bu tam bir kriz. Eşinize, evde başka yılbaşı kartı kalıp kalmadığını soruyorsunuz. Evet kalmış. Hemen kartı dolduruyorsunuz, üstelik üzerine şahsi bir mesaj da ekliyorsunuz. Ama evde zarf yok. Bütün aramalarınız sonucunda kartın zar zor sığdığı bir zarf buluyorsunuz. Bunun içine, başka kimseye yollamadığınız halde bir de aile fotoğrafı koyuyorsunuz. Zarfı kapatıp adresi yazdıktan sonra, alelacele postaneye gidiyorsunuz. Normalde böyle işlerle sekreteriniz ilgilenir. Ama pazartesiye kadar bekleyemezsiniz. Çünkü, kartın üzerinde 31 Aralık tarihinin olması, bu kartı yolladığınız kişileri umursadığınızı gösterir. 1 Ocak tarihli bir kart ise, onların ikinci planda olduğunu ve sonradan aklınıza geldiğini açıkça ortaya koyar. Tebrikler, Karşılıklılık Yasasını öğrendiniz!

Çocukluğunuzdan beri size oyuncaklarınızı, abur cuburlarınızı, zamanınızı ve alanınızı başkalarıyla paylaşmanız öğretildi. Bencil olduğunuzda cezalandırıldınız; paylaştığınızda ise tebrik sözcükleri duydunuz, sırtınız sıvazlandı. Karşılıklılık Yasası, içinize çok erken yaşta işlendi.

Dünyanın en iyi satış elemanları ve pazarlama dehaları, müşterilerine bir şey verir ve bu genellikle bir kartvizitten çok daha önemli bir şeydir.

- Hiç posta kutunuzdan bir kutu sabun çıktı mı?
- Hiç posta kutunuzdan bir kutu mısır gevreği çıktı mı?
- Hiç posta kutunuzdan bir yardım kuruluşundan gönderilmiş, üzerinde adresleri de olan bir zarf çıktı mı?
- Hiç posta kutunuzdan bir yardım derneği tarafından gönderilmiş tebrik kartları çıktı mı?
- Hiç posta kutunuzdan deneme boyu şampuan çıktı mı?

Bunların hepsi karşılıklılık prensibine dayanır. Bu çok basit ve çok zekice bir yöntemdir. Eğer ürününüz çok kaliteliyse ve herkesin kullanabileceği bir şeyse, herkese postayla bir deneme boyu yollayın. Böylece bu kişilerin bir daha markete gittiklerinde ürününüzü alma olasılıkları artacaktır. Bunun iki nedeni var.

Öncelikle, sizin markanızı daha önce kullandıkları bir ürün olarak fark edeceklerdir. Beyin aşina olduğu şeyi tercih eder. (Bu yüzden yollarda yalnızca birbirine benzeyen otomobiller görüyoruz, ilginç modellerin hiçbiri tercih edilmiyor.)

İkincisi, birileri size bir şey verdiğinde, karşılık verme güdüsü devreye girer ve siz de onlara bir şey vermek istersiniz. "Kellogg's bize mısır gevreği yollayarak kibar bir davranış yaptı. Tadı da çok güzeldi. En azından bir defalığına onların markasını alarak teşekkür etmeliyiz" diye düşünürsünüz.

Araştırmalar, karşılıklılık ilkesinin, satışa ikna etmede en güçlü yasa olduğunu gösteriyor. Ama bir problem var!

- Eğer hayat sigortası satıyorsanız, 10 bin dolarlık bedava poliçe veremezsiniz.
- Emlakçıysanız, bedava banyo hediye edemezsiniz.
- Konuşmacıysanız, önceden bedava konuşmalar yapamazsınız.
- Eğer borsa uzmanıysanız, Microsoft'un 100 hissesini müşterinize hibe edemezsiniz.

Eğer deneme boyu ürünleriniz ya da hizmetleriniz yoksa ne yapacaksınız? Paylaşıma dayanan bu kuvvetli yasadan nasıl yararlanacaksınız?

Karşılıklılık Yasasından yararlanmak için illa bir ürün dağıtmanız gerekmiyor. Benim favori yöntemim, öğle yemeği ısmarlamak ya da işlerini geliştirmeleri için onlarla önemli bir ipucunu paylaşmak. Bu

> Birine değerli bir şey verin, kendilerini bunu geri ödemek zorunda hissedeceklerdir.

ikincisini özellikle seviyorum, çünkü karşınızdaki, verdiğiniz ipucunu uyguladığında işe yaradığını, yani ona gerçekten yardımcı olduğunuzu görecektir. Birini öğle yemeğine çıkarmak ise, hem ucuz bir yöntemdir, hem de bunu yaparak müşterinin en temel 16 arzusundan birini (yemek) karşılamış olursunuz.

Uzmanlık gerektiren alanlardaki yararlı bilgilerinizi başkalarıyla paylaşmanız, karşılıklılık ilkesini harekete geçirmenin şık yollarından biridir. Basit bir fikir bile birilerinin yılda yüzlerce, hatta binlerce dolar ek gelir kazanmasını sağlayabilir.

Size bir sır vereyim mi?

Ben paramın bir kısmını Güçlü Fonlar Borsası'na yatırıyorum. Bu sayede, bankaların verdiğinden daha yüksek oranda faiz geliri kazanıyorum. Üstelik bu hesabınızdaki parayı da, vadesiz bir hesaptaki para gibi dilediğiniz an dilediğiniz şekilde kullanabiliyorsunuz. Bu sırrım sayesinde sizin de ek gelir elde etmenizden mutluluk duyarım.

Size bir sır daha vereyim mi? Güçlü Avantaj Fonu, Güçlü Fonlar Borsası'ndan da iyidir. % 1-3 arasında daha yüksek oranda faiz verir. Dahası yine aynı şekilde paranızı dilediğiniz şekilde kullanabilirsiniz. Banka hesabınızdan 10 bin dolar çekerek, bu parayı Güçlü Avantaj Fonu'na yatırırsanız, % 2-3 oranında daha fazla faiz geliri elde edersiniz. Bu da yılda sadece 300 dolara denk geliyor. Bu 300 dolarlık armağan karşılığında, sizden bu kitaptan satın alarak arkadaşlarınıza dağıtmanızı istesem dağıtmaz mısınız? Arkadaşlarınızı, bir kitapta bulabilecekleri en gelişmiş satış tekniklerini hediye ederek mutlu etmek istemez misiniz?

İşte Karşılıklılık Yasasını kullanmak için kullanabileceğiniz bazı fazla pahalı olmayan yöntemler:

Hayat Sigortası ve Finansal Ürünler

Geçen üç yılda borsada en çok kâr eden şirketlerin listesini ve performanslarını içeren bir rapor verin. İçinde rakiplerinizle ilgili pozitif bilgiler olsa bile, bunu yapmaktan çekinmeyin.

Emlakçılar

Müşterinizin, evi satın almak için ne kadar kredi alabileceğini tahmin edin ve buna bağlı ödeme planlarını hazırlatıp ona önceden sunun. Eğer evi alırsa finansal zorluk çekeceğini biliyorsanız, ona, küçük detaylara dikkat ederek nasıl tasarruf edebileceğini gösteren bir katalog ya da kitap hediye edin.

Otomobil

Eğer çok iyi bir otomobil satıyorsanız; müşterinize, aldığı otomobili diğer otomobillerle karşılaştıran, özellikle son dönemde yayınlanmış bir makalenin fotokopisini verin. En iyiler listesine giremeyen bir otomobil satıyorsanız; ona, bu arabayı daha ucuza, daha uzun yıllar kullanmasının yollarını gösteren 10 stratejinin sıralandığı bir liste verin.

Vermek istediğim mesaj şu: Herkesin, karşılığında bir şey beklemeden verebileceği bedava şeyler vardır. Karşılıklılık ilkesinin etkili olduğu bilimsel olarak onaylanmış bir durum. Burada önemli olan, verdiğiniz şeyin müşteri tarafından değerli olarak algılanmasıdır. Takvim ya da kalem gibi geleneksel promosyon ürünleri etkili olabilir de, olmayabilir de... Bunları her müşteride kullanmaya başlamadan önce test etmenizde yarar var. Verdiğiniz şeyin size ne kadara mal olduğu çok önemli değildir. Önemli olan, müşterinin verdiğiniz bu ürüne, rapora, kataloğa ya da kitaba ne kadar değer verdiğidir.

Alıştırma: Kendi ürünlerinizi satarken Karşılıklılık Yasasını nasıl kullanabilirsiniz? Detaylı olarak açıklayın.

2. Zaman Yasası

Bir kişinin zamana bakış açısını değiştirmek, farklı kararlar almasını kolaylaştırır. İnsanlar, zaman perspektiflerini değiştirdiklerinde, bir şeyle ilgili duyguları ve buna bağlı olarak aldıkları kararlar da değişir.

Zaman, insanları eşitleyen ortak paydadır. Ne kadar zengin ya da fakir olursanız olun, zaman herkes için aynıdır. Herkes bu anı yaşar ve bu anda olanlar çoğunlukla bilinçli tercihlerin sonucu değildir.

Genelde, bir müşterinizin ofisine girdiğinizde ya da onunla iletişime geçtiğinizde, müşteri sizi o güne kadar tanımış olduğu diğer kişilerle özdeşleştirmeye çalışacaktır. Büyük ihtimalle insanlarla yaşadıkları negatif deneyimler, pozitif olanlardan fazladır.

Burada iki şeyin yaşanması gerekir. Onlara, bugüne kadar tanımış oldukları herkesten farklı olduğunuzu göstermelisiniz. Zaman filtrelerini, geçmişten bugüne ya da geleceğe almanız gerekiyor. İnsanların, belirli tetikleyicilere otomatik olarak verdikleri duygusal tepkiler vardır. Siz burada tetikleyicisiniz. Müşteriniz farkında olmadan onun zihninde, olumlu ya da olumsuz bir tepkiyi tetiklersiniz. Daha da ilginci, bu tepki genelde *sizinle* birebir bağlantılı değildir. Birçok kişi sizi bir satış elemanı olarak görür ve birçok kişi satış elemanlarına olumsuz tepkiler verir. Dolayısıyla, çoğu zaman kapıdan girdiğiniz andan itibaren kötü bir satış elemanı olduğunuz düşünülür. Daha ağzınızı açmadınız, tek bir soru sormadınız, ama kötü bir satış elemanı olduğunuz düşünülüyor.

Müşterinizle görüşüp kapıdan çıktığınızda onun fikri değişmiş olabilir, ama siz onu ziyarete ikinci kez gittiğinizde aklındaki kötü satış elemanı izlenimini yıkamayacaksınız. Bunun iki nedeni var. Öncelikle, bu süre zarfında satış elemanı olduğunu söyleyen birçok geri zekalıyla karşılaşacak. İkincisi, geçmişteki kötü deneyimlerini, sizinle geçirdiği eğlenceli 1 saat sayesinde unutamaz.

Dolayısıyla, zaman perspektifini değiştirmekte uzmanlaşmalısınız. İnsanları zamanda yolculuk ettirmekte uzman olmalısınız ki, geçmişteki duygularından etkilenmesinler. Size ve ürününüze tamamen farklı bir bakış açısıyla bakmalarını sağlamalısınız. Bunu yapabilirsiniz.

Zaman, insanların karar alma sürecinde çok önemli bir rol oynar. İnsanlar üç ayrı zamanı yaşar: Geçmiş, şimdi ve gelecek.

Geçmiş: Bazı insanlar geçmişte yaşar ya da bugün ve gelecekte alacakları tüm kararlar için, geçmişteki duygularının rehberliğine güvenirler. Bu kişiler genelde depresif ve güvensiz olur. Ama aynı zamanda, diğer insanların birçoğuna göre, çok daha az yanlış karar verirler. Gardlarını sürekli korurlar, bu nedenle de daha az hata yaparlar. Ama geçmiş deneyimleri nedeniyle birçok fırsatı da kaçırırlar. Bunu unutmamanız gerekiyor!

- Bunu daha önce yaptığımda dolandırılmıştım.
- Bir keresinde böyle bir yerde yemek yedim, korkunçtu.
- En son otomobil aldığımda kazıklanmıştım.
- Bugüne kadar iyi bir alışveriş hiç yapmadım.
- Ben ne zaman yatırım yapsam borsa düşer.

Bunların hepsi, tüm bilgileri geçmiş deneyimlerinin filtresinden geçiren insanlar için benzer deneyimlerdir.

Şimdi: Bazı insanlar şimdiki anda yaşar. Bu insanlar genelde çok daha az streslidir ve ne geçmişi, ne de geleceği fazla düşünmezler. Çok kötü plan yaparlar ve hemen ödüllendirilmek isterler. Genelde kredi kartı limitleri çoktan dolmuştur, çünkü sahip olmadıkları bir geleceği, o anın keyfi için feda etmişlerdir. Şöyle düşünürler:

- Eğer bir şey doğruysa hissederim.
- İyi hissettiren şeyi yaparım.
- Sadece eğlenmek istemiştim.
- Eğlenceli gözüküyor, o halde bunu denemeliyim.
- Asla hamile kalacağımı düşünmemiştim.
- Tüm bu parayı kaybedeceğimi, kim tahmin edebilirdi?

Gelecek: Bazı insanlar, düşüncelerinin büyük kısmını geleceğe endeksli olarak filtreden geçirirler. Gelecekte yaşayan insanlar, anlık keyifleri erteler. İster iyi, ister kötü olsun, geçmişin onları ilgilendirmediğine karar vermişlerdir. Geleceğe hazırlanır, plan yapar, bir şeyler organize eder ve genellikle fedakarlıkta bulunurlar. Bugünü, daha parlak bir yarın için feda ederler. Şöyle düşünürler:

- Şimdi bir otomobil alabilirim, ama bu parayla yatırım yapmak daha akıllıca olur.
- Emekli olana kadar bekleyeceğim.
- Bunu şimdi alabilirim, ama bunun yerine, zaman içinde paramın arttığını izlemeyi tercih ederim.
- Bunu yapmasam iyi olur, çünkü hamile kalabilirim.

İnsanların bir bilgiyi nasıl filtrelediklerini bildiğinizde; geçmiş, şimdi veya gelecekteki olaylara farklı bakmalarını sağlayabilirsiniz. Bir kişinin zaman perspektifini, oldukça zor dil oyunlarıyla değiştirebilirsiniz.

Müşteri: Geçen sene borsa ne hale geldi baksanıza. En az % 50 değer kaybetti. Sizin fonlarınıza neden yatırım yapmak isteyeyim ki?

Satış elemanı: Yapmak istemeyebilirsiniz. Peki borsa 2-3 kat değer kazandığında, gelecek için bundan siz de biraz çıkar sağlamak istemez misiniz?

Müşteri: Bugüne kadarki deneyimlerim, satış elemanlarını ne zaman dinlesem kazık yediğimi gösterdi.

Satış elemanı: 10 yıl ileri gidip geri baktığınızda, bu durumu nasıl düzeltirdiniz?

Müşteri: Hipnozu daha önce denedim, işe yaramıyor.

Satış elemanı: Demek ki ne yaptığını bilmeyen biriyle çalışıyordunuz. Eğer işinde uzman ve size nasıl yardım edeceğini bilen bir kişiyle karşı karşıya olsanız, bunu denemek ister misiniz?

Alıştırma: Kendi ürün ya da hizmetinizi satarken Zaman Yasasını nasıl kullanabilirsiniz. Detaylı olarak anlatın.

Müşterilerinizi geçmişin hatalarından kurtarmak için, onların olaylara gelecek açısından bakmalarını sağlayın.

3. Zıtlık Yasası

Birbirinden farklı iki şeyi, kişiyi ya da mekanı yan yana koyduğumuzda farklılıkları daha net ortaya çıkar ve hangisini istediğimize daha rahat karar verebiliriz.

Bununla ilgili en iyi örneklerden biri bir talk show programında yaşanmıştı. İlkokul çağındaki izciler, ABD'de her yıl kurabiye satışı yaparlar. O yıl en çok kurabiyeyi satan kız öğrenci bu programa çıkmıştı. Ona, bunu nasıl başardığı sorulduğunda, "Çok kolay. Kapıya gittiğimde izcilere 30 bin dolar bağış yapıp yapmayacaklarını soruyordum. 'Hayır' dediklerinde, en azından bir kutu kurabiye alır mısınız diyordum" yanıtını verdi. Herkes bu yanıta çok gülmüştü. Küçük kız, Zıtlıklar Yasasını daha sekiz yaşında keşfetmişti.

Alışveriş merkezlerinde, aynı ürünün iki farklı markasını eline alıp yan yana tutan ve hangisini alması gerektiğine karar vermeye çalışan kişilere rastladınız mı? İnsanları ürün seçiminde yönlendiren prensibe, Zıtlık Yasası deniyor.

Psikoloji, insanların Zıtlık Yasasını çok spesifik ve belirli şekillerde kullandığını gösteriyor. Eğer önce pahalı ürün ya da hizmetinizi sunup, sonra da müşterinin asıl almasını istediğiniz ürünü gösterirseniz, ikinciyi alma olasılıkları yükselir.

Çocukken annenizle alışverişe çıktığınızda, siz de bir şeyler seçip ona gösteriyordunuz. Annenizin iki uyarısı, daha o yaşlarda beyninize işledi:

1. Bunlar çok pahalı, ikisini birden alamazsın.
2. Küçük olanı (ucuz olanı) alabilirsin.

> Müşterinize, en iyi olduğunu düşündüğünüz veya
> en ucuz olan ürünü en son gösterin.
> Müşteri, genelde almaya eğilimli olacaktır ve ucuz olan
> en son gösterilirse, bunu genelde alacaktır.

Kısa zamanda, ürünü annenize kabul ettirmek için, ne kadar ucuz olduğunu göstermeniz gerektiğini anladınız. "Anne bak, yalnızca 1 dolar" derken, sesinizde yalvaran bir tını hissedilir. Doğru göz teması ve acınası yüz stratejisiyle, bu yöntem genelde işe yarar.

Zıtlık Yasası, daima iki üründen ucuz olanını satacağınız anlamına gelmiyor. İki ürünü -müşterinin zihninde yalnızca biri olsa bile- yan yana koyduğunuzda, müşteri ürünlerden birini alıp almamayı değil, bu ikisi arasından hangisini alacağını düşünmeye başlayacaktır. Ucuz olanı, hepimizin beynine işleyen programlamaydı. Ama bazı çocuklar da, aileleri tarafından, "O işe yaramaz, alma" diye uyarıldı. Bu çocuklar, yetişkin hayatlarında olabildiğince kaliteli ürünler alıyorlar. Zıtlık Yasası, hepimize çeşitli ürünlerden hangisini alacağımız konusunda yardımcı oluyor.

Emlakçılık

Müşterilerinize önce pek beğenmeyecekleri bir ev gösterin, sonra da aradıkları her şeye sahip olan evi gösterin. İnsanlar ikinci gördükleri şeyi alma eğilimindedir.

Giysiler

Eğer müşteriniz pahalı bir takım elbise aldıysa ona bir çift ayakkabı, kravat, kolye gibi mutlaka sahip olması gereken ikinci bir ürün gösterin. 400 dolara takım aldılarsa, 37 dolarlık bir kravat almamazlık ederler mi?

Elektronik

Müşteri bilgisayarı almayı kabul etti. Şimdi ona eğlenceli, ilginç programlar ya da batarya gibi yan ürünler gösterebilirsiniz. Bu 100 dolarlık ürünler, ödedikleri 2 bin doların yanında yokmuş gibi durur ve uygun bir zıtlık yaratır. Böylece bilgisayarın yanı sıra bunları da almış olurlar.

> Müşterilerinizin önce gerekli malzemeleri almasını sağlayın. Ardından aksesuarları önerin. Başlangıçta iyi para harcadıkları için aksesuarlar ucuz gelecek ve satın alacaklardır.

Herhangi bir satış durumunda hatırlamanız gereken yararlı bir kural şudur: Müşteri, ürününüzün çok pahalı olduğunu söylediğinde, ona kibarca, "Neyle karşılaştırıyorsunuz" diye sorun. Bu, onların ürünlerin fiyatlarını akıllarında karşılaştırmalarını sağlar ve "hayır" yanıtını yeniden düşündürür. Genelde bu yanıt "evet"e dönüşür.

Alıştırma: Zıtlık Yasasını kendi ürünlerinizi satarken nasıl kullanabilirsiniz?

4. Arkadaşlar Yasası

Bir kişi sizden bir şey istediğinde, onun sizin çıkarlarınızı düşündüğünü hissederseniz, bu isteği yerine getirme ihtiyacı duyarsınız.

Birinin sizden yardım kampanyası için bağış istediğini düşünün. Tanıdığınız biri istediğinde mi bağış yapma olasılığınız arttı, tanımadığınız biri istediğinde mi?

Eğer birçok kişi gibiyseniz, komşunuz gelip yardım istediğinde daha fazla bağış yapmışsınızdır. Çünkü arkadaşınızın, sizden bağış isterken zaten gergin olduğunun farkındasınızdır ve onunla empati kurarsınız. Ancak, sizinle daha az alakası olan kişiler yardım istediğinde daha az bağışta bulunursunuz, çünkü onlara aynı güveni duymazsınız ve onlarla empati kuramazsınız. Birini tanıdığımızda ve arkadaşımız olduğunu hissettiğimizde, "evet" deme olasılığımız artar.

İnsanlar, müşterileriyle ilişkilerini sağlamlaştırdıkça, onlarla arkadaş olmaya başlarlar. Bu arkadaşlık derinleşir ve özel bir ilişkiye dönüşür. Bu aynı zamanda, gelecekteki tüm satışların kesinleşmesi anlamına gelir.

İnsanların, sizi bir dost ve onları umursayan biri olarak görmelerine yardımcı olun, sizi onaylama olasılıklarını büyük oranda artıracaksınız.

Çok az satıcının kullanmasına rağmen, en etkili satış tekniklerinden biri, ürünlerin negatif yanlarından bahsetmektir. İnsanları ikna etmenin en iyi yollarından biri, kendi fikrinizin veya ürününüzün olumsuz yönlerinden söz ederek, onları teklifinizde tarafsız olduğunuza inandırmaktır.

Bir araştırmada; bir eroin bağımlısı, deneklere daha sıkı yasaların ve mahkemelerin olması gerektiğini söyledi. Denekler, benzer görüşleri ifade eden diğer kişilerle karşılaştırdıklarında, en güvenilir kaynağın eroin bağımlısı olduğuna karar verdiler. Bu, insanların fiziksel olarak çekici bulmadıkları birini güvenilir buldukları ender durumlardan biriydi. Verdiğiniz mesaj, müşterinin beklentileriyle zıt olduğunda daha ciddi gözükürsünüz. Bu çok kuvvetli bir unsurdur ve iyi şekilde kullandığınızda, ürününüzün küçük eksikliklerini dile getirmeniz yararlı olacaktır.

Finansal Ürünler

Müşterinize, kısa süre önce kendi aile üyelerinizden birine, ona yardım ettiğiniz yöntemle, taktikle yardım ettiğinizi anlatın. Ailenizden biriyle aynı hizmeti alacaklarını duyduklarında, *onların* çıkarını düşündüğünüze inanacaklardır.

Teklifinizin negatif yönlerini ön plana çıkarın.
Bu, iki şeye yarar. Öncelikle, daha dürüst gözükmenizi sağlar; ikincisi de, siz ürünün negatif yanlarını gösterirken, müşteriyi tetikte olma durumundan çıkarıp rahatlatır, gardını düşürür.

Emlakçılık

Müşterinize bir evi gösterdiğinizde beğenmediğini hissederseniz, siz de beğenmediğinizi söyleyerek ona bunun nedenlerini anlatın. Örneğin, bir arkadaşınız olsa, bu evi almasına izin vermeyeceğinizi söyleyin ve nedenlerini sıralayın. Bu, müşterinizle ilişkinizi güçlendirir.

Alıştırma: Arkadaşlık Yasasını, kendi ürünlerinizi satarken nasıl kullanabilirsiniz?

5. Beklenti Yasası

Saygı duyduğunuz ve inandığınız bir kişi sizden bir şey istediğinde, bu şey ne olursa olsun yapmaya çalışırsınız.

Psikolog Doktor R. Rosenthal tarafından 1970'li yıllarda yapılan ünlü bir araştırma var. Bu araştırma, beklentinin insanların davranışlarını nasıl etkileyebileceğini ortaya koyuyor. Öğrenciler iki gruba ayrıldı ve öğretmenlere bunlardan birinin zeki, diğerinin aptal olduğu söylendi. Öğrencilere ise hiçbir şey söylenmedi. Sekiz ay sonra, senaryo gereği "zeki" grupta bulunan öğrencilerin, ortalama beş üzerinden beş aldığı, diğer grubun ise iki aldığı görüldü. Aslında öğrencilerin IQ'ları arasında hiçbir fark yoktu. İki gruba rasgele bölünmüşlerdi ve araştırmadaki tek veri öğretmenlerin beklentisiydi.

Psikolojide placebo (yalancı ilaç) etkisi bilimsel olarak kanıtlanmış bir unsurdur. İçinde hiçbir kimyasal olmayan kapsüller, hastanın, ilaç aldığını zannederek kendini daha iyi hissetmesini sağlayabilir. Kore Savaşı'nda binlerce yaralı vardı, ama bunlara yetecek kadar

> Kendinizden ve diğerlerinden beklediğiniz davranışların gerçeğe dönüşme olasılığı daha yüksektir.
> Eğer müşterilerinizin, sizden kesin olarak bir şeyler satın alacağını düşünürseniz, büyük ihtimalle alırlar.

morfin yoktu. Doktorlar ve hemşireler, hastalara şeker hapları verip, acılarının birazdan dineceğini söylemek zorunda kaldılar. Placebo alan askerlerin % 25'inde, acının gerçekten azaldığı görüldü.

Aynı etki, bir şeyi başarmak için kendinize ne kadar güvendiğiniz ve müşterinizi etkilemek için ne kadar yeterli olduğunuzu düşündüğünüz aşamada da devreye girer.

Alıştırma: Beklenti Yasasını, kendi ürünlerinizi satarken nasıl kullanabilirsiniz?

6. Tutarlılık Yasası

Bir kişi herhangi bir konuda görüş belirttiğinde, özellikle de bunu yazılı olarak yapıyorsa, aksi bilimsel olarak kanıtlansa bile, bundan vazgeçmeme eğiliminde olur.

Tutarlılıkla ilgili yapılan araştırmalar, başta tutarlıklıkla ilgili değilmiş gibi gözükebilir. Bunu şimdiden belirtiyorum ki, aşağıdaki örnekleri incelediğinizde şaşırmayın ve tutarlılığın gerçek anlamını kolayca kavrayın.

- Stanford Üniversitesi'nde 1993 yılında yapılan bir araştırmada, Amerikalıların % 70'i, var olmayan bir yasa tasarısıyla ilgili oy kullandı. Bazıları hükümetin, bazıları eyaletlerin daha fazla sorumluluk sahibi olması gerektiğini söyledi.
  - Aynı kişilere, boşanmanın ne kadar kolay olması gerektiği sorulduğunda, Amerikalıların % 40'ından fazlası, en sonuncu seçenek ne olursa olsun bunu seçti.
  - Bir market altı çeşit reçelin tadılması için bir stand açtığında, satışlar, 20 çeşit reçelin tadılması için stand açtığı zamana göre 10 kat arttı.
- Öğrencilere, isim vermeden dolduracakları bir anket dağıtıldığında, çoğu kopya çekmenin kötü bir şey olduğunu söyledi. Ama sınavda kopya çekme şansı tanındığında, kopyaya en

karşı olanlar bile çekinmeden kopya çekti.

- Bir ankette, ülkenin en büyük sorununun ne olduğu soruldu ve bir liste verilerek seçeneklerden bazılarının işaretlenmesi istendi. Anket sonuçlarına göre; sorulduğunda sözünü ettikleri sorunlardan çok farklı sorunları işaretleyenlerin oranları çok yüksekti.
- İnsanlar, nükleer silahlar gibi kritik konularda bile, cümlenin kurulma tarzına bağlı olarak farklı fikirler beyan ediyorlar.

Bunlardan ve benzeri saygın aştırmaların sonuçlarından şu altı önemli sonucu çıkarabiliriz:

1. İnsanların fikirleri, düşünceleri ve arzuları genelde kendilerine sorulan soruya göre değişir.
2. İnsanların fikirleri, düşünceleri ve arzuları genelde onlara bunlarla ilgili sorular sorulduğu an ortaya çıkar ve bunun, gerçekte ne yapacakları ya da daha sonra neye inanacaklarıyla ilgili pek bir bağlantısı yoktur.
3. Birçok kişi, gerçek olmayan şeyler hakkında bile, hiç de bir bilgileri olmadığı halde fikir sahibi olurlar. (Kongrenin var olmayan yasa tasarısı örneğini düşünün.)
4. İnsanların çoğunun fikirleri otomatik olarak ortaya çıkar. Bir reklam izlerler ve bunu eleştirmeden kabullenecekleri için, hangi içeceği içeceklerine, hangi restoranda yiyeceklerine, ne giyeceklerine bu reklama göre karar verirler.
5. İnsanlar bir şeyi seçtikten, bunu söyledikten ya da yazdıktan sonra, çıkarlarına uysa da uymasa da, mantıklı olsa da olmasa da, bu karardan vazgeçmeme eğilimindedirler. Üstelik bu kararın nasıl alındığı çok da önemli değildir.
6. İnsanlar düşünsel kararsızlıklardan hoşlanmazlar. Çoğu kişi birbirinden farklı iki fikri aklında tutamaz. Bu nedenle, o an onayladıkları fikri akıllarında tutup, diğerini akıllarından tamamen çıkarırlar.

Bunların hepsi Tutarlılık Yasasının bir parçasıdır.

Müşterilerinizin eski kararları ve açıkça ortaya koydukları fikirleri, inançlarını ve tutumlarını büyük ölçüde etkiler. İnsanlar bir kez, "Asla yapmayacağım" dedi mi, büyük ihtimalle gerçekten de bunu asla yapmazlar. Birçok kişi, yeteri kadar düşünmeden konuşur ve bunlar inançlara, kalıcı tutumlara dönüşür. Bunun nedeni çok basittir. Bize, sözümüzün arkasında durmamız gerektiği öğretildi. İnsanlara bir söz verdiğimizde bize güvenebilsinler diye. İnsanların % 70'inin, çocukken hangi dinle yetiştirildilerse, ona inanmaya devam ettiğini biliyor musunuz? Bu, gerçek hayattaki Tutarlılık Yasasıdır. İnsanlar tutarlılığa ve önceden tahmin edilebilirliğe saygı gösterirler.

Son dönemde yapılan bir araştırmada, deneklerden farklı konularda tercihler yapmaları istendi.

A grubundan, bu kararları hatırlamaları istendi.

B grubundan ise, kararlarını bir kağıda yazmaları ve sonra silmeleri istendi.

C grubundan da, kararlarını bir kağıda yazıp araştırmacılara vermeleri istendi.

Hangi grup kararında tutarlı olmaya devam etti? C grubu, denemelerin dörtte üçünde kararlarından vazgeçmedi.

B grubu, kararlarının yarısını değiştirmedi. A grubu ise, neredeyse her seferinde kararlarını değiştirdi. Burada amaç, satış sürecinde müşteriye fikirlerini yazdırmak. Bu, gelecek yıllardan beklentileri de olabilir, bir otomobilden, evden, tatil paketinden ne beklediği de... Anahtar, müşterinin kağıt kalem alıp bunları yazması.

Alıştırma: Tutarlılık Yasasını, kendi ürünlerinizi satarken nasıl kullanabilirsiniz?

7. Birlik Yasası

Sevdiğimiz ve saygı duyduğumuz kişilerin desteklediği ürün, hizmet ve fikirleri sevme eğilimimiz vardır.

İç çamaşırları hakkında benim bilmeyip de Michael Jordan'ın bildiği tek bir şey söyleyemezsiniz.

Jordan, birkaç iç çamaşırı reklamında oynamak için Calvin Klein markasıyla 40 milyon dolarlık anlaşma yaptı. Bana sorarsanız, ben iç çamaşırlarıyla ilgili en az Michael Jordan kadar bilgiliyim ve bu reklamları yarı fiyatına çekerim. Ama Kevin Hogan ismi yalnızca satış alanında tanınıyor; Michael Jordan'ı ise tüm dünya tanıyor. Michael Jordan'a, dünyada onun adını bilen her kişi başına 2 cent ödendi. Beni tanıyan her kişi için bana 2 cent ödenseydi, reklamlar için yalnızca 7 bin dolar alırdım. Bu, "Michael Jordan neden 40 milyon dolar aldı?" sorusunu cevaplıyor.

Calvin Klein, dünyanın en çok tanınan ve sevilen isimlerinden birine, ürünlerinin tanıtılması için 40 milyon dolar ödedi. İç çamaşırı. İşte, Birlik Yasası bundan ibaret.

Ürünleriniz ya da hizmetiniz sevilen, saygı duyulan ve güvenilen biriyle bağlantılı olduğunda, müşteri de bunları beğenme eğiliminde olacaktır.

Yazarlar, bir kitabı satmanın en iyi yolunun, ön ve arka kapağa övgü dolu yazılar koymak olduğunu biliyor. Bu, kitaba saygınlık kazandırıyor, çünkü bu yazıları yazan kişilere saygı duyuyoruz.

Bir ünlünün, ürününüzle ilgili pozitif bir şey yapması ya da ürünü kullanması, insanların bilinçaltına giden yolun kapısını açan anahtar olabilir. Eğer bir ünlünün, ürününüzle ilgili yorumda bulunmasına gücünüz yetmiyorsa, diğer müşterilerinizden, ürünün hayatlarını, işlerini nasıl değiştirdiğini anlattıkları bir yazı isteyin.

Bunlar, sizin yerinize sizi över.

Alıştırma: Birlik Yasasını, kendi ürünlerinizi satarken nasıl kullanabilirsiniz?

İnsanların sizin, ürününüzün ya da hizmetinizin saygın, ünlü ya da deneyimli kişilerle ilişkili olduğunu görmesine fırsat verirseniz, "evet" yanıtını alma olasılığınız artar.

8. Kıtlık Yasası

Bir kişi istediği şeyin az bulunduğunu düşündüğünde, istediği şeyin bol bulunduğu dönemlere göre, onu daha fazla değerli bulur.

Halkın neleri değerli bulduğu şaşırtıcı olabiliyor. 1996 yılının Noelini hatırlıyor musunuz? Tüm ABD'de, "Elmo" adında bir oyuncak popüler hale gelmişti. Şirket, oyuncağın fiyatını yükseltmek için, özellikle az miktarda üretti. Bazı mağazalar oyuncakları yüzlerce dolara satıyordu. Gazetelerin ilan sayfaları; sahibinden satılık, kullanılmamış, fiyatı 700 doları bulan Elmo ilanlarıyla doluydu.

Bu oyuncak ilk piyasaya sürüldüğünde 30 dolara bulunabiliyordu. Ancak medyanın teşvikleri sonrası mağazalar oyuncağın peşindeki anne-babalarla dolup taştı. Fiyatı sürekli artmasına rağmen oyuncakların hepsi tükendi. Sonuçta, bu pazarlama stratejisi, bilinçli olarak üretimin az yapılması sayesinde başarıya ulaştı.

Siz mağaza sahibi olsanız, ürünün az olduğunu anlatmak için, aşağıdaki cümlelerden hangisini kullanırdınız?

- Hemen harekete geçin!
- Sınırlı sayıda kaldı!
- Yalnızca bir gün!

Bunların hepsi reklamcılık ve pazarlamada sık kullanılan sloganlar. Peki hangisi en çok işe yarıyor? En az işe yarayanı, "Hemen harekete geçin!". "Yalnızca bir gün!" de etkileyici ama, "Sınırlı sayıda kaldı!" ile rekabet bile edemez. Eğer ürününüzden ya da hizmetinizden çok sınırlı sayıda kaldığını gösterebilirseniz, bunlar değer kazanacaktır.

"Sınırlı sayıda kaldı!" sloganının etkisi, çocukluğunuza kadar gidiyor aslında... Annenizin pişirdiği kekten yalnızca bir veya iki dilim kaldığında, eğer bir başkası son dilimi alırsa size kalmayacağını biliyorsunuz. Son dilimlerden birini almak neredeyse bir mecburiyet hissiydi. Kıtlık hissi içimize daha küçük yaşlarda işlendi ve bizi yetişkin hayatımızda da etkilemeye devam ediyor. Bunlar o kadar güçlü bağlar ki, hemen satış sürecinde kıtlık hissinden yararlanmanın yollarını bulmalısınız.

Müşteriniz, hizmetlerinizin ve ürünlerinizin sınırlı miktarda bulunduğunu bilmeli. Bu sınırlılık, ürünün miktarından da, sizin satış için ayıracağınız zamandan da kaynaklanıyor olabilir.

Emlakçılık

Piyasanın hareketli olduğu dönemlerde, bir evin satılması birkaç gün içinde gerçekleşebilir. Bunu müşterinize hatırlatıp, elini çabuk tutmasını söylemek tamamen etiktir.

Otomobil

"Elimde bunun gibi yalnızca üç otomobil kaldı, onlar da Pazartesi'ye kadar satılır. Bu, otomobili tekrar bulamazsınız anlamına gelmiyor, ama bu özelliklere sahip bir otomobilin fabrikadan gelmesi için haftalarca, hatta aylarca beklemeniz gerekebilir. Size kalmış."

Finansal Ürünler

"Geleceği hiçbir zaman tahmin edemezsiniz. Ama ya bu Ocak ayı da, tüm Ocak ayları gibi geçerse ve siz, hisse alıp almayacağınıza karar vermeye çalışırken, borsa dört puan yükselirse?"

Alıştırma: Kıtlık Yasasını, kendi ürünlerinizi satarken nasıl kullanabilirsiniz?

9. Konformite (Uyum Gösterme) Yasası

Birçok kişi, tanıdıklarının da içinde bulunduğu grubun onaylayacağı ürünleri ya da hizmetleri seçer.

Herkes, kabul görmek ister. "İnsanlar ne der!" hepimizin bilinçsizce de olsa düşündüğü bir şeydir. Hepimiz sevilmek isteriz ve insanların aldığımız, sahip olduğumuz şeylere saygı göstermesini, bunları onaylamasını isteriz. Müşteriniz, ürünü satın aldığında çevresindekilerin nasıl düşüneceğini hesaba kattığında, bu, satışı kesinleştirebilir ya da imkansız hale getirebilir. Bu nedenle müşterinizin bilinçaltını da ürünü almanın harika bir fikir olduğuna ikna etmelisiniz.

Konformitenin (uygunluğun) tutarlılıkla ilgili olduğunu söyleyebiliriz. Çünkü konformite, grubun fikirleriyle tutarlılık göstermeniz anlamına gelir. Tutarlılık; hem gruba, hem de kendi bakış açınıza göre, etik ve tahmin edilebilir davranmaktır.

Konformiteden uzak gruplar da, kendileri gibi isyankar olan gruplarla uygunluk gösterirler. Greenpeace üyelerini düşünün. Toplumun geneli tarafından isyankar algılanıyorlar. Ama kendileri gibi isyankar olan gruplarla uyum sağlıyorlar, onların fikirleriyle tutarlılık göstermeye çalışıyorlar. Müşterinizin neye uyum gösterdiği, konformite gösterip göstermediği satış açısından anahtar olabilir.

"Karınızın; onun için, hatta tüm aileniz için bu arabayı aldığınızı gördüğünde, ne kadar mutlu olacağını düşünün!"

"Emekliliğinize yatırım yaparak hem kocanızın, hem de kendinizin geleceğine yatırım yapmış olmanızın, onu ne kadar mutlu edeceğini düşünün. En azından 77 yaşına kadar çalışmak zorunda olmayacak."

Alıştırma: Konformite Yasasını, kendi ürünlerinizi satarken nasıl kullanabilirsiniz?

10. Güç Yasası

İnsanların, diğer insanlar üzerindeki güçleri, diğer herkesten daha güçlü, karizmatik ve deneyimli oldukları izlenimini verebilir.

> Müşterinizin ürünü aldıktan sonraki geleceğini hayal etmesini sağlayın. Bunu yaparken, eğer bu ürünü alırlarsa aileleri ve arkadaşları tarafından eleştirilmeyeceklerini, aksine bundan büyük heyecan ve mutluluk duyacaklarını düşünmelerini sağlayın.

Güç, otorite ve karizmayla gelir.

Güç, değiştirme yeteneğidir. Güç hem gerçektir, hem de algıdan ibarettir. Eğer; güvenli olur ama kibirden uzak durursanız, rahat olur ama dikkatsiz olmazsanız, kesin olur ama çok bilmiş olmazsanız, müşterileriniz sizi güçlü biri olarak görür. Güç, sizin içinizde olan ve dışarı çıkarılması gereken bir şeydir. İnsanlar sizin güvenilir, bilgili, yeterli, kendinden emin biri olduğunuzu düşünmeye başladıklarında, size daha çok güvenirler.

Ama eğer gücünüzü başkalarıyla *birlikte* kullanmak yerine, başkalarının *üzerinde* kullanırsanız hem satışı, hem de arkadaşlarınızı kaybedersiniz. Gücü insanlarla birlikte kullanmak, size sağlamlığı ve karizmayı getirir. Başkalarının üzerinde kullanmak ise, genelde geri çevrilir ve eğer onları kontrol etmeye çalışırsanız sizden uzaklaşırlar.

Son dönemde yapılan "Güç ve İktidar İlişkileri" konulu bir araştırma;

hemşirelerin % 95'inin, doktor onayladıysa, hastayı öldüreceğini bildikleri dozlarda ilaç vermeye razı olduklarını gösterdi. Bu, güçtür.

Bir ürünü satarken, uzman tarafın siz olduğu varsayılır. Eğer ürününüzle ilgili bilinecek her şeyi biliyorsanız, insanlar size başvurur. Fark ettirmeden müşterinin bu ürünle ilgili danışabileceği en etkin kişinin siz olduğunu onun aklına sokun. Şirketteki en iyi kişi sizsiniz. İnsanlar üstteki kişiyle konuşmayı severler.

Otomobil tamircileri "güçlü kişiler" olarak tanınmayabilirler. Ama otomobiliniz bozulduğunda en güçlü kişiler onlar oluyor, öyle değil mi? Çünkü sorununuzun çözümü onlarda. Eğer çözümü basit gösterselerdi, güçlü gözükmezlerdi. Birçok kişinin dilenci gibi ya da sıkıntı kaynağı olarak algılanmasının nedeni, gücü nasıl kullanacaklarını bilmemeleridir.

Alıştırma: Müşterinizin, alanınızdaki en yetkili ve bilgili kişilerden biri olduğunuzu düşünmesini nasıl sağlarsınız? Sıradan bir satış elemanı olmadığınızı düşünmesini nasıl sağlarsınız?

9

Etkilemede Dalgalanmanın Sırrı

İnsanları etkilemede dalgalanma, en iyi saklanmış sırlardan biridir. Etkileme ve ikna etme gurularının hiçbiri bundan bahsetmez ve zaten çok kimse büyük ihtimalle bundan habersizdir.

İnanç ve davranışlardaki dalgalanmayı anlayabilen insanların çok azı bunu paylaşmak ister. Çünkü inanç ve değer yargılarında dalgalanmayı anlamak, insanları anlama ve ikna etmenin anahtarıdır.

İnsanlarda dalgalanmayı öğrenirken, şunu aklınızda tutmanızı istiyorum:

Ana fikir: "Evet", gerçek bir karar değildir. Teklife, belli bir zamanda ya da yerde geçici olarak verilen onaydır ve *sizin bunu değerlendirmeniz gerekir.*

Eğer aynı soruyu 5 dakika önce ya da sonra sorsaydınız, soru ne olursa olsun büyük ihtimalle farklı bir yanıt alacaktınız.

16 ya da 26 yaşında, bir başkasıyla samimiyet kurmak üzere olduğunuz zamanları hatırlıyor musunuz? Kalbiniz hızla atıyordu. Hamile kalabileceğinizi, karşınızdaki kişiyi hamile bırakabileceğinizi,

AIDS ya da başka bir hastalık kapabileceğinizi biliyordunuz. Hiçbir zaman korunmasız, hatta evlilik öncesi ilişkiye girmeyeceğinizi düşünürdünüz. Nedeni ise aşağıda saydıklarımızdan herhangi biri olabilirdi:

- Bunun yanlış olduğunu düşünüyordunuz.
- Dininize aykırıydı.
- Hayatınızı tehlikeye atacak bir hastalık kapma riskine asla girmezdiniz.
- Hamile kalma riskini asla göze alamazdınız.
- Cinsel ilişkiye girmek için evlenene kadar bekleyeceğinizi düşünüyordunuz.
- Doğru kişiyi bekliyordunuz.

Bunları hatırlıyor musunuz? İnançlarınız güçlüydü, adeta bir kayaya yazılmıştı, bunlardan herhangi biriyle ilgili nutuk bile verebilirdiniz.

Ama o dakika geldiğinde, asla yapmayacağınızı düşündüğünüz şeyleri yaptınız. Üzerinde düşündüğünüzde, siz de şaşırdınız. Hatta belki şok oldunuz. Şimdi, yaptığınızın doğru olduğunu kendinize kanıtlamanız ya da eskiden inandıklarınızın yanlış olduğunu düşünmeniz gerekiyor. Tam bir karmaşa, hatırlıyor musunuz?

Gelin o gün neler olduğunu inceleyelim:

1. Uzun zamandır güçlü, yoğun, değişmez bir inancınız vardı.
2. İnandığınızdan farklı şekilde asla hareket etmeyeceğinizi biliyordunuz.
3. Yalnızca birkaç dakika içinde, belki de hayatınız boyunca sadık kaldığınız bir inancı yok saydınız.
4. Daha sonra kendinizi gerçekten tanıyıp tanımadığınızı sorguladınız. Hatta daha da kötüsü, sizi tanımlayan bir inanca, fikre bu kadar kolay ihanet ettiğiniz için kendinizi suçlu hissettiniz.

Daha önce, bu konuyla ilgili inançlarınızda hiçbir dalgalanma yaşanmamıştı. Neye inandığınız ve nasıl hissettiğinizle ilgili daima kendinizden emindiniz. İnandığınız için farklı bir şekilde asla hareket etmeyeceğinizden emindiniz. Bu 1960'lı yıllarda insanoğlunun Ay'a çıkması kadar imkansızdı.

Ama sonra bunu yaptınız.

Bu nasıl mümkün olabildi?

Dalgalanmayı anlatmaya bu uç örnekle başladım; çünkü bu örnekte, olayın yaşanmasından birkaç dakika öncesine kadar hiçbir dalgalanma yok. Ama bir anda farklı fikirler ortaya çıkmaya başlıyor ve bu genelde çok korkunç oluyor, çünkü birdenbire birbirine zıt düşünceler akla gelmeye başlıyor. Emin olamıyorsunuz. Güçlü duygular ve hisler, "mantıklı" diyebileceğimiz düşünceleri yeniyor. Sonunda birkaç dakikalık dalgalanmanın ardından, bir ömür boyu inandığınız şeyleri bir kenara bırakıyor ve tamamen farklı şekilde hareket ediyorsunuz.

Bu durumda önce dalgalanma yok, daha sonra çok şiddetli bir dalgalanma yaşanıyor ve genelde buna kararsızlık, kafa karışıklığı da eşlik ediyor. Sonuçta belli bir davranış sergileniyor. Bu davranışın ardından kişinin kendisini "tam" ve kendisiyle uyumlu hissetmesi için bir şeylerin olması gerekiyor. Kişinin hareketini rasyonalize etmek için ya yeni inançlar geliştirmesi, ya eskileri kötülemesi ya da "olay sırasında kendini kaybettiğini" söyleyerek, eski davranış şekline geri dönmesi gerekiyor. Davranıştan sonra yaşanan dalgalanma, genelde en az davranış öncesindeki kadar şiddetli ve yoğun oluyor. Dalgalanmanın, karar vermeyle ilgili her durumda devreye girdiğini tah-

Güçlü düşünceler ve hisler, "mantıklı" diyebileceğimiz düşünceleri yeniyor. Sonunda birkaç dakikalık dalgalanmanın ardından, bir ömür boyu inandığınız şeyleri bir kenara bırakıyor ve tamamen farklı şekilde hareket ediyorsunuz.

min edebilirsiniz.

Her türlü görüşme, iletişim, karar sürecinde, *keyfi bir karar verme noktası* oluşturulur. "Bugün alırsanız size % 10 indirim yaparım" ya da "Ayın 31'ine kadar karar çıkmazsa başkasıyla anlaşacağım" gibi cümleler kurarsınız. Bir karar alınması gerekir ve muhtemelen alınacaktır. Bazı durumlarda açıkça doğru olan kararı almakta zorlanırsanız, durum daha da vahim hale gelebilir. Mesela, hız yaparken yakalandığınızda polisin "dur" ihtarına uymamak aptalca olacaktır. Sonuç olarak, bilincin kullanılması gereken tüm kararlarda (birçok karar değil bilinçli düşünce, üzerinde düşünülmesini bile gerektirmez) insanlar, kendilerini farklı yanıtlar arasında dalgalanırken bulurlar, bu genellikle karar vermeden hemen önce yaşanır.

İnsanların iki seçenek arasında bir türlü karar veremedikleri bir durumda, saat 17.00 ile 17.05'de birbirinden tamamen farklı yanıtlar verebileceklerini unutmayın. Böyle kararlar alma aşamasında insanlar resmen her dakika fikir değiştirirler. İnsanların, biraz önce verdiğimiz seks örneğindeki gibi çok kesin inançları yoksa, kararlarında sürekli dalgalanma yaşarlar. Bir öyle, bir böyle. Bir öyle, bir böyle. Zaman zaman kararlarının yoğunluğu da değişebilir. "Hayır, kesinlikle olmaz" yanıtından, ertesi gün "Bilmem, belki" yanıtına geçebilirler. Bir sonraki gün ise, "Zannetmiyorum, ama mümkün" diyebilirler.

Karar verme süreçlerinde sarkacın bir o yana, bir bu yana gittiğini adeta izleyebilirsiniz. Bizim konumuz için daha da önemli olan şey ise, dalgalanmanın günden güne değişen değil, dakikadan dakikaya değişen bir şey olması.

Denkleme yeni bir veri eklenmediği müddetçe, dalgalanma sonsuza kadar devam edecektir. Zaten yeni bir veri de, değişmeye ve dalgalanmanın bir parçası olmaya mahkumdur.

Bir şeyi yapmaya ikna olduğumuzda, kısa vadeli davranışlarımızda değişim yaşanır. İnsan bir şeyi yapacağına, bir başka şeyi yapar. Bir şeye inanacağına, başka şeye inanır. Ancak insanlar en güçlü duyguları bile değiştirebilirler ve genelde değiştiriyorlar. Kişi inancını ne kadar çok insana açıkladıysa, bu inancın korunma olasılığı o

Henüz açıklanmamış görüş ve inançların, ikna etme teknikleriyle değişme olasılığı ise daha yüksektir.

kadar artar. Henüz açıklanmamış görüş ve inançların, ikna etme teknikleriyle değişme olasılığı ise daha yüksektir.

Diyete başlayan ve bir yandan aerobik derslerine giden kişilerin, diyete devam etme şansları derslere devam ettikleri müddetçe artar. Dersleri bıraktıkları anda, diyetten de vazgeçip eski alışkanlıklarına dönme olasılıkları çok yüksektir.

Bir kişinin çevresinde onunla ilgili fikri olanların sayısı ne kadar fazla ve bu kişi için bu fikirler ne kadar önemliyse; kişinin onaylanma, bu yeni fikirlerle uyumlu olma arzusu ve olasılığı o kadar artacaktır.

Anahtar Soru: Bir kişiyi ikna ettikten sonra olacağını tahmin edebileceğimiz herhangi bir şey var mı?

Evet. Bir kişi bir şeye ikna edildiğinde, dalgalanma nedeniyle pişman olacağı biliniyor. Bu nedenle bazen siparişlerini iptal ettirebilir ya da kabul ettikleri bir işi geri çevirebilirler.

Bu olasılığı, karşınızdaki kişinin, henüz kararını kesinleştirmeden önce, muhtemel pişmanlığını göz önünde bulundurmasını sağlayarak ortadan kaldırabilirsiniz. Böylece, duyguları ya da inançları tekrar değiştiğinde buna hazırlıklı olacaklar ve daha az yoğun bir şekilde tepki göstereceklerdir.

11 Eylül saldırılarından hemen sonra İkiz Kuleler'e çıkan ve binalar çökünce burada ölen kişiler ikna edilmek zorunda kaldı mı? Dalgalanma yaşadılar mı?

Muhasebecinizi vergilerinizi hesaplaması için işe alırsınız.

Aşçıların işi yemek yapmaktır.

Polisler sosyal güvenliği korur.

Peki ya bir uçak, saldırmak amacıyla bir binaya çarptığında ne oluyor? Herkes aşağı inerken, merdivenlerden yukarı çıkan itfaiyecinin aklından neler geçiyor?

Bunu tam olarak bilmek elbette mümkün değil. Hayatta kalan itfaiyeciler bile, yaşanabilecek en büyük felaketlerden birinde ne düşündüklerini ancak şimdi, hayal meyal hatırlayabildikleri kadarıyla anlatabilirler. İtfaiyeciler felaketlerle mücadele etmek için eğitim alırlar. Ama genelde kendi güvenliklerini nasıl sağlayacaklarını bilirler. Saldırı sırasında Dünya Ticaret Merkezi'ne girmek ise çok farklı bir durumdu.

Dünya Ticaret Merkezi'nde sıkışan kişilerin birçoğunun sevdikleri kişileri aradığı biliniyor. Pennsylvania'da, daha büyük bir zarar vermemesi için yolcuları tarafından kahramanca düşürülen uçakta da aynı şey yaşandı. Böyle sıra dışı durumlarda dalgalanmanın büyük ihtimalle yaşandığını biliyoruz. Sevdiğiniz kişilerle olma arzusu, yaşama arzusu. Hayatınızı istediğiniz gibi yaşayabilme ve sevdiğiniz işi yaparken ölme arzusu. Bence dalgalanma yaşandı, ama görev bilinciyle hızla yok sayıldı.

Savaş gazileri de şüphesiz aynı düşünceleri, duyguları, dalgalanmaları yaşadı. Peki ya daha önemsiz konular? Bir otomobili almak? Bir buluşma teklifine "evet" ya da "hayır" yanıtı vermek. Bir evlilik teklifini kabul etmek ya da etmemek?

İnsanların, amaca ya da büyük güne yaklaşıldıkça (düğün günü, işe başlama günü gibi) daha fazla pişmanlık duyduğunu gösteren birçok kanıt var.

İnsanoğlu özgürlük şansını kaybettiğinde korku ya da endişe duyar. Bu nedenle balık mı, tavuk mu yiyeceğine karar vermek bu kadar zordur. Karar verme anı yaklaştıkça, konu *yemek* gibi basit bir şey bile olsa, kişi endişeden, kararsızlıktan hareket edemez hale gelir.

Ancak dalgalanma tam olarak kararsızlık sayılmaz. Dalgalanma, sonucu belli olmayan durumlara verilen normal bir reaksiyondur.

Ancak dalgalanma tam olarak kararsızlık sayılmaz. Dalgalanma, sonucu belli olmayan durumlara verilen normal bir reaksiyondur.

- Dalgalanma, iki veya daha fazla seçenek arasında gidip gelmektir.
- Karar verme anı yaklaştıkça, bu gidip gelmeler de şiddetlenir.
- Bu sırada korku ve endişe de artar.
- Özgürlüğü gelecekte kısıtlayabilecek bir karardan uzaklaşma arzusu, karar anı yaklaştıkça şiddetlenir.

İki adama aşık olan bir kadın A erkeğini seçiyor. (Size öğretilenlerin aksine erkekler kadınları değil, kadınlar erkekleri seçer.) "Hayatımın geri kalanını Andrew ile geçireceğim" diyor. Ancak Andrew ile evlenme günü yaklaştıkça, hata yapıp yapmadığını düşünmeye başlıyor ve diğer erkeği, Bill'i yeniden değerlendiriyor. Bill'i terk eden oydu, ama şimdi düşününce, Bill daha iyi bir seçenek gibi gözüküyor.

Bu dalgalanmayı yalnızca kadınlar yaşamaz. Annem bana daima, kadınların fikir değiştirebilmesinin bir ayrıcalık olduğunu söylerdi. Ben bunun çok kötü bir bahane olduğunu düşünürdüm. Meğerse doğruymuş. Ancak yalnızca kadınlar için değil, herkes için! Birçok insan, kararının sonuçlarıyla karşılaşma anı yaklaştığında ya da diğer seçenekleri geri çevirdiğinde fikrini değiştirme eğiliminde olur.

Bu dalgalanmalar bazen dış dünyaya yansıtılır, bazen de yansıtılmaz, ama zihinde mutlaka yaşanırlar.

Fink, Kaplowitz ve Hubbard'a göre (2002), ikna edenin güvenilirliği arttıkça dalgalanma da artıyor. Bir kişi inandırıcı olduğunda ve karşısındakinin halihazırdaki düşüncelerine ters bir şey söylediğinde, güvenilirlik kritik bir mesele haline gelir.

Mesajın ne kadar güçlü olduğu da önemlidir. İyi sunulan bir soru, insanların kendi zihinlerindeki seçenekler arasında gidip gelmelerine neden olacaktır. Bunun iyi bir örneği, ABD Başkanı George W. Bush'un 2003 yılındaki geleneksel konuşmasında yaşandı. O sırada Kongre'yi ve Amerikan halkını Irak Savaşı'na ikna etmeye çalışıyordu. Elinde çok net veriler olmadığı için, mantıklı bir düşünce dizini sundu; "Irak'ta 30 bin adet füze vardı. Bunların 16'sı bulundu. Geri kalan 29 bin 984 nerede?" diye sordu. Gerçekten, bu füzeler neredeydi? Strateji işe yaradı. Halkın % 84'ü konuşmayı beğendiklerini söyledi. Şüpheler vardı (şüphe dalgalanmanın vazgeçilmezlerinden biridir) ve daima da olacak, gerçekleri hiçbir zaman tam olarak bilemeyeceğiz. Ama burada önemli olan şu: İyi sunulmuş bir argüman dalgalanmaya neden olur. Argüman ne kadar kuvvetli olursa, dalgalanmanın sıklığı ve şiddeti de o kadar artar. Yani, argümanınız ne kadar kuvvetli olursa, kişi farklı fikirler arasında o kadar gidip gelecek ve her iki fikri de akla yatkın bulmaya başlayacaktır.

Dalgalanma, seçeneklerin önemi büyük olduğunda yaşanır. Bir kişi işinden nefret edebilir, ama bu işte, girebileceği başka bir işten çok daha fazla maaş aldığı için gelirini korumak ister.

Kalmak	*Gitmek*
İşten nefret ediyor, ama iyi para kazanıyor.	Daha az para, ama daha eğlenceli bir iş.

Bu önemli bir konu ve bununla ilgili dalgalanma saatte, günde, ayda ve yılda defalarca yaşanabilir. Dalgalanma, kişi için çok da önemli olmayan durumlarda fazla yaşanmayacaktır. Bir milyoner, kahvenin 2 dolara mı, yoksa 1 dolara mı satıldığını neden umursasın? Büyük ihtimalle umursamaz, dolayısıyla kahve alıp almamak konusunda dalgalanma yaşamaz. Genel olarak baktığımızda, bir konunun dalgalanmaya neden olması için, önemli olması gerekir. Zaten dalgalanma yaşadığınızda, parçalandığınızı ya da iki farklı yöne çekildiğinizi hissedersiniz.

Genelde dalgalanma, riski de beraberinde getirir. Para kazandığınız işte kalmak, hayattan zevk almama riskini taşır. Başka bir işe geçmek ise, hayat standardınızı koruyamamanız anlamına gelir. İnsanlar bir şeyin önemli olduğu, yani hem değişimin, hem de statükonun riskli olduğu durumlarda dalgalanma yaşar.

10

Akıl Okuma: Ne Düşündüklerini Nasıl Bileceksiniz?

Bu bölümde, insanların ne düşündüğünü anlama konusunda bugüne kadar büyük bir gizle sakladığım metotları sizinle paylaşacağım. Düşünceyi saptamak için kullandığım en iyi yöntemlerden birini ve ikna etmedeki anahtarlardan birini sizinle paylaşacağım.

Ben insanların ne düşündüğünü bilmeyi seviyorum.

Tahmin etmek istemiyorum.

Bilmek istiyorum.

Bunu bildiğiniz zaman, karşınızdaki kişiye işte ve hayatta istediğini elde etmesi için yardımcı olabilirsiniz. Bunun için uzun süre uğraşmak yerine, hızlı bir şekilde herkes için iyi olan sonuçlar elde edebilirsiniz. Aslında hepimiz bunu isteriz. Birçok insan herhangi bir ortamda iletişim kurmak zorunda olduğunda çok büyük korku duyar. Yani üzülmekten korktukları için, duygu ve düşüncelerini açığa vurmaktan çekinirler. Ancak insanların duygu ve düşüncelerini saklaması, iletişimi çok zor hale getirir. Dürüstlük bozulur ve sonuç herkes için zayıf olur. Bunu hayatın her alanında gözlemleyebilirsiniz.

İnsanlar, size ne hissettiklerini ya da ne düşündüklerini söylemediklerinde, bu düşünceleri keşfetmek ve hesaplamak için farklı yöntemler kullanmalısınız.

Bunun için vücut dilinden, evrimsel psikolojiden, psikobiyolojiden, kültürel inançlardan, dinsel inançlardan, toplumsal baskıların kişiyi nasıl etkilediği gibi verilerden yararlanabilirsiniz. Buna, kişinin daha önceki davranış ve deneyimlerini de eklediğinizde, neredeyse herkesin düşüncelerini net olarak bilebilirsiniz.

Daha geniş boyutta baktığımızda grupların, hatta toplumların davranışlarını ve eğilimlerini aynı araçlarla tespit edebilirsiniz.

Bir kişiyi ya da grubu ne kadar iyi tanıyorsanız, onları ikna etmeniz o kadar kolaylaşır. Bu kadar basit!

Bu, ilişkiler için de, aile için de, satış ve iş hayatı için de, terapistler için de ve birbirleriyle ilişkide olan ülkeler için de böyledir. "İstihbarat" çoğunlukla sapla samanı birbirinden ayıran unsurdur.

Etkilemenin etik boyutu da, en çok müşterinizle ilgili güçlü istihbaratınız olduğunda devreye girer. Bilgi potansiyel bir güçtür ve iyilik adına kullanılabileceği gibi, kötülük adına da kullanılabilir. İkisi arasındaki çizgi her zaman belirgin değildir ve çok kolay değişebilir.

Müşterinizle ilgili çok iyi istihbarata sahip olmadığınız müddetçe, ikna etme olasılığınız rasgele şanstan öteye geçemez. İyi istihbaratınız olduğunda, ikna etme açısından muhteşem sonuçlara ulaşabilirsiniz. Eğer bunun iş dünyasında önemli olduğunu düşünüyorsanız, ilişkilerde de ne kadar önemli olabileceğini hayal etmeye çalışın.

Ancak istihbarat konusuna daha detaylı girmeden önce, işin etik boyutunu ele almak istiyorum. Etkileme istihbaratla birebir ilgilidir, ama eğer dikkatli olmazsanız, ikna etmenin etik boyutunda çok ciddi hatalar yapabilirsiniz. "Ya karşılıklı kazanalım, ya da anlaşma

Bir kişiyi ya da grubu ne kadar iyi tanıyorsanız, onları ikna etmeniz o kadar kolaylaşır.

yapmayalım" sözü yalnızca bir slogan değil. Uzun süreli dostlukların temelinde, iki tarafın da çıkarına olan anlaşmalar yatar.

Şimdi size açıklayacağım kuralları uygularsanız, satışlarınızı neredeyse ikiye katlayacağınıza, müşterilerinizin sayısını artıracağınıza bahse girerim. (Dikkat edin; satışlarınızın % 10 artacağını söylemedim, neredeyse ikiye katlanacağını söyledim.)

En sevdiğim filmlerden biri "John Doe'yu Tanıyın"dır. 1941 tarihli bu siyah-beyaz filmin başrolünde Gary Cooper oynamaktadır. Film, Nazizm ve ırkçılığın Avrupa'da yayıldığı bir dönemde, Amerika'daki faşizm yandaşlarına verilmiş bir yanıt olarak çekilmiş ve gerekli mesajı da başarıyla iletmiştir.

İşini kaybetmek üzere olan genç bir muhabir (Barbara Stanwyck), dünyadan tiksindiği için Noel gecesi intihar etmeyle karar veren bir adam hakkında yalan bir haber yapar. Gazeteye "gönderilen" düzmece intihar mektubu, "John Doe" imzalıdır. Muhabirin, işini kurtarabilmek için hayalinde yarattığı bu adamı bulması gerekmektedir. Birkaç kişiyle konuştuktan sonra nihayetinde evsiz bir adamı John Doe (Gary Cooper) olmaya razı eder.

John Doe, bir anda iyi bir komşu olmak, insanlara güven duymak, başkalarına yardım etmek gibi değerlerin sembolü haline gelir. Hatta başkanlığa bile aday gösterilir. Olanlardan rahatsızlık duyan, ancak bu numaradan kendini sıyıramayan John Doe, geniş bir dinleyici kitlesi karşısında hayatının konuşmasını yaparak her şeyi itiraf eder. Bir sahtekar damgasıyla yaşayamayacağına karar vererek, gerçekten intihar etmeye kalkıştığı sırada, hayranları tarafından kurtarılır. Bir kadının işini kurtarmak için başlattığı sahtekarlık, mükemmel bir iyilik hareketine dönüşür. Evsiz bir adamın John Doe rolünü oynamayı kabul etmesi, iç dünyasında, kendi iyiliğiyle ülkenin, hatta dünyanın iyiliği arasında bir karar vermesini gerektirecek bir çatışma yaratır.

İki paragrafta bu filmi, filmde gündeme getirtilen etik meseleleri anlatmanın olanağı yok. Benim önerim, bu iki saatlik filmi edinerek savunduğunuz tüm etik değerleri gözden geçirin. Bunu yaptığınıza pişman olmayacaksınız.

- İnsanlar hak ettikleri mutluluğa kavuşamıyorlar.
- Birçok kişinin özgüveni yalnızca ortalama miktardadır.
- Kadınların üçte ikisi, erkeklerin ise üçte biri fiziklerinden hoşnut değildir.
- Neredeyse herkesin geri çevrilme ve istenmeme korkusu vardır.
- Neredeyse herkes yaşlanmaktan korkar.
- Herkes, acı ve üzüntüden kaçmak için elinden geleni yapar ve acı çekiyorsa, bundan kurtulmak için elinden geleni ardına koymaz.
- İnsanların bilinçli tüketici olmaya vakti yoktur. Bu yüzden alışveriş yaparken fazla karşılaştırma yapmazlar.
- İnsanlar bir şeye karar verdiklerinde, bunu hemen elde etmek isteyeceklerdir. Genel kural olarak; ödüllerini, olumlu şeyleri hemen isterler.
- Birçok kişi, kredi kartı kullandığında gerçek para harcadığının hâlâ farkında değil.
- İnsanlar kendilerini başkalarına iyi gösterecek kararlar almak isterler.

Bunlar, yirmi birinci yüzyıldaki sıradan insanların genel özelliklerinden yalnızca birkaçı. Üstelik bunlar evrensel kurallar, çünkü hepimizin genlerinin kaynağında aynı şeyler var ve insan ilişkilerinde benzer davranışlar sergileme eğiliminde oluyoruz.

Bunların farkında olduğumuzda, müşteriye ürünümüzü nasıl satıyoruz? Dünyanın en büyük şirketlerinin kullandığı bu ipuçlarını, kendi kısıtlı bütçemize nasıl uyarlayabiliriz? Müşteriyle konuştuğumuzda bizi dinlemelerini nasıl sağlayabiliriz? Ne düşündüklerini ve hissettiklerini nasıl bilebiliriz?

Karşımızdakinin ihtiyaçlarını, isteklerini, arzularını bildiğimizde, onlara yardımcı olabileceğimizi anlamalarını sağlayacak bir mesaj hazırlayabiliriz. Onlara sıkıntılarından kurtulmanın, daha iyi hissetmenin ve çevrelerine iyi bir seçim yaptıklarını göstermenin yolunu sunabiliriz. İşte tüm bunları sağlamak için kendinize uyarlayabileceğiniz iyi bir plan:

1. Müşterinize şu mesajı verin: Bugünkü durumunuzdan, kimliğinizden ve hissettiklerinizden memnun değilsiniz. Ama bu değişebilir ve kendinizi harika hissetmeye başlayabilirsiniz.
2. X ürünü/hizmeti sizin gibi birçok kişiye yardımcı oluyor.
3. Bir kez deneyin. Kaybedecek hiçbir şeyiniz yok, ama eğer ki işe yararsa, her şey sizin olacak!
4. İnsanlar, bu ürünü/hizmeti kullandığınız için size saygı duyacak ve sizi daha fazla sevecekler.
5. Geleceğinizi hak ettiğiniz şekilde hayal edin. Bu ürünü kullanarak hedeflerinize ulaşabilir, hayallerinizi gerçek yapabilirsiniz.
6. Bu ürün/hizmet garantilidir. Bu yüzden hemen şimdi, korkmadan, güvenli bir seçim yapabilirsiniz.
7. Bu üründen/hizmetten faydalanmak için kararınızı hemen verin. Çünkü yalnızca Y sayıda kişi bu kampanyadan yararlanabilecek. Tek yapmanız gereken...

Elbette, tüm pazarlama mesajlarında bu maddelerin hepsi kullanılmıyor. Ama benim yaptığım pazar araştırmaları, yukarıdaki modelin ortalama insana hitap ettiğini ve bu kişilerin ürünü satın almak için harekete geçmelerini sağladığını gösterdi.

Şimdi sıra sizde! Bu modeli kendi ürününüze/hizmetinize nasıl uyarlayabilirsiniz? Daha doğrusu, bu modeli uygulamaya hemen bugün mü başlayacaksınız, yoksa yarına kadar bekleyecek misiniz?

Karşımızdakinin ihtiyaçlarını, isteklerini, arzularını bildiğimizde, onlara yardımcı olabileceğimizi anlamalarını sağlayacak bir mesaj hazırlayabiliriz.

11

Bunu Düşüneceğim

Bu ne demek?

Bu, karşınızdaki kişinin herhangi bir konuyla ilgili yeteri kadar rahat olmadığını gösteriyor. Ama nedenini tam olarak bilemezler, çünkü bu yalnızca bir duygudur, yani her şeye hazırlıklı olmanız gerekir!

Gelin duyguları ve bunların ikna etme sürecindeki anlamlarını inceleyelim.

Sarkaç bir o yana, bir bu yana sallanıyor, yani dalgalanma süreci yaşanıyor. Sarkaç her dakika, bir saniye öncesinden farklı bir noktada... Böyle devam ederken tam ortada duruyor. Karşınızdaki kişi, "Bilmiyorum. Belki..." diyor.

Bilinçdışı, hayatta kalma güdülerini bazen başarılı, bazen de çok başarısız bir şekilde kullanır. Bilinçdışı, bilinçten çok farklı hareket eder. Bir otomatik pilot gibidir. Temelde duruma yavaş yavaş adapte olan tetikleyici/tepki veren bir mekanizma olduğu söylenebilir. Bilinç ise düşünen, hesap yapan ve karar veren bir bilgisayardır. Ama bu kararlar bir bedel karşılığında verilir. Bilinç, birçok seçenek arasında mücadele halindedir ve bunlardan birinin ortadan kalkması bile, özgürlüğün tehdit altında olduğu hissini yaratır. İnsanların, "İçimde kötü bir his var" ya da "Emin değilim" gibi cümleler kurmasına da bu neden olur.

İnsanların ve hayvanların seçeneklerini azaltmak, onlar adına çok rahatsız edici bir şeydir. Özgürlüğünün kısıtlandığını görmekten herkes nefret eder. Seçenekler çokken, yani kaçış yolları varken statükoyu seçmek rahattır. Statükoyu seçmek rahat olduğundan, onu değiştirmek için bir neden yoktur. Birçok hayvan avlanırken, bu temel prensipten yola çıkar. "Kendilerini rahat ve güvende hissetsinler, böylece ben de onları avlayabileyim" diye düşünürler. İnsanlar kendilerini iyi ve rahat hissettiklerinde, mutlu olduklarını zannederler. Ancak, bunun yalnızca bir yanılgı olduğu elbette kısa sürede ortaya çıkacaktır. Bugün rahat hissetmekle, uzun vadede mutlu olmak arasında hiçbir bağ yoktur. Hatta durumun, bunun tam tersi olduğunu rahatlıkla savunabiliriz.

Peki "evet" yanıtını almaya çalışmak, bir hayvanı avlamakla aynı şey mi? Eğer öyleyse bu korkunç bir durum! Ama gerçekten birini öldürmediğiniz müddetçe, böyle bir karşılaştırma yapmak anlamsız olur.

Ne yazık ki, insanlar her türlü değişikliği bilinçaltında bir tehdit olarak algılar.

Diyelim ki biri sigarayı bırakmak istiyor. Bilinçli şekilde düşündüğünüzde bunun tereddüt edilecek bir yanı bile yok: Sigara içtiğiniz her gün akciğer kanseri riskiniz daha da artıyor ve ölüm kaçınılmaz hale geliyor. Ama bilinçdışında, sigara içmek beynin adaptasyonlarından biri olarak algılanıyor. Fazla yemek yemek gibi. Fakir insanların nasıl obez olabildiğini hiç düşündünüz mü? İyi hissetmek

Ne yazık ki, insanlar her türlü değişikliği bilinçaltında bir tehdit olarak algılar.

ve kolay kolay bir yerden bir yere götürülemeyeceklerini düşünmek istiyorlar. Bunu mantıklı bir düşünce diziniyle çözebileceğinizi mi düşünüyorsunuz? Bu oldukça zor. Çünkü bu tip düşüncelerin mantıkla hiçbir ilişkisi yoktur. Bir kişinin duyguları, sizin en etkili şekilde uyguladığınız ikna etme taktiklerini bile yerle bir edebilir.

Sigara içebilme serbestisini ortadan kaldırın, tiryakinin deliye döndüğünü göreceksiniz. İstediği kadar yeme özgürlüğünü elinden alın, karşınızdaki kişinin adeta çıldırdığına tanık olacaksınız. Böyle hissetmemeleri gerektiğini biliyorlar, ama ellerinden bir şey gelmiyor. Dwoskin'in "Sedona Yöntemi" adlı kitabında kızgınlık, korku, utanç gibi duygulardan kurtulmanın yolları anlatılır. Neden? Çünkü bu duygular insanları bitirir. Hayatları mahvetme potansiyeli olan belirsiz göstergelerdir. Üstelik hayatınızda her şey kötüye giderken ve siz kendinizi olabildiğince kötü hissederken felaket iki kat kuvvetlenir. Birçok kişi duygularına güvenmesi gerektiğini düşünür. Eğer duygularınıza güvenirseniz hayatınızın birçok bölümünde başarısızlığa mahkum olursunuz.

Şu anda, deneyimlemediğiniz bir şeye asla ikna olmazsınız ve bu koşullarda karşınızdaki kişiyi ikna etmek de çok zordur. Yani hayatınız boyunca statükoya bağlı kalırsınız. Duygular hayatın barometresi olamazlar. İyi veya kötü olanı ölçemezler; uzun süreli mutluluğun, hatta üzüntünün bile göstergesi olamazlar. Duygular yalnızca, bilinçdışının eski deneyimlerinin ve genetik programlamanın barometresi olabilirler.

Birini ikna etmeye çalıştığınızda ise, bu kişinin bilincinin teklifinizi değerlendirip "evet" diyeceğinden, ama bundan hemen sonra bilinçaltının etkisiyle muhtemel pişmanlıklara kapılacağından emin olabilirsiniz. Yani önce "evet", sonra "hayır" derler.

Şimdi karşınızdaki kişi size güvenmiyor, hatta onu manipüle ettiğinizi düşünüyor. Bu doğru mu?

Bir kişinin, istifa ettikten hemen sonra 25.000 dolarlık bir otomobil aldığına hiç şahit oldunuz mu? Bu noktada tek yaptıkları seçeneksiz olmadıklarını hissetmeye çalışmaktır. Otomobil sektöründeki herkes otomobil satın almanın geri dönüşü olmadığını bilir. Bu nedenle insanlar istifa eder etmez, hâlâ paraları varken otomobili alırlar ve kısa süre içinde bütün paralarını bitirirler. Bu elbette hiç mantıklı değil, ama zaten böyle bir karar alınırken mantık devreye bile girmez. İnsanların bu tip duygularını içgüdüler ve bilinçaltının davranışsal tetiklemeleri şekillendirir. Bir konuda kuvvetli hisleri olduğunda hemen harekete geçmeleri gerekir, bunun dışında da hiçbir şeyin önemi yoktur!

İkiz Kuleler'in yıkılmasına bu güdüler neden oldu. Madrid'deki terörist saldırılarda trenlerin havaya uçmasına duygular neden oldu. Teröristler, kendi duygularının haklı olduğuna emindiler, bu yüzden de doğru şeyi yaptıklarını "biliyorlardı". Tarih, her birkaç günde ya da yılda bir kendini tekerrür eder. 1999 yılında insanlar, "Bu kez farklı olacak" dediler, bir an önce borsada çok zengin olmak istiyorlardı. Böyle olduğu pek söylenemez öyle değil mi? Birçok kişi milyonlarca dolar kaybetti. Duygular. Tüm bunlar insanların duygularından kaynaklanan felaketler oldu ve zamanında bunları hissedenler için ters giden hiçbir şey yoktu.

Bir dahaki sefere birileri size, "Bu içime sinmiyor" ya da "İçimde kötü bir his var" dediğinde, bunları hatırlayın!

Gelelim gerçek olana:

Hayat ikna etmekten ve ikna olmaktan ibarettir.

İnsanların, duygulardan bir adım öteye gidip düşünmeye başlamaları ve hayatlarının kontrolünü ellerine almaları gerekir. İşte bunun önemli bir kısmı, ikna olmak (değişmek) ve ikna etmekle (değişimi sağlamakla) ilgilidir.

Ağzınızı neredeyse her açtığınızda, birinin sizin için bir şey yapmasını istiyorsunuzdur.

Size "evet" demelerini, rakibinize "hayır" demelerini ve sizden başka kimseyle iş yapmamalarını istiyorsunuz.

Beğendiğiniz kızın sizinle beraber olmasını, şimdiki erkek arkadaşını terk etmesini ve ömrünün sonuna kadar kendini size adamasını istiyorsunuz.

Sevdiğiniz adamın sizinle evlenmesini, ayaklarınıza masaj yapmasını, üstelik evin ekmeğini de getirmesini istiyorsunuz.

Mayonezi bile tabağınıza garsonun koymasını, yere düşürdüğünüz çatalın yenisini getirmesini, sonra da 100 doların para üstünü şikayet etmeden vermesini istiyorsunuz.

Çocuklarınızın, kıyafetlerini yerden toplamalarını, müziğin sesini kısmalarını ve derslerini çalışmalarını istiyorsunuz.

Bunların hepsi ikna etmekle ilgili.

Size, insanların bir şeyi yapmalarını nasıl sağlayacağınızı anlatan birçok kitap getirebilirim. İçlerindeki tavsiyelerin bazıları işe yarayacak, bazıları yaramayacaktır. Ama bunları denemek, sizi çoğunlukla aptal gibi gösterecektir.

Benim size teklifim şudur: İstediğiniz kişiyi 8 dakika ya da daha kısa sürede ikna edebilmek.

Ama işin zor kısmı burada başlıyor.

Size satış yapmayı, neredeyse tüm satışları yapmayı nasıl başaracağınızı gösterebilirim. Ama yalnızca bir kez.

Size o kızı elde etmeyi, neredeyse tüm kızları elde etmeyi nasıl başaracağınızı gösterebilirim. Ama yalnızca bir kez.

Size çocuklara lafınızı nasıl dinleteceğinizi gösterebilirim. Ama yalnızca bir kez.

Size harika hizmeti nasıl alacağınızı gösterebilirim. Ama yalnızca bir kez.

Ama bu ilk "evet" yanıtını aldıktan sonra, karakteriniz ve nasıl biri olduğunuz devreye giriyor. En zoru genelde ilk "evet" yanıtını almaktır. İkincisi ise daha kolay ya da daha zor olabilir, ama bu oyunun kuralları tamamen farklıdır. Karşınızdaki kişi, sizinle ilgili fikir ya da bilgi sahibi olduğunda, ikinci kez "evet" yanıtını alabilmek için tamamen yeni stratejiler uygulamanız gerekir. Elbette bunu nasıl yapacağınızla ilgili tavsiyeler de vereceğim. Ancak bu kitap, daha çok ilk "evet" yanıtını nasıl alacağınızı anlatıyor. İşin sırrı o kızın dikkatini diğer çocuktan kendinize çekebilmek. O şirketin rakiplerinizle değil, sizinle çalışmasını sağlamak. Ve siz bunu başaracaksınız.

Şaşırdınız mı?

Ben de şaşırmıştım.

Duygularla muhatap olmak zorundasınız.

İnsanların duygularının sizinle pozitif bir ilişki kurmasını sağlamak zorundasınız.

İster gerçek, ister hayal ürünü olsun, eğer sorunlarının çarelerini biliyorsanız, bu kişilerde pozitif duygular yaratmanız gerekiyor. Aksi takdirde çok daha büyük dalgalanmalar kaçınılmaz olur.

İnsanların pişman olacağını veya bunu öngöreceğini bilmeli ve buna karşı önlem almalısınız.

İnsanların sizinle iletişimde oldukları müddetçe, bilinçlerinin, büyük ihtimalle doğru olan kararı ve teklifinizle ilgili her türlü senaryoyu düşünen sallantılı bir sarkaçta olduğunu bilmelisiniz. Bu iki fikir arasında sürekli gidip geliyorlar.

Karşınızdaki kişinin size taahhüt vermesini sağlamalı ve kararının doğru olduğunu ona göstermelisiniz.

Birçok kültürde, karşınızdaki kişi size herhangi bir taahhüt verdiğinde, kendini bu yönde hareket etmeye mecbur hisseder. Etkilemede uzmanlaştığınızda, her türlü durumda hızlıca onay almanızı sağlayacak bir güce sahip olduğunuzu göreceksiniz.

"Hayır." Bu, "Düşüneceğim"den sonra duyulması en rahatsız edici kelimedir. Her iki durumda da, konuyla ilgili daha fazla düşünmek gibi bir niyet yoktur. Dolayısıyla harekete geçecekseniz, bu en iyi zamandır. Ya da belki "en iyi zaman", müşterinin "hayır" demesine izin vermeden 5 dakika öncesiydi.

Çoğu zaman -müşteri, garson ya da bir bayan- size basitçe "hayır" diyecektir. Ama aslında bununla herhangi bir şey kastetmiyorlar. Bu, gerçekten "hayır" ya da "büyük ihtimalle hayır" anlamına gelen tipik bir yanıt bile değildir. "Hayır" yanıtının tek anlamı, "Şu anda bilinçaltım çalışmıyor, yalnızca tepki veriyor ve beni durağan bırakan, rahat olmamı sağlayan yanıt 'hayır'"dır.

"Hayır" yanıtı yalnızca bir reaksiyondur.

Doktor dizinize vurduğunda, "Tamam, reflekslerim iyi çalıştığı-

En zoru genelde ilk "evet" yanıtını almaktır.

na göre doktor dizime hafifçe vurduktan sonra bacağımı birkaç santim kaldıracağım" diye düşünemezsiniz. Diziniz kendiliğinden reaksiyon gösterip hareket eder. "Hayır" der.

Elbette bu, tüm "hayır" yanıtlarının değiştirilebilir olduğu anlamına gelmiyor. Bazen müşteri, üzerinde düşündükten sonra ürününüzün ya da hizmetinizin onlara uygun olmadığına karar verir. O zaman "hayır" demek, gerçekten "hayır" anlamına gelir. Ama karşınızdaki kişi haklı veya haksız olabilir. "Hayır" yanıtını, "evet"e çevirmek hâlâ elinizdedir. Çünkü müşteri bu kez haksız olabilir ve elimizdeki bilgileri doğru şekilde sunarsak onu, doğru yanıtın "evet" olduğuna ikna edebiliriz.

Son olarak bir de iyice düşünülmüş ve haklı olan "hayır" yanıtları vardır. Bunlara çok sık rastlanmaz, ama eğer durum buysa bir kişiye işine yaramayacak ürünle ilgili ısrar etmenin anlamı yoktur, dolayısıyla ısrar etmezsiniz.

Bilinçdışı düşünmez ve karar vermez. Zaten tanımından da anlaşılacağı gibi bunu yapamaz. Alternatif bulma kapasitesi yoktur. Çevreyi ilk algıladığı haliyle yorumlar, harekete geçer, böylece korku ve sıkıntıdan korunmuş olur. Bilinçdışı neredeyse tüm insanların hayatındaki baskın unsurdur. Üstelik unutmayın, bilinçdışı düşünmeyi beceremez bile! Genler ve çevre koşulları tarafından programlanmıştır.

Otomobil kullanmak gibi, aynı anda yüzlerce karar aldığınız günlük olaylarda, bilinçaltı neredeyse daima doğru hareketleri yapar, sizin ve çevrenizdekilerin güvenliğini korur. Böyle durumlarda kişinin içgüdüleri genelde doğrudur. (İçgüdü, olaylara verdiğiniz ani reaksiyonlar ve bunlarla ilgili duygularınızdır, olaylara ilişkin *düşünce ve yorumlarınız* değil.) Yeni otomobil kullanmak gibi, tüm doğru kararları almakta çok daha az deneyimli olduğunuz durumlarda, reaksiyonlarınız ve bunlarla ilgili duygularınız da şüphe götürür hale gelir.

Şunu düşünün:

Bir kişi, bir grubun önünde her ayağa kalktığında alkışlanıyorsa, bunun rahatlığına alışır ve büyük ihtimalle gelecekte bunun beklentisini taşır.

Ya da eğer kişi her yalnız kaldığında kendini çok mutsuz hissediyorsa, daima insanlarla beraber olmanın yollarını arar. Bilinçdışı, elindeki durum ne olursa olsun buna ayak uydurur ve programlandığı gibi, korku ve sıkıntı hissinden korunmak için elinden geleni yapar. Bilinmeyene gelince... Statüko, çok zor ve acı veren bir durum olmadığı müddetçe, bilinmeyene tercih edilir.

Aslında statüko da, bilinç seviyesinde genelde bir sıkıntı kaynağıdır. Aynaya bakın. Eğer şişmanlığınızı fark edebiliyorsanız, bilinciniz bundan rahatsız demektir. Yemek yemek kişiyi besler ve bilinçaltı bundan korku ya da sıkıntı duyana kadar herhangi bir önlem alma gereği duymaz. Bilinçdışı yağ tabakasını rahatsız olunacak ya da korkulacak bir şey olarak görmez. Bu konuda herhangi bir deneyimi yoktur. Bu nedenle statüko şişmanlığı kabul eder. Statükonun var olduğu durumlarda bilinçdışını yenmek, çok büyük çaba sarf edilmesini ve içsel bir baskı mekanizmasının devreye sokulmasını gerektirir.

Bazen de bilinç, bilinçaltının otomatik olarak verdiği "evet" yanıtını bastırmak için "hayır" der.

Herkes, bir dilim daha kek yemek istediği halde, daha sonra şişeceğini ve rahatsız olacağını bildiği için "hayır" dediği zamanları hatırlar. Burada bilinç otomatik pilotun görevini devralır.

Biriyle yatmak istediğiniz halde, fazla riskli veya inançlarınıza aykırı olduğu için "hayır" dediğiniz zamanlar da mutlaka olmuştur.

Bilinç, bilinçaltının "evet" deme güdüsüne rağmen mantıklı bir düşünceye dayanarak "hayır" diyebilir. Böyle durumlarda "hayır"ı "evet"e çevirmenin yolları vardır, ama bazen "hayır"ın "hayır" olarak kalması en hayırlısıdır.

"Hayır"ı atlatmanın en iyi yolu duymazlıktan gelmektir. Çekiciliği artırma ve direnci azaltma tekniklerini, alfa ve omega stratejilerini kullanarak bunu yapabilirsiniz. Ama daha da önemli olan, ama-

Statükonun var olduğu durumlarda bilinçdışını yenmek, çok büyük çaba sarf edilmesini ve içsel bir baskı mekanizmasının devreye sokulmasını gerektirir.

cınızı aklınızdan çıkarmamaktır. Bunu yapmak için bilinç ve bilinçdışını çok hızlı bir şekilde kontrol altına almanız gerekir. Yani teklifinizin hem mantıklı olması, hem de insanın temel arzularından birini harekete geçirmesi gerekir. Bunlar duygularla aynı şey değildir, ama bu temel arzular harekete geçtiğinde, duygular da "evet" yanıtını almakta kullanılabilir. Bu temel arzuların arasında seks, yiyecek, sahip olma, öğrenme, fedakarlık, iletişime geçme sayılabilir.

Eğer teklifiniz karşınızdaki kişinin temel arzularından birine hitap etmiyorsa (bazı kişiler için yiyecek ve fedakarlık, diğerleri için ise seks ve sahip olma önemlidir), "hayır" ya da "düşüneceğim" yanıtını alırsınız.

Elbette bu, karşınızdakine, "Eğer benimle çıkarsan sana hep yemek yedireceğim ve benim için fedakarlık yapmana izin vereceğim" demeniz anlamına gelmiyor. Aksine insanlar bu arzularından genelde utanırlar. İnsanlar etrafta, "Seks düşkünlüğü ve sahip olma arzumdan gurur duyuyorum" diyerek dolaşmazlar.

Ama hareketlerimizi yönlendiren bu arzuların farkında oluruz. Mesela evimdeki kütüphanede binlerce kitap var. Sizce öğrenmek ve sahip olmak benim temel arzularım arasında değil mi?

Tahmin edeceğiniz üzere, bu temel arzulara hitap etmeye çalışırken zarif bir yol izlemeniz gerekiyor.

Anahtar: Bazen hem temel arzulardan birine hitap eden, hem de mantıklı olduğu açıkça ortada olan bir teklif yaptığınızda, hemen "evet" yanıtını alırsınız. "Hayır" ya da "düşüneceğim" yanıtlarını duymak zorunda değilsiniz.

Böyle durumlarda, karşınızdaki kişiden bir şey rica etmenize bile gerek yoktur, onlara bunu söylemeniz yeterli olur. Bir arkadaşım bana, "Kevin, bu kitabı okumalısın. İnsan davranışlarıyla ilgili daha önce hiç bilmediğin şeyler öğreneceksin" dediğinde, sorgulamadan dediğini yaparım. Çünkü kaynak güvenilirdir (çok önemli bir nokta) ve konu hayatta en çok önem verdiğim şeyle ilgili.

Eğer temel dürtülerimden biri sakinlik olsaydı, arkadaşım kitabı bana, "Kevin, bunu sakın kaçırma. Araştırma yapacağın saatleri ve stres seviyeni azaltacak" diye tanıtırdı. Ben yine sorgulamadan söz konusu kitabı alırdım.

Elbette bir kişinin temel dürtülerinin, arzularının ne olduğunu anlamak zaman alır. Ayrıca sizin de tecrübeli olmanızı gerektirir. Ama olabildiğince hızlı anlamayı başardığınızda, bunun ne kadar güçlü bir araç olduğunu göreceksiniz ve hayatınız değişecek. Ne kadar başarılı ya da başarısız olduğunuza siz karar vereceksiniz, zaten güç yönetimi de budur!

Bir düşünün.

Eğer kendi temel dürtülerinizin ne olduğunu ve bunlara doğru mesajlarla nasıl hitap edeceğinizi bilseydiniz, bu ne anlama gelirdi? Sonra bunu başkalarının üzerinde de yapabileceğinizi bir düşünün. Dünyanızın ne kadar genişleyeceğini ve etkileme alanında ne kadar güçlü olacağınızı tahmin edebiliyor musunuz?

Etkileme: Önemli Olan Nasıl Sorduğunuz Değil, Ne Zaman Sorduğunuz!

2004 Yılı Gelir Planlaması için Temmuz'da bir toplantı yaptığınızı düşünün.

"Pekala. Yeni gelir programımızın parçası olmak isteyenler el kaldırsın. Emeklilik sigorta primlerinizin yarısını şirket karşılayacak. Siz emeklilik sigortasına ne kadar para yatırırsanız, biz de o kadar çok para ödeyeceğiz."

"Elbette emeklilik planıma katkıda bulunmayı isterim."

Basit, mantıklı bir açıdan bakıldığında, bunun zor bir karar olmadığı görülebilir. Herkes, plana "evet" diyerek, emeklilik sigortası fonuna olabildiğince çok para yatıracak, bu sayede % 50 tasarruf sağlayacaktır. (Bedava parayı reddetmeyecek kadar zekiyim diyecektir yani.)

Elbette reddetmeyeceklerdir!

Şimdi de, bu toplantının üzerinden altı ay geçtiğini düşünün. Araştırmalar, insanlara birkaç ay sonra ya da gelecek ay başlayacak bir plana katılıp katılmayacaklarını sorduğunuzda, "evet" diyeceklerini, ancak zamanı geldiğinde katılmayacaklarını ortaya koymakta.

Aralık ayı geldiğinde, insanlar gerekli belgeleri doldurarak bedava paralarını alacakları yerde, sigorta primlerinin maaşlarından çekilmesini izlerler. En fazla, küçük bir miktar para yatırmaya razı olurlar.

Fakat insanların her zaman mantıklı düşünemediklerini unutmayın. Para kazanmak için çalıştıkları halde, karşılıksız para verdiğinizde almazlar. Dahası karşılıksız para almanın ne kadar iyi bir şey olduğunu bilirler, ama yine de almazlar. Neden? Buna yol açan şey nedir?

Zamanın insanın düşüncelerini ne yönde değiştirdiğini gösteren bir başka örneğe bakalım.

Bir arkadaşınız sizden gelecek hafta bir şey yapmanızı istiyor, ama siz pek gönüllü değilsiniz. Yapsanız da, yapmasanız da sorun olmaz. "Evet" diyorsunuz.

Arkadaşınıza yardım edeceğiniz zaman yaklaştıkça, alışverişe çıkmayı ya da evdeki işlerinizi halletmeyi tercih edeceğinizi düşünüyorsunuz. "Evet" dediğiniz şeyi yapmak size bir yük gibi geliyor.

"Oğlum hasta, evde kalıp ona bakmam gerekiyor" diyorsunuz ve gitmiyorsunuz.

Onun yerine ya evdeki işlerinizi yapıyorsunuz, ya da alışverişe çıkıyorsunuz.

Geçen gün televizyonda gördüğüm bir mobilya reklamını anlatmak istiyorum. Genç, güzel bir ev kadını yeni olduğu belli bir koltukta oturuyor ve "2005" diyor. "2005'e kadar hiçbir ödeme olmayacak."

Kocası hemen tekrar ediyor; "2005'e kadar hiçbir ödeme yok mu?"

"Evet, ne ödeme, ne de faiz!"

"Faiz de yok ha! Bu inanılmaz!"

Sizce bu etkili bir reklam mı?

Elbette öyle.

Mağaza resmen bedava mobilya satıyor. En azından 2004 yılı için bu böyle. 2005'e ise daha 13 ay var. Yani bedavaya yeni mobilyalarınız olabilir. Zaten evinize şöyle bir göz gezdirdiğinizde birdenbire yeni mobilyalara gerçekten de ihtiyacınız olduğunu görüyorsunuz.

Üstelik büyük ihtimalle gerçekten yeni mobilyalara ihtiyacınız var.

Bu reklam yalnızca etkili değil, aynı zamanda etik bir promosyon.

Bir şeyi yapacağınız zaman uzak olduğunda "evet" demek kolaydır.

Hatta olay ne kadar uzun zaman sonra gerçekleşecekse, "evet" demeniz o kadar kolaylaşır.

Mobilya mağazası örneğinde bu rahatlıkla görülüyor. Çünkü mobilyalarınızı bugün almaya ve hiç para ödememeye "evet" diyorsunuz. En azından 1 yıl para ödemiyorsunuz. Bu yalnızca kışkırtıcı değil, oldukça da cazip bir teklif. Bunu kabul etmek zorundasınız. Şirket ödemeyi o kadar uzak bir tarihe erteliyor ki, birçok kişi o günün geleceğini hayal bile edemiyor.

Bu oldukça etkileyici öyle değil mi? Daha hiçbir şey görmediniz! Bu güçlü yöntemi, iş hayatınızda ve ilişkilerinizde uygulamayı öğrenene kadar bekleyin!

Zamandan bahsetmişken; bir konuşmanın farklı bölümlerinde (başında, ortasında, sonunda) soru sorduğunuzda ne olur? Soruyu ne zaman sorduğunuz önemli midir? Bir kıza ne zaman çıkma teklif edeceğiniz önemli midir?

Bir şey istediğiniz zaman, bunun hemen olmasını mı istersiniz, yoksa erteler misiniz? Bir kıza çıkma teklif edecekseniz, yarın akşam mı çıkmayı tercih edersiniz, yoksa haftalar sonra mı?

Bir şeyi yapacağınız zaman uzak olduğunda "evet" demek kolaydır.

"Hayır" Demelerinin En Yaygın Nedeni ve Bunun Üstesinden Gelme Yolları

İnsanların ağzından "hayır" sözcüğünün çıkması tamamen ani bir reaksiyondur. Daha önce bunu veya benzeri bir şeyi denediler ve memnun kalmadılar. Dolayısıyla şimdi hemen sizin teklifinizin de kötü olduğuna karar verdiler. "Hayır" yanıtlarının % 90'ının arkasında böyle bir hikaye vardır. O yüzden dikkatli olun!

Duştasınız. Su birdenbire soğuyor. Sıcak suyu daha da açıyorsunuz, ama işe yaramıyor. Evdeki biri sıcak suyu kullanıyor olmalı. Çaresiz duştan çıkıyorsunuz. Şu 20 dakikalık rahatlatıcı duş mahvoldu! Altı ay sonra, bu hareketin ne kadar kaba ve saygısızca olduğunu hatırlıyorsunuz, ama aklınızda duşta rahatlayarak geçirdiğiniz 20 dakikadan eser yok.

Ertesi gün yine duşa giriyorsunuz. Ilık, rahatlatıcı bir duş. Ama birilerinin yine sıcak suyu kullanmaya başlayacağını düşünerek duştan çıkıyorsunuz. Belki kısa ama rahatlatıcı bir duştu. O hafta bu olayı aynen böyle; rahatlatıcı, iyi bir duş keyfi olarak hatırlıyorsunuz.

Tüm ilişkilerde iyi ve kötü dönemler yaşanır. İyi günler genelde başlangıçta ve orta bölümlerde yaşanır. Bu sırada her şey yolundadır, mutlusunuzdur. Daha sonra kavga dönemi başlar. Korkunçtur! Yeni bir ilişkinin zamanı gelmiştir. Kararınızı açıkladığınızda daha da fazla kavga çıkar. Böyle olacağını biliyordunuz. Sırf son dönemdeki kavgalar yüzünden, hayatınızın sonuna kadar bu adamı insanlara tam bir baş belası olarak anlatırsınız ve "25 yıl nasıl dayandım bilmiyorum" dersiniz. Hayatınız boşa gitmiştir.

İnsanları etkilemek için onların nasıl karar aldıklarını, geçmişi nasıl hatırladıklarını ve geleceği nasıl gördüklerini bilmeniz gerekir. Yüzlerce satış elemanının bir türlü çözemediği konu hep bu olmuştur. Bu yüzden etkileme, satış yapmak yerine, bir matematik oyununa dönüştü.

Örneklerde de gördüğünüz gibi, insanların eğilimleri şöyle:

1. Kötü deneyimlerin doruk noktasını hatırlarlar.

2. Olayların nasıl bittiğini hatırlarlar.
3. Geleceği çok net göremezler. Olmasını istedikleri olaylar karşısın da bile nasıl reaksiyon göstereceklerini bilmezler.

Bunların hepsi iletişimde, ikna etmede, yani işimizde ve ilişkilerimizde çok önemlidir.

Hatta bu, bugüne kadar öğrendiğiniz en önemli bilgi olabilir. Okumaya devam edin. Birileriyle konuşurken size hiç, "Neden böyle dediniz?" diye sordular mı?

"Ben böyle bir şey demedim."

"Evet dedin, duydum!"

"Hayır söylemedim!"

Aynı gece bu diyaloğu yaşayan iki kişi günlüklerine yaşadıkları olayı yazsa, ikisi de diğeriyle ilgili düşüncesiz, bencil, kaba veya bunlara benzeyen sıfatlar kullanacaktır.

Elbette ikinizden biri haksızsınız, ama ikiniz de kendi hatırladığınızın doğru olduğunu söylüyorsunuz. Gerçek şu ki, bu durumu çözmek imkansızdır. Beyin bazen boşlukları doldurmak için var olmayan şeyler uydurur. Üstelik kendini buna inandırır. Beyni aksine ikna etmek imkansızdır, çünkü beyin söz konusu olayı gerçekten yaşadığını düşünür.

Peki, 30 saniye önceki olayla ilgili bile hafızamıza güvenemezken, geçmişte ne olduğunu nasıl bilebiliriz? Yanıt: Bilemezsiniz. Ama bunun böyle olduğunu bir tek siz biliyorsunuz. Karşınızdaki kişi bilmiyor. Dolayısıyla, ya bu olayı bir kenara koyup devam edeceksiniz, ya da nörolojiyle ilgili kısa bir ders vermek zorunda

kalacaksınız. Eğer ikincisini tercih ederseniz, bazı araştırmalar size yardımcı olabilir:

Son dönemde yapılan bir araştırmada, zorunlu olarak kolonosko-

Beyin bazen boşlukları doldurmak için var olmayan şeyler uydurur.

pi yapılan denekler incelendi. İşlem boyunca düzenli olarak nasıl hissettikleri soruldu. İşlem bittiğinde birinci grup, alet çıkarılmadan önce hareketsiz olarak 1 dakika daha içeride tutuldu. İkinci grup ise işlem biter bitmez, yani ilkinden 1 dakika erken çıkarıldı. Birinci grup, yani işlemin sonunda alet çıkarılmadan önce 1 dakika dinlenenler, kolonoskopiyi "çok da kötü değil" diye değerlendirdi. İkinci grup ise, çok daha kötü hatırladı.

Kilit Noktası: Bu kişilere belli aralıklarla nasıl hissettikleri sorulmuştu. Operasyonun yapıldığı günün gecesinde günlüklerine yazdıkları izlenimlerle, sorulara verdikleri yanıtlar karşılaştırıldığında, deneyimin tamamını son 1dakika üzerinden değerlendirdikleri görüldü. *İnsanlar bir deneyimin sonunu hatırlar ve bu bölümdeki hislerini deneyimin tamamına genellerler.*

Strateji: Her adımda, karşınızdaki kişilerin, beyinlerinde kameralarla hareket etmediğini hatırlayın. Doğru olsalar da olmasalar da hafızalarına güvenerek değerlendirmelerde bulunurlar. Dolayısıyla, yapmalarını istediğiniz şeyi olumsuz bile hatırlıyor olsalar, onlara hiç harekete geçmemenin çok daha kötü olacağını hatırlatmalısınız. İki seçeneği de tüm olasılıklarıyla sunmalı, ama sizin tavsiyenizin daha akıllıca olacağını belli etmelisiniz.

Borsada para kaybetmiş bir kişinin bu yatırım şeklinden uzak durmak istemesini anlayabilirsiniz. Ama eğer böyle yaparlarsa fazla para kazanamazlar.

Onlara geçmişi umursamamalarını söyleyemezsiniz.

Benzer bir durumun tekrarlanabileceğini hatırlatmalısınız, ama eğer borsaya girerlerse, normal şartlarda ne kadar fazla para kazanacaklarının da altını çizmelisiniz.

İkna etme konusundaki araştırmalar çok açık. *Başarılı olmak için mümkün olan iki gelecek senaryosunu da göz önüne sermelisiniz.* Aksi takdirde kişi mantıklı olana göre değil, duygularına göre karar verecektir. Kaybetme fobisini, en azından mümkün kazançları göz önünde bulundurmadan aşmak çok zordur.

Son olarak, karşınızdakine olası bir gelecek resmi çizin. Eğer faz-

Eğer gerçekçi bir senaryo çizerseniz, insanlar büyük ihtimalle buna ayak uyduracaktır.

la pembe bir gelecek çizerseniz, ikiniz de kaybedersiniz. Çünkü kendilerini manipüle edilmiş hissedeceklerdir. Eğer gerçekçi bir senaryo çizerseniz, insanlar büyük ihtimalle buna ayak uyduracaktır.

Sonuçta borsa çöktü, Titanic gemisi battı, İkiz Kuleler yıkıldı. Ama bunlar borsadan, gemilerden ve yüksek binalardan uzak duracağınız anlamına gelmiyor. Aksine oyunun ilk yarısında yenilmiş olmanız, ikinci yarıda daha da fazla çaba sarf etmeniz için çok da iyi bir nedendir.

Müşterinize vermeniz gereken mesaj budur. Eğer bu metaforu kullanırsanız, anlamakta zorluk çekmeyeceklerdir. Geçmişteki kötü bir olayın korkusunun, müşteriyi kaçırmanıza neden olmasına asla izin vermeyin.

Seçenekleri Azaltmanın Etkilemedeki Gücü

Birçok seçenek olması kulağa ne kadar hoş geliyor. Belki ABD'de 2004 yılında yapılan seçimleri hatırlıyorsunuzdur. Demokratların ön seçimlerdeki adayları: Çılgın adam Howard Dean, liberal Al Sharpton, eski general Wesley Clark, senatör John Edwards ve Vietnam gazisi, senatör John Kerry. Birçok seçenek. İnsanların önseçimlerden George W. Bush'a karşı iyi bir aday çıkarabilmesi gerekir, öyle değil mi?

Ama etki, insanların tahmin ettiği gibi işleyen bir mekanizma değil ve fazla seçenek, içgüdülerin ters tepmesine neden olarak süreci yavaşlatıyor.

Ne kadar fazla seçeneğiniz olursa, seçeneklerin her biri o kadar değer kaybeder. Hatta bunun ne akademik araştırmalarda, ne satış deneyimleri arasında, ne de politikada istisnasını bulamazsınız.

Eğer yeniden seçilmeye çalışan bir Başkan olsaydınız, "Ne kadar çok aday var. Çok sıkı savaşmamız gerekecek" diye düşünürdünüz.

Oysa bu bir hata...

Doğru hareket, hiçbir şey söylememek ve yapmamak olmalı.

Bu, içgüdülere aykırı olurmuş gibi gözüküyor ama, gelin bir de bilinçaltında yaşananları inceleyelim.

Ne kadar fazla seçenek sunulursa, hepsini o kadar az beğenirsiniz.

Hatta bir kişiye tek bir seçenek sunulduğunda bunu kabul etme olasılığı, geri çevirme olasılığından daha yüksektir. Kişiye iki seçenek sunulduğunda, ikisini de seçmeme olasılığı artar. Daha da fazla seçenek sunulduğunda ise, herhangi birini seçme ihtimali çok daha fazla düşer.

Pratisyen hekimlere romatizmaya karşı kullanabilecekleri yeni bir ilaç tanıtıldığında, bunların % 75'i ilacı reçete ederken, % 25'i hastayı uzman doktora yollamayı tercih etti. İlaçlara ikinci bir seçenek eklendiğinde, doktorların % 50'si hastayı doğrudan uzman doktora yolladı. Seçenekler heyecan, belirsizlik ve ister inanın, ister inanmayın depresyona neden olur. Asıl bu, içgüdülere çok ters öyle değil mi?

Barry Schwartz, "Seçim Paradoksu" adlı araştırmasında, seçim ve sunumla ilgili çok ilginç noktalara parmak basıyor. İnceleyelim:

Anne-baba boşanıyor. Çocuğun velayeti taraflardan birine verilecek. A'yı mı seçersiniz, B'yi mi?

Ebeveyn A	*Ebeveyn B*
Ortalama gelir.	Ortalamadan yüksek gelir.
Ortalama sağlık durumu.	Ortalamanın altında sağlık durumu.
Ortalama çalışma saatleri.	Bolca iş gezisi.
Çocukla makul bir ilişki.	Çocukla çok yakın ilişki.
Makul bir sosyal hayat.	Çok yoğun bir sosyal hayat.

Hangi ebeveyni seçtiniz?

İlginç öyle değil mi? Kolay değil, ama araştırmaya katılanların üçte ikisi ebeveyn B'yi seçti.

Ama yeni bir grup denek incelendiğinde ve soru, "Velayeti hangi ebeveyne vermezsiniz" şeklinde sorulduğunda, % 55'i ebeveyn B'yi seçti. Neden? Çünkü B, genel olarak A'dan daha olumlu, ama velayeti vermemek söz konusu olduğunda, B'de buna neden olabilecek daha fazla unsur var.

Seçenekler ve sunum her şeyi değiştirebilir.

Anahtar: Her ek seçenek ya da tercih, mevcut olanların pozitif özelliklerini azaltır.

Kendime yeni bir video kamera almaya karar verdim. Ama profesyonel bir model mi, yoksa küçük, eski Sony makinem gibi iyi performansı olan dijital bir model mi almalıyım emin değilim. Ne yapmalı?..

Canon'un Süper Profesyonel Makinesi	*Sony'nin PC 330 Makinesi*
El çantasına sığması imkansız.	El çantasına rahatlıkla sığıyor.
3000 dolar	2000 dolar
3 CCD	1 CCD
1.5 megapiksel fotoğraf kalitesi.	3 megapiksel fotoğraf kalitesi.
Tripodla kullanması kolay.	Tripodla kullanması zor.
Mükemmel video kalitesi.	Çok iyi video kalitesi.
Düşük ışıkta en iyi performans.	Düşük ışıkta ortalama performans.

Bu konuda ne benim için, ne de sizin için doğru seçim diye bir şey yok. Yalnızca birçok seçenek var. Ben çok fazla seyahat ediyorum, bu nedenle el çantasına sığacak bir model istiyorum. Çünkü uçağa binerken bavul işlemi yapmaktan nefret ediyorum.

Aynı zamanda çok kaliteli olmasını istiyorum. Çünkü bu makineyle çekilen programlar, www.kevinhogan.com sitesinde satışa çıkartılacak. Birçok fotoğraf da çekiyoruz, ama benim zaten 4 megapiksellik bir fotoğraf makinem var, yani seçeceğim modelde eğer istemezsem bu özelliğin olması şart değil.

Tam 5 saat aradıktan sonra seçenekleri ancak bu iki modele indirebildim.

Peki hangisini seçtim?

El çantamda taşıyabileceğim modeli seçtim. Bunun birkaç nedeni var. Öncelikle, normal fotoğraflar çekmek için, diğer makinemi de yanımda taşımak zorunda olmayacağım. Taşınabilirlik benim için çok önemli. Hatta bu iki modelin diğer tüm özelliklerinin neredeyse eşit olduğunu düşünürsek, en önemli önceliğim buydu. Eğer Sony'nin video kalitesi orta ya da yalnızca iyi olsaydı, Canon'u seçerdim. Mükemmel değil ama çok iyi olan bir videoya razı olup, küçük modeli almayı tercih ettim. Bu yeni makine daima yanımda olabilecek.

Eğer biri bana bu iki modeli gösterseydi ve ben yorucu bir internet araştırması yapmamış olsaydım, herhangi birini 5 dakika içinde seçebilirdim. Makineye hemen ihtiyacım olduğu için, düşünmeden birini alırdım.

Seçenekler teorik olarak iyi bir şey gibi gözükse de, sizi daima bir seçenek daha arama ihtiyacında bırakır. Belki tüm bu özelliklerin yanında, bir de düşük ışıkta çok iyi performans gösteren bir modelin peşine düşmenize neden olur. Sürekli, "Acaba öbür makineyi alsam daha mı iyi olurdu?" diye düşünürsünüz.

Etkilemenin, kitabın başından beri birkaç kez tekrar ettiğimiz unsurlarından biri, duyguların ikna etme girişimini nasıl etkilediğiydi.

Doktorunuzu düşünün; eğer o gün iyi hissediyorsa, mesela bir ilaç şirketinden güzel bir hediye yollandıysa, çok daha hızlı ve doğru teşhis yapar!

Pozitif duygular, seçenekleri daha rahat değerlendirip doğru kararı almamıza yardımcı olur!

Yalnızca doktorlar mı?

Hayır.

Schwartz'ın araştırmaları, bir sınavda altı kompozisyon konusundan birini seçip yazan öğrencilerin, 30 seçenek arasından seçim ya-

Pozitif duygular, seçenekleri daha rahat değerlendirip doğru kararı almamıza yardımcı olur!

pan öğrencilere göre daha iyi kompozisyonlar yazdığını gösterdi. Daha az seçenek, seçim yapmayı kolaylaştırmakla kalmaz, seçimimizin daha iyi ve etkili olmasını sağlar!

Seçenek Problemleri

İki yıl öncesine kadar, insanların özellikle ilişkileriyle ilgili günlük tutması gerektiğini düşünüyordum. Ancak iki yıldır bu fikri yeniden değerlendiriyorum. Neden? Son araştırmalar, partnerleri hakkındaki duygu ve düşüncelerini yazan kişilerin, ilişkinin başarısıyla ilgili doğru tahminde bulunmalarının zorlaştığını gösterdi. İnsanların duygularını sözcüklerle ifade edebilmelerinin, ilişkinin geleceğini tahmin etmekle hiçbir ilgisi olmadığı ortaya çıktı. Hatta, bunun tam tersinin doğru olduğu görüldü.

O halde ne yapmalıyız? Araştırmalara göre, ilişkilerini yazı yoluyla analiz eden kişilerin, bu ilişkilere devam etme olasılığı, yazmayanlara göre daha az.

Daha da kötüsü, günlük tutan ve sevgililerinden ayrılan kişiler takip edildiğinde, sonradan bundan pişmanlık duydukları görüldü. Bunun, sizin iş hayatınızı ve ilişkilerinizi nasıl etkileyeceğini çoktan düşünmeye başlamışsınızdır. Etkileri çok çok büyük!

Uygulama Konsepti: Eğer müşteriniz sizi, ürününüzü veya hizmetinizi değerlendirecekse, bunu önceden belirlenmiş kriterlere göre yapmalarını sağlayın.

Şimdi bunu bir süre aklınızda tutun, etkilerinden birazdan daha detaylı bahsedeceğim. Önce size biraz Average Joe adında bir televizyon programından bahsetmek istiyorum. Bu bir reality show. Güzel ve genç bir kızdan, 16 ortalama erkekten birini seçmesi isteniyor. Genç kız, adaylarla ilk karşılaştığında ne yapacağını bilemiyor. Çünkü bunlar gerçekten göbekli, kel, çok zeki olmayan ortalama Amerikalı erkekler... Ama ilk şoku atlattıktan sonra genç kızımız adaylarla yakınlaşmaya başlıyor, hatta bazılarını beğeniyor. Tam dünyanın adil olduğunu düşünmeye başladığınızda, geriye kalan adaylara (o zamana kadar bir kısmı elenmiş oluyor) rakip olmaları için beş tane muhteşem vücutlu erkek yarışmaya ekleniyor. Elbette bu aşamada artık rekabet bile kalmıyor. Kızımızın dikkatini yakışıklı, güzel vücutlu erkekler çekiyor ve ortalama erkekler derhal kaybediyor. Buna neden olan şeye bakalım:

1. Yarışmada yalnızca ortalama erkekler varken genç kız, bazılarına gerçekten ilgi duymuştu. Çünkü bunları karşılaştıracak bir referans noktası yoktu.
2. Yakışıklı, güzel vücutlu erkekler geldiğinde, iki grup arasındaki zıtlık iyice ortaya çıktı. Bunun cefasını da tabii ki ortalama erkekler çekti.
3. Yakışıklı erkekler birbirleriyle karşılaştırıldığında bile, bazıları ön plana çıktı, bazıları tercih edilmedi.

Peki hiç güzellik yarışması izlediniz mi? Ekranda birbirinden güzel 70-100 kadın yan yana dizilir. Bunların hepsi çekicilik açısından 10 üzerinden 9.5 puan veya daha fazlasını alacak kadınlardır. Ama onları yan yana görüp incelemeye başladığınızda, 9.5 puan güzelliğindeki bir kadına yalnızca 7.0 puan verirsiniz, hatta o yarışmada olmayı hak etmediğini düşünürsünüz.

Bize birden fazla seçenek sunulduğunda, karşılaştırma yapmakta sıkıntı çekeriz. Seçenek sayısı az olduğunda güzelliğinizi, çekiciliğinizi ve duruşunuzu koruyabilirsiniz. Birçok rakip karşısında ise hızla kaybolursunuz.

Bir ürün sattığınızı ve çok sayıda rakibiniz olduğunu farz edin. Kendinizi ve rakiplerinizi iki sayfalık bir belgede anlatmanız gerekirse, diğerlerine birinci sayfada yer verip ikinci sayfayı ise sadece kendinize ayırmalısınız.

Bize birden fazla seçenek sunulduğunda, karşılaştırma yapmakta sıkıntı çekeriz.

Uygulama Konsepti: Eğer ürününüzü ya da hizmetinizi 20 rakibin arasına koyarsanız, okyanusta bir damla olur. Tek başına sergilerseniz, parlar.

Uygulama Konsepti: Küçük bir ofiste 20 kişiyle beraber çalışıyorsunuz. Oradaki yüzlerden yalnızca biri haline gelirsiniz. Eğer yükselmek istiyorsanız, farkınızı gerçekten ortaya koyacak, kendinizi göstermenizi sağlayacak yollar bulmalısınız.

Güzellik yarışmasına geri dönelim. Adaylardan biri adım atıp öne çıktığında, jüri üyeleri onu bağımsız olarak değerlendirir ve finale kalıp kalmaması gerektiğine karar vermeye çalışırlar. Bu arada gerekçelerini de açıklayabilmeleri gerekir. Araştırmalara göre, bu aşamada gerekçelerini not etmek zorunda kalanlar, daha sonra kararlarından pişman oluyorlar.

Çünkü insan beyni önce karar verir, ondan sonra bu kararın gerekçelerini bulur. İnsanlar kararlarıyla ilgili ne kadar çok gerekçe yaratırlarsa, sonradan o kadar mutsuz olurlar. Bu her türlü karar için geçerlidir.

Anahtar: Bir seçim yaptığınızda bunun gerekçelerini tartışırsanız, sonradan bu kararınızdan dolayı çok daha fazla pişman olursunuz.

Uygulama Konsepti: Karşınızdaki kişiden istediğiniz yanıtı aldığınızda, susup bir sonraki adıma geçin. Eğer, neden böyle karar aldıklarını sorarsanız, birkaç gün sonra kararlarını değiştirebilirler.

Uygulama Konsepti: Karşınızdaki kişi bir karar aldığında onu, bunun ne kadar iyi bir karar olduğu hakkında konuşmaya teşvik etmeyin. Hatta, gelecekte bunun iyi bir karar olup olmadığını nasıl anlayacaklarından bile bahsetmeyin. Sizin çıkarınıza bir karar almış ve size güvenmiş olmalarından memnuniyet duyun ve devam edin.

Orta sınıf Amerikalılar 2004 yılında, daha önce hiç olmadığı kadar zengin, sağlıklı, güvenli ve iyi bir hayat yaşadılar. (Bunun politikacılarla hiçbir ilgisi yok.) Ama veriler karşılaştırıldığında, 1904 yılında yaşayan orta sınıf Amerikalıların 10 katı depresyon vakası yaşandığı görülüyor. Yalnızca birkaç yıl öncesine göre bile beş yıl daha genç evleniyorlar, şu andaki işlerinde bir önceki kuşakla karşılaştırıldığında çok daha az kalıyorlar, yani çok sık iş değiştiriyorlar.

Neler oluyor?

Çok fazla seçenek! İnsanlar seçimlerinin sorumluluğunu taşımaya başlıyor ve bu; stres, sıkıntı, panik, pişmanlık, gerginlik, depresyon oranlarında müthiş bir artışa neden oluyor.

Uygulama Konsepti: Eğer satış yapmayı, müşterinizin mutlu olmasını ve dolayısıyla sizinle tekrar çalışmasını istiyorsanız, seçenekleri azaltmaya hemen başlayın. 100 değişik renkte kart satmayın, yalnızca beş renkte satın. 100 çeşit özelleştirilmiş bilgisayar satmayın, belli iki modeli pazarlayın, çok mecbur kalırsanız bunlar üzerinden değişiklikler yapın.

Uygulama Konsepti: İnsanların sizinle ilişkiye girerken ihtiyaç duydukları şeyleri belirleyin ve bunları onlara verin. Bunlar dışındaki her şey müşterinize gürültü gibi gelecektir ve onu mutsuz edecektir.

Bazıları bunun çözümünün "iade garantisi" olduğunu düşünüyor. Bunun çok akıllıca bir fikir olmadığında herkes hemfikir olacaktır. Zaten araştırmalar da bunu destekliyor.

İnsanlar kararlarını değiştirme ya da paralarını geri alma şansına sahip olduklarında, kararlarından memnun olma olasılıkları azalır.

Peki ama, bu bana pazarlamanın ilk dersinde öğretilenden çok farklı!

İlginç olan şu ki, insanlar bir şeyi geri veremeyeceklerini bilerek aldıklarında ya da görücü usulü evlendiklerinde çok daha mutlu oluyorlar ve ilişkileri daha uzun sürüyor.

Size "iade garantisi" stratejisinden vazgeçmenizi mi söylüyorum? Hayır. Ama gelin bu bilgiyi müşterinize nasıl sunmanız gerektiğini inceleyelim.

Eğer müşteriniz geçen altı ay içinde rakibinizden bir ürün aldıysa ve memnun kalmadıysa, bundan büyük ihtimalle pişman olmuştur. Halbuki, yıllar önce olan ve hâlâ pişmanlık yaratan olaylar, genelde denenmemiş, yapılmamış olanlardır.

Bu çok önemli. Etkilemeye çalıştığınız kişi, kısa süre önce bir hata yapmış ve hâlâ bunun yaralarını sarıyor. Üstelik çok da pişman. Eğer teklif ettiğiniz şey pişman olduğu şeye benziyorsa, "hayır" yanıtına hazır olun. Teklifinizi farklı bir şekilde sunmak zorunda kalacaksınız.

Ama eğer müşteriniz geçmişte kaçırdığı bir fırsatın pişmanlığını yaşıyorsa, bu onları şimdi harekete geçirecek iyi bir bahane olabilir.

Kilit Noktası: Sorun şu ki, insanlar geçmişte bir fırsatı kaçırmışlarsa, genellikle ikinci defasında da bu fırsatı kaçırırlar.

Ama pişmanlıkla ilgili dikkate almanız gereken daha çok şey var. Bir atlet, olimpiyatlarda gümüş madalya kazandığında, ödül töreninde mutlu ve heyecanlı olacaktır. Ama zaman geçtikçe altın madalyayı yalnızca birkaç saniyeyle kaçırdığını fark edecektir. Bu depresyon, hayal kırıklığı ve sıkıntıyı tetikler. Eğer bu kişiyi, "Ama ikinci oldun, bu da çok güzel bir şey" sözleriyle avutmaya çalışırsanız, uyum sağlayamazsınız.

Diğer yandan aynı atlet, başka bir karşılaşmada bronz madalya kazandığında mutlu olur. Çünkü altın madalyayı birkaç saniyeyle kaçırmamıştır, arada bir başka insan vardır. Bu atletler zaman ilerlediğinde sonuçtan mutlu olurlar. Kendileriyle gurur duyarlar ve bu his devam eder. Herhangi bir pişmanlık duygusu yoktur.

Dolayısıyla, karşınızdaki kişi ile onun başarısı hakkında konuşurken, bunlarla ilgili olumlu duygular mı, olumsuz duygular mı hissettiklerini tahmin edip, kendi yorumlarınızı da buna göre belirlemeniz gerekir.

Pişmanlık olduğunu anladığınızda, ne yapmanız gerekir?

Amacınız, pişmanlık duygusunu aşıp, müşterinin görüşlerini başka bir bölüme yoğunlaştırabilmek olmalı. Bir otomobil satışını düşünelim.

"Son aldığım yeni otomobil iyi çıktı, ama onu almak aslında benim değil, eşimin seçimiydi."

"En azından yeni bir otomobil almışsınız. Bozulmamış ve bakım masrafı çıkarmamıştır. Eşiniz daha iyi bir seçim yapabilirmiş. Ama bugün sizin ihtiyacınız olan otomobili bulacağız!"

Müşterilerinizin geçmiş hatalarıyla ilgili kendilerini aptal gibi hissetmelerine asla izin vermeyin. Tüm zeki insanların benzer bir durumda aynı kararı alacağını hatırlatın. Eğer müşterinizin aptalca bir seçim yaptığını belli edecek en ufak bir şey söyler, hatta bunu vücut dilinizle ima ederseniz, "hayır" yanıtını alacağınızdan emin olabilirsiniz.

Komşunuzun yeni bir çim biçme makinesi aldığını düşünün. Eski makinesini 10 yıldır kullanıyordu. Siz de makinenizi değiştirmek istiyorsunuz, ama çim biçme makineleriyle ilgili en ufak bir fikriniz yok. Ne yaparsınız?

"Hey Mark. Yeni makinenin modeli ne?"

"Toro XR57Q."

Artık hangi modeli alacağınızı biliyorsunuz: Toro XR57Q.

Çünkü, eğer başka bir model aldığınızda bozulur ya da iyi çıkmazsa, komşunuzun yanında tam bir geri zekalı gibi gözükeceksiniz ve pişman olacaksınız. Yeni makineyi alırken aklınız doğrudan bu senaryoya gideceği için, seçim de kolay olacak. Toro XR57Q alacaksınız.

Müşterilerinizin geçmiş hatalarıyla ilgili kendilerini aptal gibi hissetmelerine asla izin vermeyin.

Temsil Edilen Zihni İkna Etmek: Temsil Etme mi Abartma mı?

Dünyadaki herkes gibi siz de, yalnızca yorumlanmış bir gerçekliği temsil ediyorsunuz.

Duyular bile insandan insana değişir. Aynı bluza baktığınızda, diğer insanlar sizden biraz bile farklı ise, değişik bir renk görürler. Sizden farklı sesler duyarlar ve farklı kokular alırlar. Belki de duymaz ve koku da almazlar. Eğer yabancı bir ülkeye giderseniz, insanların sizin telaffuz edemeyeceğiniz sözcükler söylediğini duyarsınız. Bu sözcükleri telaffuz edemezsiniz, çünkü içlerinde sizin duyamadığınız sesler vardır. Bunları duyabilmek için gerçekten eğitim almanız gerekir!

Tüm bunlar, "temsil etme" aysberginin yalnızca tepe noktası. Konu çok daha derine iniyor. İkna etmekle ilgili etkileri var mı? Hem de nasıl...

Mesela, bir çocuğun açlıktan ölmek üzere olduğunu görmek, çok kuvvetli bir olgudur. Mantıksal olarak baktığınızda, açlıktan ölmek üzere olan 500 çocuk görmenin çok daha büyük bir etkisi olmalı, ama yok. Empati ve acıda bir değişiklik yaşanmıyor.

Yanınızdaki kişiden daha farklı bir dünya görmekle, duymakla, algılamakla kalmıyor, aynı zamanda dünyadaki hemen her şeyi farklı yorumluyorsunuz.

İnsanlar, hayattaki neredeyse tüm deneyimleri ve olayları birbirlerinden farklı yorumlarlar. Tüm bunlar; ikna etmeyi, sonucu belli bir mantık oyunu olmaktan çıkarır. İkna etmede sonuç belli olamaz, çünkü herkes, gerçek anlamda, birbirinden farklı bir dünyada yaşar.

Günlük hayatta bundan kaynaklanan anlaşmazlıklar meydana geldiğinde, bir kişi, diğerine kendi dünyasını anlatabilmek için abartma tekniğinden yararlanacaktır. Abartı, bakış açısındaki gerekli değişikliği yapmak için bazen yeterli olur. Ama genelde olmaz.

İnsanlar genelde abartının, satış sunumunu ya da teklifi olumlu yönde etkileyeceğini düşünür. Gerçekten de genelde, özellikle kağıt üzerine geçirilen abartılı cümlelerin ("251 bilet çoktan satıldı bile") başarıda büyük bir fark yaratacağı düşünülür.

Peki bu doğru mu? Nasıl emin olabiliriz?

İnsan davranışlarında "kapsam ihmali" dediğimiz bir durum vardır.

"Kapsam ihmali"ni basitçe şöyle tarif edebiliriz: Ben bir milyonerim. 100 dolar verirsem, sana gerçekten çok yardımcı olacağımı söylüyorsun. 100 doları vermeyi kabul ediyorum. Aslında sana 100 dolar yerine 1000 dolar versem de olurdu. İkisi arasında bir fark görmeyecektim.

Başka bir senaryoyu inceleyelim. Bir yardım gecesinde insanların bir kısmına, verecekleri paranın 2 bin kuşu kurtarmak için kullanılacağı söyleniyor. İkinci gruba 20 bin kuş, üçüncü bir gruba ise 200 bin kuş kurtaracakları söyleniyor.

Mantıklı olarak baktığınızda, üçüncü gruptakilerin çok daha fazla para vermesi gerekir.

Ama gecenin sonunda birinci gruptakilerin ortalama 80 dolar, ikinci gruptakilerin ortalama 78 dolar, üçüncü gruptakilerin ise ortalama 88 dolar verdikleri görüldü.

Ben bu sonuca çok şaşırmıştım.

Çünkü, 200 bin kuşun hayatını kurtarmakla, 2 bin kuşun hayatını kurtarmak arasında büyük bir fark olduğunu düşünüyordum. Ama böyle bir fark yoktu. Sayıyı artırmak bir şeyi değiştirmedi.

Peki konu kuşlar olmadığında durum değişiyor mu?

ABD'nin batısındaki dört eyalette yaşayanların bir kısmından bir vahşi alanı, bir kısmından ise 57 vahşi alanı korumak için bağış istendi. Teorik olarak, 57 alanı korumak için bağış verenlerin çok daha fazla para vermesi gerekirdi, hatta 57 kat fazla vermeleri gerektiği bile söylenebilir. Ama sonuçlar incelendiğinde bu grubun, tek ala-

Abartı, bakış açısındaki gerekli değişikliği yapmak için bazen yeterli olur. Ama genelde olmaz.

nı korumak için bağış yapanlardan yalnızca % 28 daha fazla bağış yaptığı görüldü.

Ders: İnsanlar bir sorunun büyüklüğünü genelde ihmal ederler, çünkü kafalarında bu sorunun yalnızca bir temsili oluşmuştur. Tüm bilgileri bir kenara yazıp teker teker incelemek için vakit harcamazlar. Sorunla ilgili temsili bir fikir oluştururlar ve sorunun bundan ibaret olduğunu düşünürler. Bu elbette doğru değil. Sorunun büyüklüğü genelde görülmez ve bunun dramatik sonuçları olabilir.

Bu düşünce sistemi, başkalarını etkileyen kişilerin çok dikkatli olmasını gerektirir. Çünkü programınızın faydalarını ya da niteliklerini abartmak gereksizdir ve foyanız ortaya çıkarsa işinizi mahvedebilir. Buna değmez! Asla abartmayın.

Dahası da var.

Olayların büyüklüğünün ihmal edilmesi üzerine yapılan bir araştırmada, insanlardan yaşadıkları kentte önceki yıl kaç cinayet işlendiğini tahmin etmeleri istendi. Bir başka gruptan ise, o kentin bulunduğu eyalette kaç kişinin öldürüldüğünü tahmin etmeleri istendi. Kentte 200 kişi öldürüldüğü tahmin edildi. Eyalette ise yalnızca 100 kişinin cinayete kurban gittiği düşünülüyordu. Bunun tek nedeni, söz konusu kentin tehlikeli bir yer olarak bilinmesi, eyaletin ise sakin tanınmasıydı.

Gördüğünüz gibi, insanlar mantık kurallarıyla değil, önyargılarıyla düşünüyor.

Yani kişi karar aşamasındayken mantık çerçevesinde değil, aklında oluşan resim/fikir üzerinden tercih yapıyor. Üstelik bunu yaparken gerçek hayat deneyimlerini genelde unutuyor. İşte sizin yapmanız gereken, oluşan bu yapay resimlerin neler olduğunu düşünüp, karşı tarafla ona göre iletişim kurmak.

Bir şeyin ne olup olmadığından bahsetmek, sizi daha etkileyici yapmaz. Müşterinizin aklındaki temsilleri çözmek ve bunlara göre hareket etmek ise büyük fark yaratır.

Hatırlatmanın Etkileme Sürecindeki Rolü

Hatırlatma, etkilemedeki en güçlü araçlardan biridir. Etkilemenin neredeyse her alanında, karşınızdakinden olumlu yanıt ve onay almak için kullanabilirsiniz.

Şimdiye kadar, insanların iyi ya da kötü çok yoğun yaşadıkları şeyleri, genelde de bunların son bölümünü hatırladıklarını ve edindikleri izlenimleri ömür boyu yaşadıkları bir şeymiş gibi değerlendirdiklerini gördünüz. Bu, kötü bir deneyimi olan müşterilerin, ikinci bir deneme yapmalarını sağlamak açısından çok önemlidir. Geçmiş anılarını yanlış hatırlayan kişileri etkilemek için kullanabileceğiniz ikinci bir yöntem, sunumunuzu, onları yeni gerçekliğe yumuşak bir geçiş yapacak şekilde hazırlamaktır.

İnsanların kararlarını genelde geçmiş deneyimlerinden yola çıkarak ani bir reaksiyonla aldıklarını öğrendik.

Ayrıca geçmişte bir fırsatı kaçıran kişilerin, ikinci defada "evet" deme olasılıklarının düşük olduğunu da gördük. Bu içgüdülere aykırıymış gibi gözükebilir, insanların olumlu bir teklifi daima kabul etmeleri gerektiğini düşünebilirsiniz. Ama beyin böyle çalışmaz. Eğer beyin geçen sefer "hayır" kararı aldıysa, bu kez ilk tepkisi yine "hayır" olacaktır.

İşe arabayla giderken olduğu gibi, beyin de aynı yolda birden fazla karar almayı sevmez. Bir yol çizdiyse buna uymaya devam edecektir. Bu mantıklı olmayabilir, ama hepimizin beyni, karar almayı kolaylaştırıp hayatta kalabilmek için böyle programlanmış.

İnsanların geçmişlerini nasıl hatırladığını bilmenin, onlarla bugün nasıl konuşacağınızda belirleyici unsur olduğunu da öğrendiniz.

İşte, etkileme sanatındaki en son araştırmalara göre, insanların geçmişi nasıl hatırladıkları ve bunun bugünkü kararlarını nasıl etkilediğiyle ilgili bir ipucu daha!

İnsanlara politik ya da kişisel herhangi bir konuyla ilgili geçen yıl, hatta geçen hafta ya da dün nasıl düşündüklerini sorduğunuzda, büyük ihtimalle tamamen yanlış hatırlayacaklardır.

Araştırmalar, sinemadan çıkarken filmi beğenen bir kişinin, ertesi gün filmle ilgili olumsuz bir eleştiri okuduğunda fikrini değiştirdiğini gösteriyor.

Daha önceki araştırmaların eksiği, geçmişi kimin daha iyi, kimin daha kötü hatırladığını tespit edememeleriydi. Bu, etkileme bulmacasında yirmi birinci yüzyıla kadar eksik olan bir parçaydı. Artık yanıtı biliyoruz.

2000 yılına geri dönün.

ABD seçimlerinde Al Gore ve George W. Bush başa baş yarışıyordu. Bir araştırmada deneklerden, iki adayın ne kadar oy alacağını tahmin etmeleri istendi. Gore, seçimlerden birkaç gün öncesine kadar 5 puanla liderliği koruyordu. Deneklerin tahminleri de Gorc'un 4.7 puanla kazanacağını gösteriyordu.

Seçimlerden sonra Gore'un % 0.3 daha fazla oy aldığını biliyorduk, ama Florida'daki sorun nedeniyle başkanın kim olacağı henüz kesinleşmemişti. Seçim sonuçları belli olmadan önce deneklere ilk tahminleri sorulduğunda, ortalama % 0.6 oyla Gore'un kazanacağını söylediklerini iddia ettiler. Peki 4.1'lik puan farkı nereye gitti?

Olan şey şuydu. İnsanlar haberleri izleyip Gore'un % 0.3 fazla oy aldığını duyduklarında, bu veri 1 ay önce söylediklerinin yerini aldı, ya da en azından söz konusu veri hafızalarını etkiledi.

Burada durup ilk adımı beraber inceleyelim: İnsanlar, geçmişte ne olduğunu değerlendirirken gerçek üzerinden değil, geçmişteki olayı bugünkü görüşleri üzerinden değerlendirirler.

Anahtar: Başkalarını etkilemeye çalışırken, onlara geçmişte ne yaptıklarıyla ilgili bir soru sorarsanız, doğru bir yanıt alamayacaksınız.

Peki geçmişi doğru hatırlayan biri var mı? Bu sorunun yanıtı, "Elbette hayır." Hafıza, hatıralarla ilgili her değişik görüşe göre değişkenlik gösterir. Uzmanlar ya da bir olayın sonucuyla özellikle ilgilenen kişiler, sonuçla ilgili tahminlerini, bunu çok umursamayan kişilere göre çok farklı hatırlarlar.

Gore/Bush seçimleri örneğinde, politika alanında uzman olmadıklarını kabul eden kişiler, tahminlerini sonradan çok ilginç bir şekilde hatırladılar. İlk sorulduğunda Gore'un 4.7 değil, 7.5 puan farkla kazanacaklarını söylediler. Bu da, seçim sonuçlarını öğrendikten sonra hatırladıklarından çok farklıydı. Ama eski tahminlerinin çok da yakın olmadığını kabul ediyorlardı.

Politika alanında uzman olduğunu söyleyen kişiler ise, Gore'un % 5'le kazanacağını tahmin ettiler ve geçmişteki tahminleri sorulduğunda, at yarışlarını bile % 0.7 farkla tahmin edebildiklerini söylediler. Bu çalışmada da uzmanlar, ilk tahminlerini hatırlarken neredeyse tamamen doğru tahmin yaptıklarını söylediler. Oysa durum bundan çok farklıydı.

Bence hafızanın bu oyununun önüne geçmenin en iyi yolu, kişinin uzmanlığıyla ilgili kendini rahat hissetmesini sağlamak olmalı.

Mesela, "Gore/Bush seçiminin çok yakın olacağını tahmin etmiş olmalısınız. Ama kim olayın mahkemede çözüleceğini bilebilirdi!"

Bu tip bir cümle; etkileme, hafıza, karar verme süreçleri konusunda sizin kadar bilgili bir kişinin, istenmeden aşağılanmasının önüne geçer.

İnsanların geçmişi yanlış hatırladıkları durumlarda iletişim kurmanın bir yolu da, araya hatırlatıcılar koymaktır.

"Gore ve Bush konuları tartışırken, Gore'un ne kadar burnu havada gözüktüğünü ve bu yüzden son dönemde puanlarının düşmeye başladığını hatırlıyor musunuz? Bush'un kazanabileceğini ben ilk o zaman düşünmüştüm."

Burada hatırlatma Gore'un kibiri. Bu tür hatırlatmalar kişiye geçmişle ilgili referanslar sağlar. Bu hatırlatmalar hafızalarının kalıcı bir parçası haline gelir. Sizin de ikna etme için bunu bir temel olarak kullanmanızı sağlar. Gerçek hayattan bir örnek vereyim:

"Bu evi nasıl aldığınızı hatırlıyor musunuz? Tüm ailenize yetecek büyük bir ev mi istemiştiniz?"

Karşınızdaki kişinin, evi alma nedeninin bu olup olmadığıyla ilgili en ufak bir fikri yok. Ama siz böyle bir hatırlatma yaptığınızda, evi alma nedeninin bu olduğunu düşünmeye başlıyor. Üstelik başından beri bunun böyle olduğunu zannediyor.

Eğer yalnızca, "Bu evi neden aldınız?" diye sorsaydınız, karşınız-

Hatırlatmalar, kişiye geçmişle ilgili referanslar sağlar. Bu hatırlatmalar hafızalarının kalıcı bir parçası haline gelir.

daki kişi yanıt vermeden önce onlarca şeyi düşünecekti. Verdikleri yanıt ikna etme sürecinde yine de etkili olabilirdi, ama kesin olan bir şey var, o da verdikleri yanıtın gerçekle hiçbir ilişkisi yok. Geçmişi tamamen yanlış hatırlıyorlar.

Dolayısıyla, onlar da kendilerinden emin olamayacaklar. Elinizde ikna etme için işe yarar bir bilgi olacak, ama bununla ilgili tereddütler de beraberinde gelecek.

Çünkü en basit ihtimalle, size yanıt verdikten sonra bile, akıllarına gelmiş olan diğer seçenekleri düşünüyor olacaklar. Bu da sohbetinizin renklenmesine, ama ikna etme olasılığınızın da düşmesine neden olacak.

Eğer bahsettiğimiz hatırlatma yöntemini kullanırsanız, alabileceğiniz iki yanıt var. Ya karşınızdaki kişi hatırlatmanızı kabul edecek (genelde bu olur) ve rahat edecek, ya da size evi geçekten neden aldıklarını söyleyecekler.

"Büyüklüğüyle ilgilisi yoktu. Okula yakın bir ev istemiştim."

Doğru olmasa bile, geçmişi canlı bir şekilde hatırlayan bir kişiyle karşı karşıyasınız demektir. Bu yanıtın ardından, onun söylediklerini baz alarak ikna etme sürecine devam edebilirsiniz. Çünkü insanlar, herhangi bir yolla hafızalarına bu tip hatırlatmalar yerleştirdiklerinde, bu faktörler büyük önem kazanır. Müşteriniz şimdiki evini alırken, belki de her şeyden çok okula yakın olmasına dikkat edecektir.

Anahtar: İnsanların hafızalarına hatırlatmaları kendiniz yerleştirebilirsiniz ya da kendi buldukları hatırlatmaları pekiştirebilirsiniz. Hatırlatma daima, karşınızdaki kişinin bir anlığına bile olsa değerlendirdiği bir unsura dayanmalı. Eğer hatırlatmayı kendileri buldularsa, iç çatışmaları bir süre devam edecektir. Çünkü bu hatırlatmayı ön plana çıkarmadan önce, birçok başka seçenekle mücadele etmişler demektir. Bu seçenekleri hatırladıkça kararsız kalabilirler.

Size, "Bir sayı tutun, ben 61.000'i seçtim" desem, hangi sayıyı düşünürsünüz?

Peki bir başkasına, "Bir sayı tut, ben 14'ü seçtim" desem?

İki kişinin verdiği yanıtlar birbirinden çok farklı olacaktır. İkinci durumda çok az kişi 100'den büyük bir sayı seçecek, birinci durumda ise birçok kişi bin, 10 bin, hatta 100 bin üzerinden düşünecektir.

Burada önemli olan, her iki durumda da yanıt aralığını, "hatırlatma" yöntemi kullanarak benim belirlemiş olmam.

Yanıtı ne kadar hızlı istersem, tutulan sayılar benim söylediklerime o kadar yakın olacaktır.

Gelin bunun ikna etme ve pazarlama arenasında nasıl kullanılacağını inceleyelim.

Deneklere kiralayabilecekleri evler gösterildi. Ellerine de farklı miktarlarda para verildi. Daha fazla para alanların evlerin pozitif yanlarına dikkat ettiği, daha az para alanların ise olumsuz yanlara yoğunlaştığı görüldü.

Bir başka araştırmada, iki seçenekten birini kabul etmesi istenen deneklerin seçeneklerin pozitif yanlarına, ikisinden birini reddetmeleri istenenlerin ise olumsuz yanlarına dikkat ettiği görüldü.

Bu örnekler çoğaltılabilir. Ama anahtar konsept aynı: Bir düşünceyi nasıl başlatırsanız, bunun sonuçlarını o yönde etkilersiniz. Bunu yaptığınızı karşınızdaki kişiye söylediğinizde de durum değişmez.

Emlakçılar evlerin değerini tahmin etmekte uzman sayılır. Ama üzerinde çalıştıkları bir evin fiyatı sahibi tarafından değiştirildiğinde, onların tahminleri de evin bu yeni değerine daha yakın oluyor.

Tazminat davalarında da yargıçlar istenen miktardan etkilenir. Ne kadar yüksek para istenirse, yargıcın tazminat kararı o kadar yüksek olur.

Daha da ilginç bir örnek, Hindistan'ın efsanevi lideri Gandhi ile ilgili. İnsanlara, Gandhi'nin 140 yaşından çok mu, az mı yaşadığı soruldu. Bunun ardından, kaç yaşına kadar yaşadığını tahmin etmeleri istendiğinde, ortalama yanıt 67 oldu. İnsanlara, Gandhi'nin 99 yaşından önce mi, sonra mı öldüğü soruldu. Bundan sonra, kaç yaşında öl-

Belli bir tarafa yönlendirilen zihnin, ciddi bir düşünme ve değerlendirme sürecinden geçmeden, diğer tarafa gitmesi çok zordur.

düğünün tahmin edilmesi istendiğinde, ortalama yaş 50 oldu. (Strack ve Mussweiler 1997)

Neden? Çünkü insanlar onlara sunulan tezleri onaylama yollarını ararlar, yalanlamak için özel bir çaba sarf etmezler. Belli bir tarafa yönlendirilen zihnin, ciddi bir düşünme ve değerlendirme sürecinden geçmeden, diğer tarafa gitmesi çok zordur.

Daha da ilginci var. İnsanlar, kendi yönlendirmelerini kendileri koyduklarında da mantıklı bir yanıt vermektense, bu yönde yanıt verme eğiliminde olurlar.

Uygulamalar

Eğer 1000 dolarlık bir hizmet paketi satıyorsanız, çıtayı olabildiğince yükseltmeniz gerekir. Karşınızdaki kişiye, "Bu paketin değeri aslında 9 bin dolardan bile fazla. Ama sizden bunun yarısını bile istemeyeceğim. Paketi 1000 dolara vereceğim" dediğinizde, istediğiniz sonucu alırsınız.

Başta, 9 bin doların çıtayı fazla yükseltmek olduğunu düşünebilirsiniz. Ama daha önce de söylediğimiz gibi, çıta ne kadar yüksek olursa, insanlar için kabul edilebilir fiyat o kadar yüksek olacaktır. Çıta abartılı bir şekilde yüksek olduğunda da durum değişmeyecek. Bunun sizi etkilemek için yapıldığını bilseniz bile, beyniniz bu yönde çalışacağı için yüksek fiyatı kabul edeceksiniz.

Peki bu yöntemi tüm satışlarınızda kullanmalı mısınız?

Hayır.

Çünkü çıtayı yükseltmek iyidir, ama karşınızdaki müşteri aynı hizmetin çok daha ucuza sunulduğunu duyarsa, sizinle çalışmaz.

Eğer hizmetiniz bir kereye mahsus bir şeyse, çıtayı dilediğiniz gibi yükseltin. Sonra da sizin fiyatınızın bununla ne kadar zıt olduğunu göstererek, hizmetinizi istediğiniz ücrette satın.

12 Beyinleri Sizi Nasıl Kabul Ediyor?

Varşova'ya her gittiğimde, menajerimden bana Sheraton Oteli'nde yer ayırtmasını istiyorum. Orada bana krallar gibi muamele ediyorlar, dolayısıyla düşünmeden orada kalmak istediğime karar veriyorum. Seattle'da "W" Oteli, Las Vegas'ta da The Venetian benim için aynı… Bunlardan herhangi birine karar vermek için hiç vakit harcamıyorum. Bunlara karar verme sürecim tamamen bilinçdışında yaşanıyor, ama karar verme gerekçelerim olumlu deneyimlere dayandığı için, genelde doğru karar vermiş oluyorum. Eğer bu seçimleri yaparken otelleri, fiyatlarını ve servislerini gerçekten karşılaştırıp karşılaştırmadığımı sorsanız, "evet" derim, ama yanılıyor olurum.

Marketlerde ödeme kuyruğundaki on kişiden dokuzu, aldıkları ürünle rakibini ellerine alıp karşılaştırdıklarını söylüyor. Ama gizli kameraların kayıtları incelendiğinde tamamen yanlış düşündükleri ortaya çıkıyor. Bunu söyleyenlerin yalnızca onda birinin gerçekten ürünleri karşılaştırdığı görülüyor. İnsanlar sık sık gerçekte var olamayan şeyleri hatırlarlar ve bunu bilmek etkileme, satış ve pazarlama alanında çok önemlidir.

Dikkatlice dinleyin:

İnsanlar daha mağazaya gelmeden kendi markalarını alacaklarını düşünürler ve gerçekten bunu satın alırlar. (Tıpkı benim Sheraton Oteli'nde kalmam gibi.) Marketteyken farklı seçenekleri karşılaştırdıklarını düşünürler, ama bu doğru değildir. Bu süreç topu topu 5 saniye sürer. Sadece 5 saniye. Bu konuda herhangi bir düşünme ya da karar alma süreci yoktur. Bilinç devreye girmez. Müşteriler ürünleri karşılaştırdıklarını düşünürler, ama karşılaştırmamışlardır. Ürünün bulunduğu rafa giderler ve kendi markalarını neredeyse hemen alırlar. Çünkü kararlarını daha evdeyken bilinçdışında vermişlerdir. Bunun üzerinde bir an olsun bilinçli bir şekilde düşünmemişlerdir.

Müşterinin geçmişte X ürünüyle pozitif bir deneyimi olmuş olabilir ya da reklamından etkilenmiştir. Her halükarda satın alma işlemi çok az dikkat edilerek yapılmıştır.

Anahtar: İnsanlar birçok şeyi güven duydukları için satın alırlar.

Pazarlama alanında tanınan en iyi örneklerden biri, insanlar kendilerine herhangi bir ağrı kesici satın alırken, çocukları için mutlaka "Çocuklar için Tylenol" marka ağrı kesici almalarıdır. Çocuklar söz konusu olduğunda markaya duyulan güven devreye girer.

Soru: Markanız güven uyandırıyor mu? İnsanlar size veya markanıza bakıp, sizi tüm diğer benzerlerinizin üzerinde tutuyor mu?

Ben her ay internet sitemde yeni programlar satışa sunuyorum. Artık Kevin Hogan ismi güvenilir hale geldiği için, insanlar ürünün bir an önce ellerine geçeceğinden ve içeriğinin işe yarayacağından şüphe etmeden bunu alıyorlar.

Hedefiniz şu olmalı: Bir an önce kendi isminize veya markanıza bir güvenilirlik atfetmeye çalışın. Böylece en azından belli bir grubun sorunlarına, hiç tartışmasız sizin ürünleriniz çözüm olacaktır. Güven hissi sadakati beraberinde getirir. Gerçekten güvendiğiniz birinden ya da bir şeyden vazgeçmek, hatta gerçek bağlılığı bozmak çok zordur, çünkü değişimin stresi ve korkusu devreye girer.

Ancak, elbette insanlarda silinmez bir leke bırakmak bu kadar kolay değil. Güven duygusu çok önemli bir başlangıç, bağlılık çok önemli bir adım, peki ya etkileme?

Yalnızca güvene ve sadakate layık olmanız, karşınızdaki kişiyi hemen etkileyebileceğiniz anlamına gelmiyor. İnsanların sizi kabul etmesini sağlayacağınız anlamına hiç gelmiyor. Diğer insanların arzu ve ihtiyaçlarını karşılayacak çözümü sunabilmeniz gerekiyor. Ayrıca sizi denemeleri için onları etkilemek zorunda olduğunuzu da unutmayın.

İnsanları İkna Etmede Neden Başarısız Olunur? Deneme Grupları Neden İşe Yaramaz?

Deneme grupları, bir şirketin gereksiz yere para harcamasından başka bir işe yaramazlar. Deneme grupları ve mülakatlar... İşe yaramazlar ve hiçbir şeyi öngörmezler. "Ama Kevin, deneme grubu, ürünümü satın alacağını ve hizmetlerimi kullanacağını söyledi" diyeceksiniz. Açıklayayım.

Deneme gruplarının işe yaramadığını gösteren birçok araştırma var. Hatta deneme gruplarının onayladığı ürünlerin neredeyse tamamının pazarda başarısız olduğu biliniyor.

Neden? Çünkü insan davranışlarının çok küçük bir bölümü bilinçten etkilenir. Birçok kişi bir hareketi neden yaptıklarını ya da gelecekte bir şeyi yapıp yapmayacaklarını doğru tahmin edemez. Sözcükler bilinçdışında yaşananlarla ilgili ancak bir ipucu verebilir. Bir insanı ve neler yapabileceğini analiz etmek ise bilinç yoluyla yapılır.

Eğer insanlar gelecekte ne yapacaklarını bilselerdi, bu deneme grupları sürekli birbirinden başarılı ürünlerin piyasaya çıkmasını sağlardı. Ama bilmezler ve asla da bilemeyecekler. "Bu ürünü piyasaya çıkarırsak alır mısınız?" sorusuna alacağınız herhangi bir yanıt, size yenilgiden başka bir şey getirmez.

Peki birçok kişi başkalarını etkilemekte neden başarısız oluyor? Çünkü yalnızca karşılarındaki kişinin mantıklı bir seçim yapabilmesini amaçlayarak hareket ediyorlar. Eğer "kafanıza biraz mantık sokabilirlerse, olayları kendileri gibi görmenizi sağlayacaklarını" düşünüyorlar.

Elbette insanlar, birçok sorunun yanıtına mantıklı şekilde yanıt vermezler. Beyinlerinin en eski ve en duygusal bölümü olan bilinçdışıyla reaksiyon verirler. Daha sonra bilinç, bunu rasyonalize etmeye çalışır.

Bir şey yaptığınızda, karşınızdaki kişinin bunu neden yaptığınızı

Diğer insanların arzu ve ihtiyaçlarını karşılayacak çözümü sunabilmeniz gerekiyor.

sorduğu durumları hiç yaşadınız mı? Bir şeyler uydurursunuz ve sonra suçlu hissedersiniz, çünkü gerçek nedenin bu olduğundan emin değilsinizdir. Bu gayet normaldir, çünkü insanlar genelde ne yaptıklarını düşünmezler. Yalnızca yaparlar, sonra da buna en uygun olan gerekçeleri bulurlar.

İnsanların bir şeyi yaptıktan sonra bunun ne kadar aptalca olduğunu anladığı haberler okudunuz mu? Eski ABD Başkanı Bill Clinton'ı ele alalım. Eğer eşini aldattığını gizli tutabilseydi, bu konu gazetelere asla yansımazdı, ailesi de üzülmezdi. Etik seçiminin ötesinde yaptığı en büyük hata, stajyeriyle Beyaz Saray'da buluşması oldu. Beyaz Saray'da sır yoktur. Bunu Başkan'dan daha iyi kimse bilemez. Her yerde kameralar, ses dinleme cihazları, Gizli Servis! Ve Başkan kaçak bir ilişki yaşamak için burayı seçti? Küçük bir aptallık yüzünden tüm ülke koca sene bu skandalı tartışmak zorunda kaldı.

Sorun Nereden Çıkıyor?

İnsanlar, belirli deneyimlerinin sürekli tekrarlandığı bir hayat yaşarlar. Aynı işe gider, aynı otoyolu kullanırız, her gün aşağı yukarı aynı şeyleri yaparız. Bilinçdışı bunların hepsini öğrenir ve bu kararları her gün üzerinde hiç düşünmeden verir. Karar verme aşamasında bilinç nadiren devreye girer. "Evet" ya da "hayır" yanıtını veren, müşterinin bilinçdışıdır.

Bir profesyonel olarak sizin amacınız, bilincin gözüne girmek ve dikkatinizin büyük bölümünü bilinçdışına vermektir. Peki bu ne demek? Bu, bilinçdışını ikna etmeniz gerektiği anlamına geliyor. Bilincin tek görevi, bilinçdışının kararlarını gerekçelendirmektir. Bilinçdışı tepki gösterir, bilinç de bunun neden meydana geldiğini açıklamaya çalışır. Bu nedenle, aklın gerçekte nasıl çalıştığını anlamalı ve bugüne kadar size öğretilmiş her şeyi bir kenara bırakmalısınız. Daha sonra, insanların kolaylıkla etki altında kaldığını ve bir şeyleri genellikle içgüdüsel olarak, aniden yaptıklarını anlamalısınız. "Evet" yanıtını bu çevresel koşullar getirir.

Soru: Müşteriniz, hizmetlerinizi ya da ürününüzü hangi amaçla

Bir profesyonel olarak sizin amacınız, bilincin gözüne girmek ve dikkatinizin büyük bölümünü bilinçdışına vermektir.

kullanıyor?

Birinci Yanıt: Bu sorunun yanıtını anlamanız için önce şunu kavramaniz gerekiyor: İnsanlar ürününüzü veya hizmetinizi satın alırken, aslında size "evet" demiş oluyorlar. Sizi satın alıyorlar ve sizin sayenizde satın alıyorlar. Zaten eğer bunu yapmazlarsa, hiçbir şey olmaz. Güven, ancak sırtlarını size dayayabileceklerini hissettiklerinde oluşur. Daima orada mısınız? Hızlı yanıt veriyor musunuz? Yardımcı mısınız? Satışı yapmanın ötesinde onlara yardımcı oluyor musunuz? Tüm müşterilerinizi aileden biri gibi mi görüyorsunuz? Bunu onlara belli ediyor musunuz?

İkinci Yanıt: İnsanlar genelde bir deneyi satın alırlar. Coca Cola ferahlatıcıdır. Kumsala gitmek insanı rahatlatır. Las Vegas'a gitmek insanı heyecanlandırır. Yeni bir otomobil insanı rahat, mutlu, güvende hissettirir. Victoria's Secret's marka iç çamaşırı almak, kadınlara kendilerini seksi hissettirir. İnsanlar deneyimleri arzularlar, bunları sağlayacak hisler elde etmek isterler.

Sizin amacınız, müşteriye hangi deneyimi sunacağınızı belirlemek olmalı. Ürününüzün ya da hizmetinizin müşteriye nasıl bir deneyim yaşatacağını bulun. Kendinizi ve ürününüzü çok iyi tanımlayabiliyor olmanız gerekiyor. Bu kendinizi ve ürünlerinizi markalaştırmanın anahtarıdır.

İlgilerini Çekemezseniz "Evet" Yanıtını Alamazsınız

Markalaşmak sizin için (bir birey olarak) ve McDonald's gibi dev markalar için birbirinden çok farklıdır. Onların müşterinin ne istediğini, ne talep ettiğini anlaması çok daha kolaydır. Tek yapmaları gereken buna ayak uydurmaktır.

Büyük markalarına güvenen bu şirketler için reklam yapmak iyi bir seçenektir. Bir internet sitesine mi ihtiyacınız var? Evet, bunu yaparken adrese ve içeriğe çok dikkat etmeniz gerekiyor. Mesela benim kevinhogan.com sitemde yazar Kevin Hogan tanıtılıyor, kevinhogan.net sitesinde ise ürünlerim satılıyor.

Bir kişiyi sorunlarının yanıtı olduğunuza nasıl ikna edersiniz? Hele de sıfır noktasındaysanız... Peki sıfır noktası nedir? Sıfır noktası, bir ürünü piyasaya yeni çıkardığınız döneme tekabül eder. Sektörde henüz yenisinizdir.

Bu durumda karşınızdaki kişi sizi neden dinlesin? Eğer bir kişinin ilgisini çekemezseniz, sizi dinleme olasılıkları da kalmaz. Üstelik yıllardır bir başkasıyla çalışırken neden sizi seçsinler, sizin ürünlerinizi almaya başlasınlar? Bu kritik bir soru. İnsanları buna ikna etmek için, adım adım hareket etmelisiniz.

- İlgilerini çekin.
- Dikkatlerinin dağılmasına izin vermeyin.
- Büyük bir taahhütte bulunun.
- Eski bağlantılarından kurtulmalarını sağlayın.
- Verdiğiniz taahhüdü fazlasıyla yerine getirin.
- Böylece bunu herkese anlatmalarını sağlayın.

Birçok insan kendi alanlarında yeteneklidir ve karşılarındaki kişinin dikkatini çekmeyi başarırlar. Zor olan, bu yetenekleri kazanmak ve bağlantı kurmak istediğiniz kişilerin ilgisini çekmektir. Bu kolay olmayacak, öyle değil mi? Ama, biliyor musunuz? Başarabilirsiniz. Gidilmesi gereken kişi haline gelebilirsiniz. Belli bir grupta bu unvanı kazandığınızda, hayatınızın nasıl değişeceğini hayal edebilir misiniz?

İster bir kızı kazanmaya, ister bir ev satmaya çalışıyor olun, spesifik bir marka imajınız olmalı ve bunun altını doldurabilmelisiniz. Eğer insanların sizi tercih etmesini istiyorsanız, tüm rakiplerinizi geride bırakıp güvenilir, mükemmel seçenek haline gelmeniz gerekir.

Bir satış elemanı mısınız?

Müdür müsünüz?

Terapist misiniz?

Girişimci misiniz?

Alanınızda muhteşem bir rekabet var. Yalnızca kendinizi iyi tanıtmakla kalmayıp, aynı zamanda alanınızdaki en iyi isimler arasına girmelisiniz.

Bir markayı yalnızca tanıtmak ve pazarlamak yeterli değildir. Farkı; bireylerin uzun zaman boyunca tekrarladığı davranışlar, ürünün içindekiler, lezzeti (McDonald's'ın kızarmış patatesleri) yaratır. Verdiği his, görüntüsü, sesi yaratır. Eğer ürün sizseniz, karakteriniz, tutumunuz, inançlarınız yaratır.

Hâlâ anlamadınız mı? Şunu deneyin: Sizi farklı kılan şey nedir? Kendini iyi, etkili ve çok küçük bir bütçeyle tanıtmak.

- Kendinizi nasıl marka haline getirirsiniz?
- İnsanların markanızı görmesini nasıl sağlarsınız?
- İnsanların bir marka olarak başkasını bırakıp, size geçmesini nasıl sağlarsınız?
- Yeni müşterinizle uzun süreli bir ilişki nasıl yaratırsınız?

Satış elemanlarını, girişimcileri, terapistleri hep emlakçılara benzetiyorum. Çünkü emlakçılar tesadüf eseri uzun süre piyasada kalmazlar. Para kazanmak için ilişkileri ve bağlantıları olması gerekir. Bu, tüm satış elemanları, tüm terapistler ve tüm girişimciler için de geçerlidir. Üstelik emlakçının daima, çok net bir orta ve uzun vadeli planı olması gerekir. Bugün harcadığı emeğin karşılığını 3-12 aydan önce alamayacağını da bilir. Ayrıca kurdukları tüm bağlantıları korumak ve evlerin ihtiyaçlarına yanıt vermek zorundadırlar.

Emlakçılık, neredeyse tüm iş alanları için bir metafor olarak kullanılabilir. Emlakçılığa başlamak da, tüm iş alanlarında olduğu gibi sizi sıfır noktasına getirir. Elinizde hiçbir bağlantı yoktur, üstelik uzun süredir piyasada olan rakipleriniz de sizinle aynı evi satıyordur. Bununla beraber sıfır noktasının, 20 yıldır sektörde olduğunuz halde

Eğer bir kişinin ilgisini çekemezseniz, sizi dinleme olasılıkları da kalmaz.

aktif olmadığınız anlamına da gelebileceğini hatırlatalım.

Sıfır noktasında olmak, müşteriniz için rakiplerinizden çok daha fazla çaba sarf etmeniz gerektiği anlamına da geliyor. Müşterinize büyük ihtimalle iki kat daha fazla ev gösterecek ya da ona rakibinizden daha fazla zaman ayıracaksınız. Çünkü *kendinizi* satıyorsunuz.

- Müşterinizin çıkarlarını umursuyorsunuz. (Eğer umursamasaydınız, bu mesleği seçmezdiniz!)
- Müşterileriniz için çok çalışıyorsunuz.
- Diğerlerinin yanıtını bulamayacağı soruların, yanıtını buluyorsunuz.
- Kendinizi rakiplerinizden farklı göstermek için zamanınız var!
- İş ve hayatınız için bir plan oluşturma şansınız var.

Karşınızdakinin ilgisini çekmek basittir, ama kolay değildir. Sonuçta binlerce reklam cüzdanınıza ulaşmaya çalışıyor. Gökyüzündeki yıldızlardan daha fazla televizyon kanalı var gibime geliyor. Bunların her birinde binlerce reklam yayınlanıyor. Sonra radyolar, dergiler, gazeteler var. Kısacası, piyasada ilgi toplayabilmek için büyük bir rekabet var! "Tavuk Suyuna Çorba" kitabını hatırlıyor musunuz? Bu kitabın tüm dünyada milyonlarca satmasının nedeni, yazarlarının çabasından başka bir şey değildi. İlk kitapları çıktığında neredeyse hiç reklam yapmadılar, ama yorulmadan sürekli imza günlerine, konferanslara katılarak, ürünlerinin diğer "kendini iyi hissetme kitaplarından" ayrılmasını sağladılar. İki kitaplarının satış oranları, yayıncılık tarihine geçti.

Başarı için paraya değil, azme ihtiyaç vardır.

Zaten parası olan birçok kişi, eninde sonunda tuzağa düşerek paralarını kaybeder. Paralarını çok iyi bir ürün ya da hizmet sunarak, kendilerini sunarak kazananlar ise, uzun vadede başarılı olurlar. Para kendinizi göstermenizin önünde engel bile olabilir. İnsanlar farklı olmayı satın alabileceklerini zannediyorlar. Oysa bunu yapamazlar. Farklı olmak için karakter ve bazı özellikler gerekir. Gerçek farklılıklar ve üs-

Bir markayı yalnızca tanıtmak ve pazarlamak yeterli değildir.

Başarı için paraya değil, azme ihtiyaç vardır.

tünlükler gerektirir. Para ancak, bunlar varsa yardımcı olabilir.

Dikkat çekmenin en iyi yollarından biri, Canfield ve Hansen modelini izlemektir. İster muhasebeci, ister terapist, ister satış elemanı olun sürekli müşterinizin gözü önünde olmanız gerekir.

Bu, ilgi çekmenin ilk yoludur.

Daha sonra, ilgilerini korumayı başarmalı ve büyük bir taahhütte bulunmalısınız.

İlgi Modeli

Bir niş pazara, yani belli ihtiyaçları olan küçük bir gruba hitap eden ürünler üretmeniz gerekir. Herkesten farklı olmanızın bir nedeni olmalı. Farklı olduğunuzu gösteremezseniz, binlerce satış elemanından bir farkınız kalmaz. Eğer emlakçıysanız göl kenarındaki evlere ya da öğrenci evlerine yoğunlaşın. Çalıştığınız alanı özelleştirin ki, o alanda yardım isteyenler bir tek size başvursun.

Kendinizi markalaştırın, yüzünüzü insanlara gösterin. Ders verin, kitap imzalayın, toplantılara katılın... Markayı yaratma süreci, kar topu gibi giderek büyür. Ne kadar fazla insanın karşısına çıkarsanız, size ihtiyaç duyacak kişilerle o kadar fazla tanışırsınız. Bağlantılarınız artar.

Halkla ilişkiler bedava reklam anlamına gelir. Reklama para harcamayın. İnsanların isminizi bilmesini sağlayacak o kadar çok bedava, hatta üzerine size para verecekleri yöntem var ki... Radyo istasyonları daima konuk edecek insanlar, eğitim kurumları dönemlik ders verecek hocalar, konferanslar konuşmacılar arar. Bu fırsatları değerlendirin ve bu buluşmaların sonunda insanlara işinizi anlatan ve size nasıl ulaşabileceklerini gösteren bir broşür dağıtmayı unutmayın. Bu broşürün sizi övmesi gerekmiyor; sizi tanıtması yetiyor.

Birçok kişinin markası başarısız olur. Çünkü pazarlama ve satışa odaklanırlar ve kritik faktörü unuturlar: Farklılık. Kendinizi diğerlerinden farklı göstermelisiniz.

Unutmayın, marka olarak kendinizi satıyorsunuz.

En iyisi sizsiniz. Bu izlenimi bıraktığınıza emin olun!